L'AGENCE D'INTÉRIM PARANORMALE

TOMES 1 - 3

MOLLY FITZ

MINOU MYSTÉRIEUX

Traductrice : Lorraine Cocquelin
Design de couverture : Melony Paradise

Minou Mystérieux
PO Box 873543
Wasilla, AK 99687

AU SUJET DE CE LIVRE

Monsieur Grosmatou est le petit chat noir qui doit superviser les êtres surnaturels les plus puissants de la petite ville de Beech Grove. Il est aussi chargé de dissimuler le monde de la magie aux yeux de ceux qui n'en possèdent pas.

Arrive alors Tawny Bigford. C'est une romancière sarcastique à mi-temps qui est nouvelle en ville et sur le point de tomber la tête la première dans une enquête pour meurtre magique. Que peut faire le chat bureaucrate? Eh bien, il va l'engager en tant qu'intérimaire afin de garder un œil sur elle jusqu'à ce que toute cette histoire de meurtre soit résolue.

Et ils vont avoir besoin de toute l'aide disponible, surtout si l'on tient compte des nombreux ennemis jurés du chat. Ajoutez à cela un policier canon, une matrone angélique, une vampire sarcastique, un métamorphe pragmatique et un vieil homme mystérieux en costume, et vous verrez que monsieur Grosmatou et Tawny sont prêts à se mettre au travail.

Si vous aimez l'humour décalé et les aventures magiques loufoques, alors vous ne voudrez pas manquer cette nouvelle série par une auteure de bestsellers sur la liste de *USA Today*. La voici ! C'est l'occasion de lire d'une traite les trois premiers livres – ***Sorcière à louer, Médium à louer,*** et ***Vampire à louer*** – dans ce coffret spécial. Bonne lecture !

REMARQUE DE L'AUTRICE

Bonjour, merci d'avoir choisi ce livre ! Si vous aimez autant que moi les *cozy mysteries* qui font rire, nous allons bien nous entendre.

Pour commencer, j'aimerais vous inviter sur ma page Facebook dédiée exclusivement à mon lectorat francophone. Vous pouvez le faire ici :

facebook.com/lapilealire

Et vous pouvez également vous inscrire à ma newsletter pour recevoir un cadeau numérique gratuit comprenant une histoire exclusive au sujet d'Octo-Chat que je réserve à mes abonnés:

minoumystérieux.com/abonnez

Nous allons bien nous amuser ensemble. Tout commence en tournant la première page…

On se revoit de l'autre côté,

MOLLY

SORCIÈRE À LOUER

Je m'appelle Tawny Bigford. J'ai 35 ans, je suis célibataire et j'aime les douches brûlantes. Sérieusement, tout ce que je voulais, c'était une douche chaude pour bien commencer ma journée, mais quand je suis allée discuter avec ma propriétaire au sujet de la plomberie défectueuse, je me suis retrouvée à parler à son cadavre à la place.

Maintenant, tout le monde pense que je suis responsable de son meurtre… ce n'est pas la meilleure façon d'impressionner les nouveaux voisins, je peux vous le dire. Mais comment prouver mon innocence alors que je ne sais pratiquement rien concernant la femme que j'ai prétendument tuée ?

. . .

Notamment le fait qu'elle était la sorcière communale officielle de Beech Grove. Son ancien patron – un chat méprisant du nom de M. Grosmatou – dit que je dois la remplacer jusqu'à ce que son véritable meurtrier soit retrouvé et conduit devant la justice.

Ainsi, que ça me plaise ou pas, je viens de me faire recruter par la *Paranormal Temp Agency*. Je dois désormais résoudre le meurtre de ma propriétaire, découvrir comment manier mes nouveaux pouvoirs, et peut-être même trouver un moyen de m'intégrer ici.

Oui, une journée ordinaire pour la sorcière novice que je suis.

1

— Aaaaaaaaaaah ! hurlai-je à pleins poumons tout en m'écartant de la cascade glaçante qui se déversait de l'antique pommeau.

En temps normal, j'adorais commencer la matinée par une longue douche bouillante, pendant laquelle mes pensées rebondissaient dans ma tête et finissaient par s'entrechoquer et fusionner pour devenir une sorte de plan pour la journée. Cependant, depuis que j'avais emménagé à Beech Grove quelques semaines plus tôt, j'avais de la chance si j'obtenais cinq minutes de chaleur, tout au plus, avant que le chauffe-eau ne rende l'âme et qu'un liquide réfrigérant impitoyable ne gâche ma bonne humeur.

— Ça suffit ! criai-je en refermant le robinet.

Ma propriétaire allait m'entendre aujourd'hui, que ça lui plaise ou non.

Madame Haberdash m'avait donné des consignes très précises quand j'avais signé le bail de cette petite dépendance située au fond de son terrain. Bien qu'elle vive dans la demeure principale, en haut de la colline et à une courte distance à pied, j'avais interdiction de lui rendre visite là-bas. Tout ce que j'avais à lui dire pouvait s'expliquer par téléphone ou, mieux encore d'après *ses* critères, à l'ancienne, par courrier.

Merci, mais non merci.

J'avais tenté d'employer sa méthode, mais jusqu'à présent, tous mes appels à l'aide à propos de la plomberie étaient tombés dans l'oreille d'une sourde, et malheureusement pour elle, une mauvaise douche me rendait mauvaise. J'avais essayé de suivre ses règles, en vain. Il était temps de jouer selon les miennes.

Toujours dégoulinante, je rassemblai en chignon mes cheveux encore couverts de shampoing, j'enfilai une robe droite et des tongs, et, enfin, je sortis affronter ma propriétaire indifférente.

Je pense que c'est le bon moment pour me présenter.

Je m'appelle Tawny, Tawny Bigford. Tawny est le diminutif de *Tanya*, un prénom que je déteste depuis que Tanya Mills a glissé un chewing-gum mâchouillé dans mes cheveux en CE1, pendant notre devoir d'orthographe. Donc je réponds à présent au nom de Tawny.

J'ai trente-cinq ans, j'adore prendre des douches – comme vous le savez désormais – et je suis une femme célibataire, heureuse et fière de l'être.

D'accord, j'ai déjà été mariée. Il s'appelait George. Mais après quelques années de mariage, il a décrété qu'il formerait un plus beau couple avec Patricia, une membre des PTA, l'association des parents d'élèves.

L'association des parents d'élèves, sérieux!

D'après la légende, ils se sont percutés un jour devant l'école maternelle du coin, et ce fut l'amour au premier regard. Je n'ai jamais compris ce que George faisait là un après-midi. Après tout, nous n'avions pas d'enfants et il n'avait aucune raison de se trouver pile au mauvais endroit au mauvais moment.

Et pourtant, c'était arrivé, et cela avait changé nos vies dans la foulée.

Franchement, j'aurais préféré qu'il faute avec sa secrétaire plus jeune et plus jolie. Au moins, j'aurais pu me plaindre du cliché.

Mais Patricia, de deux ans son aînée, et lui partageaient un bonheur écœurant. La plupart du temps, je faisais comme si ni lui ni elle n'existaient.

D'accord, j'ai peut-être l'air *un tantinet* amère. Et je vis dans une maison de location. Cela dit, les douches décevantes mises à part, j'adore ma vie. En gros, j'écris deux livres par an, je les file à mon éditrice contre un chèque, et je fais ce que je veux du reste de mon temps libre.

Oui, je pourrais me lancer dans d'autres bouquins, mais pourquoi? Je suis parfaitement satisfaite de ma vie frugale, parce que je suis libre. Et ainsi, j'ai bien plus de passe-temps qu'une personne ne devrait sans doute en avoir.

Mais je digresse…

Ce n'était pas le moment de discuter de mes loisirs; c'était celui de confronter madame Haberdash et d'exiger un approvisionnement en eau chaude durant plus de cinq minutes par jour. C'était un besoin de base, après tout.

Sur le pas de sa porte, je pris une grande inspiration pour tempérer ma rage, je levai la main et je frappai gentiment.

Non, je rigole. Je cognai le battant avec toute la force de mon courroux.

Comme personne ne répondit, je me mis à crier.

— Je sais que vous êtes là ! Il faut qu'on parle !

Toujours rien. Je tentai ma chance avec la poignée et découvris, surprise, que la porte n'était pas fermée à clé. C'était étonnant, vu l'importance que cette femme attachait à son intimité.

J'écartai le battant et j'entrai à grands pas, prête à dire le fond de ma pensée à madame Haberdash.

Malheureusement, emplie de cette colère vertueuse, je n'avais pas regardé où je marchais. Je ne pensais pas cela nécessaire, et pourtant, quelque chose de grand et d'imposant était allongé sur le sol, juste derrière le seuil, et je me pris les pieds dedans, perdis l'équilibre et m'écroulai au sol dans un étrange enchevêtrement de membres.

Pas seulement les miens, d'ailleurs. Ceux de ma propriétaire aussi. *Oh oh.* Mon ventre se souleva en même temps que la prise de conscience s'imposait à moi.

— Ma... Ma... Madame Haberdash ? demandai-je d'une voix tremblante alors que je contemplais la vieille dame étendue sur le sol de l'entrée.

Sa bouche ne s'ouvrit pas, ses yeux ne se refermèrent pas, et son corps resta aussi froid que la douche de laquelle je venais de m'échapper.

Oui, elle était morte, et grâce à ma maladresse, je venais d'étaler mon ADN partout sur son cadavre.

Non, non, non ! J'aurais voulu crier, mais rien ne vint.

Moi qui pensais qu'une douche froide était le pire moyen d'entamer une journée. Quand apprendrais-je à me contenter de ce que j'avais ?

2

Je crapahutai loin du corps de ma propriétaire, qui gisait face contre terre, dans un étrange mouvement de crabe à cause duquel les muscles de mes bras, trop peu sollicités, se tordirent douloureusement – j'avais beau avoir des tas de loisirs, aucun d'eux n'était lié à du sport de près ou de loin.

— Pas de problème pour la plomberie, balbutiai-je, même si madame Haberdash ne pouvait plus m'entendre ni y changer quoi que ce soit à présent. Je vais juste… oui. À plus, alors.

À l'aide de la rampe en bas de son grand escalier, je me relevai, mais avant que je ne parvienne à retrouver totalement l'équilibre, une nouvelle chose horrible se produisit.

Les forces de l'ordre arrivèrent.

— Que se passe-t-il ici ? lança un homme de haute stature doté de cheveux poivre et sel épais et d'une petite barbe.

Il nous regarda tour à tour, madame Haberdash et moi, puis attrapa la radio accrochée à sa ceinture et...

— Stop ! m'écriai-je, sans trop savoir quoi faire de mes mains.

Au final, je me servis des deux pour agripper la rambarde, afin de paraître peu menaçante.

L'officier de police baissa sa radio et me regarda avec scepticisme.

— Qu'est-ce qui se passe ici ? répéta-t-il en me fixant dans les yeux.

Ils étaient gris pâle, le genre de couleur dont je gratifierais l'un de mes personnages pour montrer au lecteur qu'il était séduisant. Et il l'était, même si j'avais malheureusement plus urgent à régler à l'heure actuelle.

J'avais l'air très coupable, impossible de le nier. Je n'aurais même pas été surprise que l'officier Jolis Yeux me plaque contre un mur et me lise mes droits dans la foulée. *Cerveau, arrête de flipper !*

Je devais arrêter de penser à ce qui pouvait arriver et veiller à rester calme et composée tout en expliquant comment je m'étais retrouvée seule en compagnie d'un cadavre.

— Bon, je... Je...

Je cherchai mes mots, je soupirai, je retentai ma chance.

— Je veux dire... madame Haberdash est morte, donc...

Sérieux, Tawny ! Si tu n'es pas capable de te servir de tes superpouvoirs d'écrivaine pour expliquer quelque chose que tu n'as pas fait, quel intérêt d'en posséder ?

Je le dévisageai d'un air gêné, attendant soit qu'il m'arrête, soit qu'il me dise de partir. Les chances d'un entre-deux étaient minces, à mon avis. Enfin, à sa place, je me serais arrêtée moi-même.

— Oui, morte. Je vois ça, répliqua-t-il en jetant un coup d'œil au corps étalé, avant de reporter son attention sur moi.

Un éclair me traversa, mais je ne parvins pas à déterminer s'il s'agissait d'excitation, de peur, ou de quelque chose de très différent.

— Pourquoi l'avez-vous tuée ? insista-t-il.

Il me transperça du regard, comme s'il tentait de lire directement la vérité dans mes pensées.

— Je n'ai rien fait !

Je tapai du pied pour la forme. Peut-être que mon corps pouvait s'exprimer plus efficacement que moi.

— Je prenais ma douche ce matin...

Il haussa un sourcil d'un air suggestif, et le feu me monta aux joues. Pourquoi fallait-il qu'il soit si séduisant ? Cela empirait encore cette situation. J'avais beau avoir toujours eu du talent pour écrire des échanges taquins, j'étais moins douée pour ça dans la vraie vie. En plus, flirter ne pouvait pas m'aider à me sortir de cette situation.

— Non, je ne voulais pas dire ça. Enfin, si, je voulais parler de l'eau chaude, me repris-je, puis je paniquai en le voyant à nouveau poser la main sur sa ceinture. Attendez ! Je ne l'ai pas tuée ! Comment pouvez-vous croire ça ?

Il croisa les bras et me toisa.

— Comment je peux croire ça ? Facile. Je ne vous ai jamais

vue avant aujourd'hui, et tout à coup, vous vous pointez sur la scène d'un meurtre.

Je poussai une exclamation horrifiée.

— D'un meurtre ? Non, elle n'a pas été tuée. Enfin, pas par moi. Et d'ailleurs, pourquoi vous pensez à un acte criminel ? Vous êtes là depuis cinq secondes à peine et vous l'avez à peine regardée. Vous ne devriez pas mener l'enquête d'abord ou un truc du genre ?

Argh. Moi et ma grande gueule !

D'abord, je n'arrivais pas à prouver mon innocence, et à présent, je l'accusais de ne pas faire son boulot correctement. Même si j'avais écrit sur un ou deux personnages policiers dans mes livres, ça ne faisait pas de moi une experte, loin de là.

Il secoua la tête en grognant.

— Oui, et oui, je vais enquêter, dès que j'aurai fini d'interroger la suspecte.

Je reculai jusqu'au mur.

— Bon, monsieur l'agent rapide de la gâchette, madame Haberdash est ma propriétaire. J'étais venue déposer une plainte. Une toute petite. Rien qui me pousserait à tuer quelqu'un.

J'ajoutai un rire nerveux, comme le faisaient les gens quand le sujet était littéralement *mortellement* sérieux.

— Elle était comme ça quand je suis arrivée, ajoutai-je après coup.

— On dirait qu'elle est là depuis un moment, répliqua-t-il en reniflant de dédain.

— Je ne suis au courant de rien. Tout ce que je voulais, c'était de l'eau chaude pour ma douche matinale. Rien de plus.

Rassemblant mes forces, je m'écartai du mur et contournai prudemment cette pauvre madame Haberdash dans un ultime effort pour m'en aller d'ici.

Le policier me scruta du regard, un petit sourire aux lèvres.

— Attendez, lança-t-il, me coupant dans mon élan alors qu'un voile d'horreur m'enveloppait à nouveau. Vous allez devoir m'accompagner.

Noooooooon !

3

L'agent rapide de la gâchette ne me laissa pas le temps de protester. Comme j'hésitais à le suivre jusqu'à sa voiture de patrouille, il sortit une paire de menottes de sa ceinture et les agita sous mon nez.

— Vous préférez que je fasse faire un peu d'exercice à ces beautés ?

Ma motivation en fut accrue et je me livrai à la marche sportive pour traverser le gazon abîmé de ma propriétaire morte, avant d'ouvrir moi-même la portière passager de la voiture.

Le policier me lança un regard étrange, auquel je répondis d'un haussement d'épaules.

— Si je ne suis pas en état d'arrestation, hors de question que je voyage à l'arrière. J'ai vécu dans suffisamment de petites villes pour savoir que les rumeurs se propagent vite et loin.

Puisque les choses ne pouvaient plus trop empirer à ce stade, je devais me battre pour les dernières bribes de ma dignité. C'était déjà l'embarras dû au comportement de mon ex-mari qui m'avait virée de mon ancienne ville.

Depuis, j'avais vécu dans deux autres petites bourgades, sans m'y sentir chez moi. J'avais espéré que Beech Grove m'offre enfin l'occasion de planter mes racines, mais tout était sans doute gâché à présent. Malgré tout, autant que le temps qu'il me restait ici soit le plus agréable possible.

Je jetai un dernier regard à la grande maison sombre de madame Haberdash. Elle ressemblait à un lieu typique pour commettre des meurtres. Pourquoi ne m'en étais-je pas rendu compte plus tôt ?

Le policier claqua sa portière, mit sa clé dans le contact et rigola alors que le moteur démarrait.

— Alors comme ça, vous êtes nouvelle ici.

J'opinai.

— Je présume que vous, non.

— Je suis né et j'ai grandi à Beech Grove, admit-il en rougissant un peu. Je n'ai connu que ça. Ce que je ne connais pas en revanche, c'est votre nom. Vous ne m'avez toujours pas donné cette info.

Il sourit tout en manœuvrant sa voiture de patrouille avec moi à l'intérieur. J'aurais pu l'apprécier, en d'autres circonstances, mais à présent, il resterait à jamais le gars qui m'avait interpellée pour meurtre.

Je masquai mon malaise sous un rire sarcastique.

— Difficile de se présenter soi-même lorsque notre compère

brandit des accusations de meurtre comme il agiterait des banderoles pour Mardi gras.

— Se présenter soi-même? *Une nana intelligente.* Vous êtes une nouvelle enseignante de l'Académie?

Nous étions déjà sortis de l'allée et roulions en trombe sur la route de campagne défoncée. Il me jeta un bref coup d'œil, comme pour m'évaluer.

— De quelle académie?

Nous étions à au moins une heure de route de ce qui se rapprochait le plus d'une grande ville. Ça me paraissait être un endroit étrange pour y installer un établissement d'enseignement distingué.

Mon chauffeur fronça les sourcils, mais ne précisa pas sa pensée.

— Et si on reprenait à zéro? Bonjour, je m'appelle Parker Barnes. Enchanté.

Je gardai les yeux fermement rivés sur la route et je hochai la tête.

— Et vous? insista-t-il après plusieurs instants de silence.

— Tawny, répondis-je, même si je n'en avais pas vraiment envie.

— *Voilà*. Ce n'était pas si dur, si?

Je secouai la tête et je lâchai un soupir douloureux.

— Je préférerais éviter de papoter avec un type qui pense que j'ai tué ma propriétaire. On va en finir avec cet interrogatoire, puis chacun reprendra sa route de son côté, d'accord?

— Très juste, madame. Heureusement pour vous, on est bientôt arrivé.

La voiture s'immobilisa dans une secousse. Je fus sidérée par la brièveté du trajet.

J'écarquillai les yeux en avisant le tentaculaire bâtiment en brique devant nous. Ce n'était pas qu'un bâtiment, d'ailleurs, c'était tout un complexe. Et il ne ressemblait pas du tout à un commissariat de police. Je ne me souvenais même pas être passée devant en déambulant en ville, d'ailleurs. Même si, visiblement, ce n'était pas très loin de là où j'habitais, étant donné le peu de temps écoulé entre le moment où j'étais montée dans cette voiture et celui où nous avions atteint notre destination.

— Je croyais que vous m'emmeniez au poste de police ? déclarai-je, les bras croisés avec méfiance.

— C'est notre poste, du moins pour les besoins du jour. Venez. On a déjà perdu trop de temps.

Je me tournai vers lui. Il ne ressemblait pas à un psychopathe meurtrier/violeur/ce que vous voulez traditionnel, mais ça ne voulait rien dire. Je refusais de le suivre aveuglément sous prétexte qu'il portait un uniforme. Ces derniers pouvaient être falsifiés, après tout.

— Tout ça vient *juste* d'arriver. Comment peut-on avoir perdu du temps ? demandai-je en campant sur mes positions. Et non, je suis trop maligne pour me rendre dans un bâtiment étrange avec un homme étrange. Je préfère rester ici.

Je ne pensais pas que c'était mieux de rester dans la voiture étrange de cet homme, mais quand même, une fille devait bien se défendre, n'est-ce pas ? Sinon, qui le ferait à sa place ?

— OK, mais si quelqu'un vous pose la question, vous direz que c'est vous qui avez choisi la manière forte, répliqua Parker, les sourcils froncés, avant de sortir de la voiture.

Je le regardai la contourner, me rejoindre de mon côté et ouvrir ma portière à la volée.

— Dehors ! dit-il avec fermeté.

Plutôt que de protester, je me mis à crier. Mes mains détachèrent la ceinture et mes pieds se tournèrent pour sortir de la voiture, alors que je ne leur avais rien demandé.

— Hé, arrêtez ça ! m'exclamai-je dans une protestation lamentable.

— Suivez-moi, insista Parker, avec une étincelle amusée dans les yeux.

Mes jambes lui obéirent comme si elles lui appartenaient, et non à moi. Ces traîtresses.

Et c'est ainsi que j'entrai dans un bureau sans panneau situé dans un non-poste de police, grâce à mon compagnon effroyablement autoritaire et mes jambes inexplicablement désobéissantes.

Oui, cette journée ne cessait d'empirer.

Ce qui n'augurait rien de bon pour la suite.

4

Nous pénétrâmes dans un open space où l'air était frisquet et l'éclairage sombre, malgré le soleil lumineux au-dehors. Oui, il était tard dans la matinée, j'avais dormi un peu trop. Mais j'étais entre deux manuscrits, alors ça ne comptait pas.

— Ton instinct a vu juste, lança Parker à quelqu'un que je ne voyais pas. Haberdash est morte. Et j'ai trouvé cette nana sur la scène.

— Voilà qui ne présage rien de bon pour le reste de la journée, répondit une voix onctueuse au fond de la pièce.

Ses mots s'enchaînaient avec fluidité dans un roulement continu, sans pauses pour respirer. C'était un phrasé presque serpentin, mais pas tout à fait non plus.

Intriguée, et pas qu'un peu, j'agitai la tête de droite à gauche, sans parvenir à repérer notre interlocuteur.

— Qui est là ? Qu'est-ce que vous me voulez ?

La voix désincarnée rit et je crus apercevoir du mouvement au fond de la pièce. Cependant, la forme sombre disparut tout aussi vite dans les ombres encore plus denses.

— Hum, ce n'est pas bon signe. Emmène-la en salle de réunion, ordonna la voix toujours aussi policée. Je vais convoquer les autres.

Parker posa sa main en bas de mon dos, et je me tortillai pour lui échapper.

— Ne me touchez pas, aboyai-je.

— Désolé, dit-il, l'air sincèrement contrit.

Il s'éclaircit la voix.

— Suivez-moi. Euh… s'il vous plaît.

Mes jambes se mirent en marche bien que mon cerveau leur ordonne de s'arrêter, faire demi-tour et courir le plus vite possible vers la porte.

J'étais une marionnette désincarnée entre ses mains, comme Pinocchio avant que la fée ne le rende vivant.

Nous empruntâmes un couloir, prîmes un tournant, puis marchâmes jusqu'au bout d'un autre couloir qui débouchait sur une grande salle de réunion au plafond vitré. J'aurais été impressionnée, si je n'avais pas été autant perturbée que terrifiée.

— Qu'est-ce que vous me voulez ? demandai-je en transperçant Parker du regard.

J'espérais qu'employer la bonne formulation le convaincrait de me laisser m'en aller indemne.

— Asseyez-vous, répliqua-t-il avec un petit mouvement de tête presque attristé.

Je n'y croyais pas. S'il était désolé, il ne m'aurait pas enlevée en premier lieu.

Mes mains se posèrent sur la chaise la plus proche et la reculèrent.

— Vous n'êtes pas obligée, ajouta-t-il tout à coup, et mes mains retombèrent mollement contre mes cuisses. C'est juste si vous le voulez.

— J'aimerais mieux rester debout, rétorquai-je, les dents serrées. À vrai dire, je voudrais m'en aller.

Je me dirigeai vers la porte.

— Non ! cria-t-il, et je me figeai sur place. Je suis désolé, j'imagine que vous devez avoir un million de questions. Vous aurez vos réponses. Enfin, certaines. On doit juste attendre...

La porte s'ouvrit et quatre personnes entrèrent, me jetèrent un bref coup d'œil et s'installèrent autour de la table. Elles étaient, pour la plupart, plus âgées que Parker et moi. L'un d'eux semblait à quelques jours de célébrer son centième anniversaire. Il avait une longue barbe blanche qui lui tombait jusqu'à la poitrine et lui donnait un air de Merlin en costume-cravate. Pourquoi un centenaire porterait-il une tenue aussi formelle, et surtout, pourquoi maintenant ? C'était un échantillon des nombreuses questions qui fusèrent dans mon esprit alors que j'observais les nouveaux venus.

Je venais de regarder discrètement sous la table les chaussures d'une quinquagénaire ou sexagénaire particulièrement bien habillée quand un chat noir franchit la porte en trottinant et bondit sur la table en un geste gracieux.

— Maintenant que nous sommes tous là, commença la voix que j'avais entendue dans l'autre pièce.

Je ne perçus pas la suite, parce que je poussai un cri intérieur lorsque mon cerveau comprit que cette voix onctueuse provenait du chat. *Du chat!*

Et non seulement il parlait, mais il semblait en plus être le chef.

Plaçant une patte devant l'autre, il avança nonchalamment sur la table, dans ma direction. Ses yeux jaune brillant étaient rivés sur moi.

— Eh bien?

— Eh b… bien quoi? balbutiai-je.

Je me débattis et je m'étirai sur ma chaise, en vain. Mes jambes ne m'obéissaient pas.

— Est-ce vous qui l'avez tuée?

Les mots flottèrent de la bouche du chat, et je compris enfin pourquoi leur sonorité était si étrange. Il n'avait pas besoin de sa langue pour former les sons. Cela éliminait une grande partie du souffle et de l'humidité nécessaires à la parole.

— Pas de réponse, commenta-t-il, pensif. Ça signifie que vous plaidez coupable?

— Non! m'écriai-je. Maintenant, laissez-moi partir!

Le chat se tourna vers Parker et attendit.

L'officier qui paraissait si sûr de lui tout à l'heure semblait las en compagnie du félin exigeant.

— Elle était là quand je suis arrivé. Je me disais qu'on pouvait...

— Nous servir d'elle jusqu'à ce que nous découvrions le vrai coupable. À condition qu'elle n'ait pas commis ce meurtre, bien sûr. Brillante idée, Barnes.

Le chat noir retourna vers le bout de la table de sa démarche chaloupée, et les personnes assises tout autour murmurèrent leur assentiment.

Je n'avais toujours aucune idée de ce qu'il se passait, mais au moins, je savais à présent qu'ils ne comptaient pas me tuer.

— Excusez-moi, intervins-je. Vous voulez vous servir de moi pour quoi ?

— Oh, vous le saurez très vite, me promit le chat avec un rire peu amical.

Parker se leva alors et se dirigea vers moi, la main tendue, un sourire incertain aux lèvres.

Les autres l'imitèrent et firent la queue derrière lui, attendant leur tour pour me saluer, manifestement.

Je serrai la main de Parker avec hésitation et il annonça :

— Bienvenue à la *Paranormal Temp Agency*, agence d'intérim pour le monde paranormal. Vous êtes embauchée !

Quoi ? Comment pouvais-je être engagée sans avoir postulé nulle part ?

Et, petit détail, je n'avais rien de paranormal en moi. J'étais une personne normale avec un grand N, et ce qui se passait ici ne me plaisait pas le moins du monde.

5

Je venais d'être témoin d'un meurtre, kidnappée et engagée rien qu'en parlant avec un chat. Cette journée pouvait-elle devenir encore plus bizarre ?

Je secouai la tête avec véhémence.

— Désolée, j'ai déjà un travail.

— Ce n'est pas soumis à discussion, feula le chat. Mets-la au parfum, Barnes, et vite. Ma patience s'épuise.

— D'accord, d'accord. Par où commencer? se demanda tout haut l'officier Parker Barnes tandis que je m'interrogeais à son sujet.

Était-il un véritable membre des forces de l'ordre ou était-ce une ruse depuis le départ ?

— Vous voulez sans doute vous asseoir, cette fois-ci, dit-il en reculant ma chaise.

Je croisai les bras et restai obstinément debout.

— J'ai réussi à survivre à une conversation avec un chat qui parle sans m'évanouir. Je pense pouvoir gérer la suite.

— Comme vous voulez, s'esclaffa-t-il, même s'il me sembla voir un soupçon de respect sur son visage. Lila Haberdash était la sorcière communale de Beech Grove. Maintenant qu'elle est morte, son poste est disponible. Il est pour vous, en attendant.

— Hm-hm, hm-hm, acquiesçai-je. Il y a juste un petit problème dans l'histoire.

— Vous n'êtes pas une sorcière? répliqua Parker en haussant un sourcil.

— Je ne suis pas une sorcière! m'écriai-je en me tordant les mains. Donc merci, mais non merci, je vais rentrer chez moi.

— Ça suffit, ce petit jeu! s'énerva le chat. Si tu ne peux pas la gérer, je vais devoir prendre les choses en main. Venez là!

Je me précipitai à ses côtés contre ma volonté. J'en avais déjà ma claque de ces histoires de contrôle mental.

Le chat leva le nez en l'air, m'offrant une vue parfaite de la petite tache blanche en haut de sa poitrine. En temps normal, j'aimais bien les chats. Pas suffisamment pour en posséder un, cela dit, mais je les appréciais chez les autres. Celui-ci, en revanche, venait de se placer en haut de ma liste des personnes – euh, des créatures – qui m'agaçaient.

— Vous avez été engagée au sein de la Paranormal Temp Agency, me dit-il en fronçant le nez et agitant la queue. Ce n'est pas un travail que vous pouvez refuser.

— Je pense savoir ce que j'ai le droit ou non...

— Arrêtez de protester et écoutez-moi. Vous allez occuper

l'ancien poste de Lila en tant que sorcière communale jusqu'à ce que nous trouvions son assassin et puissions embaucher quelqu'un à titre permanent. C'est non négociable.

— En quoi est-ce important de trouver son assassin ? Vous ne pouvez pas poster une annonce sur JobFantôme.com ou autre ?

— C'est mignon, répliqua-t-il en me lançant un regard noir. Vous remplacerez Lila, que ça vous plaise ou non. Aidez-nous à trouver son meurtrier, et vous serez très vite tranquille. Fin de l'histoire.

Parker se racla la gorge et m'expliqua la partie qui me perturbait le plus.

— La magie est transmise à l'hôte suivant quand son propriétaire d'origine décède. Donc la personne ayant tué Lila a certainement absorbé sa magie, une magie ancrée dans Beech Grove et destinée à sa sorcière désignée.

Je pris le temps de méditer ses paroles. Elles avaient du sens, tout en soulevant des tas d'autres questions. Notamment, que se serait-il passé si personne n'avait été présent ? Si madame Haberdash était décédée de causes naturelles, sa magie se serait-elle rabattue sur moi, la seule habitante de la maisonnette située à un bout de la propriété ?

Je n'aimais toujours pas l'idée de devoir nettoyer ce bazar qui ne me concernait pas. J'étais triste pour elle, bien sûr. Même si elle n'était pas une très bonne propriétaire, elle ne méritait pas de se faire assassiner. Cela dit, je ne méritais pas non plus d'être mise en danger, surtout si la personne ayant éliminé Haberdash décidait de s'en prendre à la suivante à son poste.

Il existait peut-être un moyen facile et rapide de me sortir de cette situation. Je levai la main et j'indiquai le chat.

— Venez vers moi, dis-je, en essayant d'insuffler du pouvoir dans cet ordre simple, comme j'avais vu le policier et l'animal le faire.

Le félin autoritaire leva les yeux au ciel.

— Dois-je prendre cette tentative peu convaincante comme un aveu de votre culpabilité ?

— Non, marmonnai-je, me sentant rougir d'embarras.

— Même si vous étiez douée de magie, ce dont je doute fortement à ce stade, vous n'êtes pas assez puissante pour me commander. Personne ne l'est. C'est pour ça que je suis le patron, et vous, l'intérimaire. Compris ?

— Je m'en fiche, rétorquai-je. Je n'ai donc pas de magie. Ça devrait mettre un terme à ce débat, non ? Comment pourrais-je occuper le poste de sorcière communale sans magie ? Vous n'avez clairement pas la bonne personne.

— Nous vous fournirons tout ce dont vous avez besoin pour accomplir vos devoirs, y compris un peu de magie temporaire.

Je ravalai ma réponse acerbe. Il y avait tant de choses qui clochaient dans ce scénario, mais aussi… *On venait de m'offrir de la magie !* Comment pouvais-je refuser ?

— Très bien, répliquai-je finalement en haussant les épaules. Alors j'accepte, j'imagine. Puis-je avoir ma magie maintenant ?

— Ce soir, lors de l'intégration. À vingt-trois heures pile.

— Désolée, je dors, la nuit.

— Plus maintenant, non.

Le chat se détourna de moi avec un coup de queue irrité et s'adressa au reste de l'assemblée.

— Vous pouvez disposer.

Tout le monde s'en alla, à l'exception de Parker, et de moi.

— Désolé de vous avoir entraînée là-dedans, me dit ce dernier, mais arrêtez d'agacer autant monsieur Grosmatou. Je parle d'expérience. Votre vie sera bien plus facile si vous lui témoignez du respect.

J'explosai de rire, tandis que Parker eut surtout l'air effrayé.

Sérieux, qu'est-ce qu'un petit chat noir du nom de monsieur Grosmatou pouvait réellement me faire ?

J'allais malheureusement le découvrir ce soir-là.

6

Après que Parker m'eut ramenée chez moi, je pus enfin terminer cette douche commencée une éternité plus tôt. Oui, elle était toujours d'un froid désagréable, mais cet inconfort m'aida à me débarrasser d'une partie de mon état de choc. C'était même pile ce dont j'avais besoin.

Tout en m'essuyant, je dressai la liste de ce que je savais :

Ma propriétaire était une sorcière.

Elle a été tuée.

Son assassin est toujours dans la nature.

On attend de moi que je prenne sa place.

Ce soir, on me donnera de la magie à titre temporaire.

Mon patron est un chat qui parle.

J'écrivais des fictions – raconter des histoires était mon métier, littéralement – et pourtant, jamais je n'aurais pu imaginer un truc aussi dingue, même en me forçant.

En réalité, si ça n'avait tenu qu'à moi, j'aurais choisi une héroïne plus digne de prendre ma place, et plutôt qu'un stupide chat, j'aurais placé Parker dans le rôle de la figure d'autorité. Ça aurait été le point de départ parfait pour une intéressante romance de bureau. Les opposés s'attirent, *enemies to lovers*... Oui, ça cochait toutes les cases annonçant un bon livre.

C'est pour ça que les gens disent que la vie est souvent plus étrange que la fiction, j'imagine.

D'abord cette traînée de la PTA, et maintenant ça. J'avais vraiment une vie captivante.

Enfin sèche, j'enfilai mon jean préféré et un vieux tee-shirt, puis mes baskets. Étais-je une adepte de la course à pied? Non. Mais porter des chaussures destinées à cela me donnait le sentiment que je pouvais courir, si je le voulais.

Cela dit, si les choses tournaient mal ce soir, j'aurais peut-être à me servir de ces pauvres baskets pour la première fois de leur misérable vie. Je frémis. *Mieux vaut ne pas y penser.*

Parée de ma tenue discrète, je sortis de chez moi et je remontai l'allée menant à la résidence principale de ma propriétaire.

Imaginez ma surprise quand je me rendis compte que je n'étais pas la seule à avoir eu cette idée.

Une jeune femme vêtue d'une robe noire ample et d'un cardigan à fleurs, les pieds engoncés dans des rangers et la tête recouverte d'un grand chapeau souple, se tenait devant la maison et observait une fenêtre au premier étage. Elle était tellement plongée dans son inspection qu'elle ne semblait pas m'avoir vue approcher.

Je ralentis le pas. Qu'est-ce qui était le mieux? Que je fasse demi-tour comme si rien de tout ça n'était arrivé?

C'était trop tard, sans doute. J'étais désormais mêlée à cette histoire, que ça me plaise ou non.

Alors, je levai la main pour saluer la visiteuse et lançai :

— Bonjour à vous!

L'autre femme sursauta au point d'en perdre son chapeau, que le vent s'empressa d'envoyer valser à l'aide d'une rafale taquine.

Nous courûmes toutes les deux après lui, mais la branche haute d'un arbre l'attrapa avant nous.

L'inconnue se mordit la lèvre et se tourna vers moi.

— C'était mon chapeau préféré.

— C'était ma propriétaire préférée, répliquai-je, décidant de plonger dans le vif du sujet.

J'indiquai la maison désormais vide.

— Vous la connaissiez bien?

— Pas vraiment.

La femme jeta un dernier regard nostalgique à son chapeau perdu. Maintenant que je voyais son visage, je me rendis compte qu'elle était bien plus jeune que je ne l'avais pensé. Je n'aurais pas été surprise qu'elle ait tout juste fini le lycée, à un ou deux ans près.

— Tawny, me présentai-je avec un sourire chaleureux. Et vous êtes?

— Personne d'important, marmonna-t-elle en jetant un nouveau coup d'œil en direction de son chapeau perdu.

Ses longues tresses noires voletèrent dans la brise, lui donnant des airs presque effrayants.

— Je m'en vais.

— Attendez, m'écriai-je, sans savoir quoi ajouter.

Mais je ne pouvais pas la laisser partir. Et si c'était elle, l'assassin ? Je devais le découvrir, pour ma propriétaire.

— Qu'est-ce que vous êtes venue faire ici ? demandai-je lorsqu'elle reporta son attention sur moi avec un soupir résigné. Saviez-vous que madame Haberdash avait été tuée ?

Elle me transperça d'un regard direct et déterminé, sans rien trahir de son côté. Tout à coup, je pris conscience avec acuité que je venais de confronter quelqu'un pouvant être mortellement dangereux. Et si c'était bien elle, l'assassin ? Possédait-elle la magie communale ?

Comme elle ne répondait pas, je tentai une hypothèse.

— Vous le saviez, n'est-ce pas ? Qu'elle était morte, je veux dire. Mais avez-vous une idée de pourquoi quelqu'un voulait la tuer ?

— C'était une erreur de venir ici, rétorqua-t-elle sèchement.

Elle tourna les talons et s'éloigna si vite que je n'avais pas la moindre chance de la rattraper, même avec mes chaussures de course aux pieds.

— Attendez, la rappelai-je de nouveau, mais la fille sans nom m'ignora et ne se retourna pas.

Bien joué.

J'avais eu une suspecte sous la main, et pourtant, je n'avais rien pu lui soutirer d'utile. Si elle avait été une amie ou un membre de la famille, elle aurait dit quelque chose, n'est-ce pas ? Son départ soudain indiquait qu'elle se sentait coupable, mais coupable de quoi ? De meurtre ?

Quelle que soit la réponse, j'avais le sentiment que cette étrange visiteuse allait revenir vite. Pas avec des intentions meurtrières, avec un peu de chance, surtout maintenant qu'elle savait que je la soupçonnais.

Argh !

Qu'est-ce qui n'allait pas chez moi ? Je n'avais pas avancé avec prudence vers le danger, j'y avais plongé la tête la première.

7

Je consacrai le reste de la journée à tenter, en vain, d'écrire quelques pages pour faire plaisir à mon agent. Évidemment, j'avais bien trop de choses en tête pour pouvoir me concentrer, donc il allait devoir s'habituer à être contrarié par mon attitude quelque temps.

Parker vint me chercher quinze minutes avant onze heures. Il était visiblement mon chaperon officiel pour toutes les affaires concernant l'agence d'intérim paranormale.

Même si je n'avais pas le sentiment d'avoir constamment besoin de la présence de quelqu'un, j'étais soulagée que ce soit lui. Il était moins insolent que le chat. Et pas trop désagréable à regarder non plus.

Avant, j'aurais sauté sur cette attirance, flirtant au moment opportun. Mais j'étais différente, j'apprenais encore à me connaître, à vrai dire.

Depuis que j'avais trébuché sur le cadavre de madame Haberdash et que j'étais tombée dans ce monde plein de défi rempli d'une magie étrange, j'avais changé. Oui, ça ne remontait qu'à ce matin, mais ces deux événements comme on n'en vivait qu'une fois dans une vie avaient engendré de profondes modifications quant à ce que je savais de moi-même et du monde qui m'entourait.

Je me dirigeai à grands pas vers la voiture de Parker, drapée d'une assurance que je ne ressentais pas. Je portais aussi une longue jupe noire à fleurs et un bustier noir en cuir, de vieilles bottes en grande partie masquées par la jupe, et mon bijou préféré, un collier noir au pendentif brillant et aux motifs intéressants qui ressemblaient vaguement à un aigle en plissant un peu les yeux.

Je dévoilais apparemment un peu plus de décolleté que mon escorte ne s'y attendait. Il vira au rouge brique sous sa barbe dès l'instant où ses yeux se posèrent sur ledit décolleté.

— Vous n'étiez pas obligée de bien vous habiller pour ça, grommela-t-il, les mains serrées autour du volant.

— C'est votre façon de dire que je suis jolie comme ça ? le taquinai-je.

D'accord, peut-être que je n'avais pas changé tant que ça.

Parker toussota.

— Moui. Contentons-nous de « jolie ». Euh… vous avez passé une bonne journée ?

— Je ne pense pas qu'on puisse se remettre d'avoir été accusée de meurtre et d'avoir découvert la magie, donc qualifions-la plutôt de journée *intéressante*.

— On sait que vous ne l'avez sans doute pas tuée, si ça peut vous aider, répondit-il avec un sourire d'excuse.

Oh, bien. Ils savaient que je n'étais *sans doute* pas coupable, ce qui signifiait que je n'étais pas totalement tirée d'affaire. Et aussi…

— J'en déduis que vous n'avez pas attrapé le véritable tueur, pour l'instant, commentai-je en soupirant.

— Non, mais on a quelques pistes.

Son visage restait concentré, sérieux.

Moi, de mon côté, je préférais alléger l'atmosphère, surtout alors que je me sentais déjà apeurée.

— Et donc, vous êtes quoi, au juste ? Un policier ? Ou bien cette arrivée en grande pompe n'était réservée qu'à moi ?

Je m'attendais à ce qu'il se détende un peu sous l'effet de ma taquinerie, mais pas de bol. Il se repositionna dans son siège, se redressant, et dégagea ainsi une présence encore plus autoritaire. Il serra les mâchoires et carra les épaules. Avait-il peur de moi ? Ou était-il mal à l'aise en présence des autres, de manière générale ?

— Je suis bien un membre des forces de l'ordre, oui, répondit-il d'une voix plus grave que d'habitude. Je suis aussi l'agent de liaison au sein de la police pour les affaires paranormales.

— Donc vous êtes un agent double ? demandai-je en plissant le nez, amusée.

Enfin, un sourire étira ses lèvres.

— Un truc du genre, oui.

— Et le chat est votre patron. Et les autres personnes présentes ce matin ? Qui sont-elles ?

Si je pouvais soutirer des informations à quelqu'un, c'était à Parker, alors je décidai de presser le citron le plus possible pendant le trajet. Il serait plus facile à influencer sans le regard vigilant de monsieur Grosmatou.

Il me dévisagea un long moment, et la voiture fit une embardée vers le trottoir. Lui demander d'être multitâches pendant qu'il conduisait n'était peut-être pas la meilleure idée de la journée.

Il reporta son attention sur la route.

— Les autres agents de liaison, vous voulez dire ?

— Si c'étaient eux qui étaient assis autour de cette table ce matin, alors oui.

Je repensai à la femme à la tenue impeccable et au type âgé à la barbe de Merlin et au costume. Les deux autres ne m'avaient pas fait si forte impression. Cela dit, ils étaient assez importants pour être conviés à cette réunion, donc je ne devais pas ignorer leur existence.

Parker hocha la tête et repositionna ses mains sur le volant.

— Oui, ce sont tous des agents de liaison. Moi, je suis en contact avec la police. Chacun d'eux garde un œil sur d'autres organismes clés de la région.

Je me mordis la lèvre et je me retins de froncer les sourcils. Je commençais à me sentir stupide, étant donné le peu que je savais, et je détestais plus que tout ce sentiment.

— C'est plutôt vague. Vous voulez dire que vous défendez les intérêts paranormaux auprès de la police?

La voiture fit une autre embardée quand Parker écrasa la pédale de frein – à dessein ou non, difficile à dire. Il releva le pied avant que nous ne nous immobilisions totalement. Heureusement qu'il n'y avait personne derrière nous, ou nous aurions souffert d'un grave coup du lapin.

D'une voix suraiguë et paniquée, il répondit :

— Non, non. Seigneur, non. Les gens sans magie ignorent notre existence, donc je ne prends la défense de personne. Si on les surveille, c'est pour nous protéger d'eux. Pas l'inverse.

Vu comme il était nerveux, je posais les bonnes questions, n'est-ce pas? Je décidai de continuer, même si j'étais inquiète, et pas qu'un peu, pour ma sécurité avec un conducteur aussi sensible au volant.

— Euh, coucou. Je suis sans magie et pourtant, vous m'avez tout de suite révélé la vérité.

— Vous vous êtes pointée sur la scène de crime de l'une des magiciennes les plus importantes de cette ville, alors oui, on n'avait pas le choix. En plus, vous aurez un peu de magie en vous avant la fin de la soirée.

Un frisson d'excitation me traversa. J'allais obtenir de la magie. Ça valait presque le coup d'être soupçonnée de meurtre.

Presque.

8

Le trajet fut court et agité, à cause du comportement erratique de Parker au volant. Cette fois-ci, je fus heureuse de voir le bâtiment sombre, parce qu'il signifiait que nous avions atteint notre destination sans subir l'accident de voiture épique auquel je m'attendais à moitié.

À l'intérieur du quartier général de la Paranormal, Parker me conduisit dans une direction opposée à ce matin. Une série de longs couloirs nous menèrent à un grand espace qui résonnait, dans lequel tous les meubles et les moquettes avaient été enlevés.

— Vous ne récupérerez jamais la caution de cet endroit, marmonnai-je en me souvenant de la fois où j'avais dû renoncer à la mienne à cause d'une tentative de création de bougies ratée.

Entre parenthèses, j'avais décidé de ne pas conserver ce passe-temps.

Je me tournai vers Parker, pour voir comment il avait accueilli ma blague, mais avant que je ne puisse croiser son regard, nous fûmes rejoints par un nouvel arrivant.

Monsieur Grosmatou bondit depuis un trou dans le plafond, où l'un des panneaux avait été enlevé. Il atterrit juste devant moi dans un bruit sourd, prouvant, au moins à mon intention, que les chats atterrissaient toujours sur leurs pattes.

— Bonsoir, me salua-t-il en ronronnant, très content de lui, si ce n'est de moi. Merci de l'avoir amenée ici, Barnes.

Il adressa un bref signe de tête à Parker.

— Ce sera tout. Tu peux disposer.

— Attendez ! rappelai-je ce dernier, mais soit il ne m'entendit pas, soit il s'en fichait.

Je reportai mon attention sur le chat noir en sentant croître mon malaise. Quelque chose me disait qu'il ne m'initierait pas à la magie avec gentillesse.

— Humaine, dit-il en agitant le bout de sa queue en rythme. Il est l'heure de…

— Je m'appelle Tawny, l'informai-je.

Il écarquilla les yeux, comme si le fait que je prononce mon prénom était une insulte.

— Ce n'est pas important. Ce qui compte, c'est…

— En fait, si, mon prénom est important à mes yeux, et je vous remercierais de l'utiliser.

Si je n'établissais pas quelques règles tout de suite, je ne pourrais pas les mettre en place plus tard. Et si je devais le fréquenter le temps de cette histoire de sorcière communale, je comptais bien insister pour qu'il utilise mon prénom.

Monsieur Grosmatou se mit à quatre pattes et me tourna autour.

— C'est une demande de taille pour quelqu'un qui est toujours accusé de meurtre.

— Non, c'est une requête plutôt simple. Vous me demandez d'apprendre la magie et de remplacer temporairement une sorcière. Tout ce que je vous demande en échange, c'est que vous me traitiez avec un peu de respect.

Le chat s'immobilisa, pencha la tête d'un côté, et me fixa de ses yeux dorés changeants.

Nous gardâmes le silence tous les deux, ne cédant ni l'un ni l'autre. D'après moi, j'étais en position de force. Il avait beau avoir de la magie, il avait besoin de moi – et seulement de moi, pour une raison que j'ignorais.

Après une petite éternité, il rit. Il ne pouffa pas simplement, non, il laissa éclater sa joie.

— Vous ne comptez pas m'épargner, à ce que je vois. J'espère que vous savez que je ferai preuve de la même courtoisie à votre égard. Va donc pour Tawny, mais gardez à l'esprit que vos futures demandes rencontreront bien plus de résistance.

— Merci, répliquai-je, les dents serrées.

Même s'il avait enfin cédé, je me sentais sur les nerfs. Pourquoi Parker n'était-il pas resté avec nous ? Ça aurait été bien plus facile avec un visage amical pour me tenir compagnie, bien qu'il soit lui aussi quasiment un inconnu. Mais j'aurais préféré le policier séduisant au chat magicien effrayant.

— Quelle est la suite? demandai-je, puisque monsieur Grosmatou ne m'expliquait rien.

— Eh bien, à présent, dit-il en regardant les griffes dégainées de l'une de ses pattes, je vous donne temporairement accès à la magie.

— La *magie*, répétai-je, savourant la consistance puissante du mot sur ma langue.

Le chat noir opina et rangea ses griffes.

— Ce ne sera pas la réplique parfaite de celle de Lila, mais elle sera suffisamment ressemblante pour que vous puissiez occuper son poste quelque temps. Enfin, à moins que vous ne l'ayez tuée vous-même et que vous n'ayez déjà absorbé son héritage magique.

— Je n'ai pas...

Je fus coupée dans mon élan par une puissante rafale qui traversa la pièce et me renversa.

Aïe. Ouille. Aïe. J'avais mal partout. À la tête, à la poitrine, et surtout aux fesses.

— C'était quoi, ça ? m'écriai-je.

Il voulait que je l'aide, il avait même *besoin* de mon aide, non? Alors pourquoi m'attaquer tout à coup?

Monsieur Grosmatou ouvrit la bouche, mais au lieu de répondre à ma question très raisonnable, il lança un panache de feu palpitant.

Ce dernier s'envola très vite vers moi, déterminé, bien trop rapide pour que je puisse espérer l'éviter, même si je n'avais pas été sur les fesses.

Puis, en une fraction de seconde, les flammes disparurent, juste avant de s'écraser sur mon visage et de me réduire en cendres.

— Vous êtes fou ! m'exclamai-je.

La peur embrouillait mes paroles, les rendant confuses.

— Laissez-moi sortir d'ici !

Grosmatou éclata de rire en avançant vers moi d'une démarche délibérément lente. Je pris une grande inspiration et me préparai à la suite. Il savait aussi bien que moi que j'avais autant de chances de m'en sortir victorieuse qu'une boule de neige en plein désert.

Mais waouh, quelle façon de mourir !

9

— Détendez-vous, m'encouragea Grosmatou d'une voix traînante en se rapprochant de moi.

Tout à coup, mes muscles se relaxèrent et mon cœur fut entraîné par une pulsation apaisante.

Le chat magique me dévisagea un moment.

Quand il décréta que j'avais bien suivi ses consignes, il poursuivit son exposé terrifiant.

— Je devais m'assurer que vous ne possédiez pas déjà de la magie et que vous ne tentiez pas de la cacher. Vous n'avez pas beaucoup d'expérience, donc vous n'auriez pas pu vous empêcher de déclencher vos défenses face à cette arrivée soudaine d'une menace extérieure.

— Vous êtes fou ! m'écriai-je à nouveau.

Mon corps avait beau être calme, mon esprit était encore sous le choc.

— Je ne possède pas la moindre magie, et je n'apprécie vraiment pas que vous ayez tenté de me transformer en Tawny rôtie !

Un sourire s'étira de l'une de ses joues moustachues à l'autre.

— Confier de la magie à un humain, ce n'est pas rien. Votre espèce n'a pas le meilleur des palmarès en matière de gestion du pouvoir sous n'importe quelle forme.

Il n'avait pas tort, là. Cela dit, il avait beau comprendre les humains, ça ne signifiait pas qu'il *me* connaissait pour autant.

— Ne m'attaquez plus jamais, ordonnai-je, en regrettant de ne pas déjà posséder cette magie qui me permettrait de le forcer à m'obéir, de la même façon qu'il m'avait contrainte à me calmer.

— Ce n'est pas prévu. Attendez ici.

Il s'accroupit, puis sauta dans le même trou au plafond que celui par lequel il était entré dans la pièce.

Grosmatou avait des dons de saut surnaturels, c'était certain. *Oh, c'est vrai. La magie.*

À son retour, il tenait une simple broche argentée dans la gueule. Elle ressemblait à un arc croisé d'un papillon et était faite d'un argent brillant. Il la posa à mes pieds.

— Votre tenue n'est pas très bien choisie, commenta-t-il de son phrasé rebutant, presque serpentin.

Je le fusillai du regard. Il était peut-être le patron, mais ça ne lui donnait pas le droit de contrôler tous les aspects de ma vie. Cette dernière pique faisait mal, d'autant que j'avais mis un soin particulier à sélectionner mes vêtements.

— Ça suffit, les insultes, grognai-je.

Il ne céda pas. Au contraire, il insista.

— Vous avez trop de peau exposée. Voilà votre badge magique.

Il posa la patte sur la broche en argent.

— Il doit être placé contre votre cœur pour être plus efficace.

Je baissai les yeux vers mon décolleté important et grimaçai.

— Oh. Je vois. *Hmm.*

— Pourriez-vous juste... ?

Ses mots moururent sur ses lèvres, et si vous n'avez jamais vu un chat rougir, je vous assure, ça vaut le coup d'œil. Grosmatou toussota, ce qui se transforma en haut-le-cœur et eut pour conséquence de faire tomber une boule de poils régurgitée à mes pieds. Charmant.

J'attrapai la broche brillante en faisant de mon mieux pour ne pas contempler les dégâts dangereusement proches.

— Comme ça ? demandai-je après l'avoir installée tout en haut de mon bustier.

Dans cette position, elle dépassait légèrement l'encolure.

— Eh bien, passons aux tests.

Grosmatou avait repris sa contenance. Il me décocha un clin d'œil, puis balança une nouvelle rafale dans ma direction.

Cette fois-ci, je levai les deux mains devant moi et le vent s'éteignit, sans même ne serait-ce qu'ébouriffer un seul de mes cheveux. Choquée, je contemplai mes paumes à la recherche de la magie qui venait d'en jaillir. Elles me paraissaient – visuellement et en sensations – toujours les mêmes.

Je n'eus pas le temps de m'appesantir dessus, parce que le feu arriva ensuite. Par instinct, je brandis les mains et forçai de l'eau à jaillir ; elle entra en collision avec les flammes de Grosmatou, et les deux disparurent.

Le chat arborait une expression suffisante, à présent.

— Vous voyez ? Vous ne pouvez pas vous empêcher de vous défendre.

— Mais comment ça marche ? Je n'ai rien fait volontairement.

Je continuai à observer mes mains, comme si elles pouvaient tout à coup me révéler tous les secrets de l'univers. Malheureusement, je me sentais aussi perdue qu'avant, et sans doute plus.

— Utiliser la magie est aussi naturel que respirer, pour ceux qui en possèdent. Oui, vous devrez vous entraîner pour la renforcer, mais nos aptitudes naturelles sont innées.

— Sauf que je ne possède pas de magie naturellement. Je n'aurais pas dû être capable de faire tout ça.

J'avais beau ne pas écrire de la fantasy, j'en avais suffisamment lu pour savoir que la magie requérait beaucoup d'entraînement et de maîtrise. Ce qui se passait ce soir avec Grosmatou était tout l'inverse.

Il haussa les épaules comme si ça n'avait pas d'importance.

— Tout le monde a du potentiel. Seules quelques personnes en prennent conscience.

— Donc tous les habitants de ce monde possèdent de la magie ?

J'étais émerveillée par cette idée. Comment une telle chose pouvait-elle rester secrète ? Était-ce grâce à Parker, Grosmatou et tous les autres agents de liaison pour les affaires paranormales partout sur la planète ? Et j'en faisais partie à présent ? *Waouh.*

— Parmi les humains adultes, on ne recense pas plus d'un pour cent de la population, m'informa-t-il avec un sourire arrogant. Ils sont, pour la plupart, trop englués dans les autres aspects de leurs vies occupées.

— Vous parlez des adultes, constatai-je en me relevant enfin. Ça veut dire que…

— Oui, beaucoup d'enfants peuvent recourir à leur magie intérieure, mais à mesure qu'ils grandissent, les adultes dans leur vie les convainquent que ce n'est pas réel, et peu à peu, ils perdent cette étincelle.

— C'est triste, commentai-je, la gorge nouée.

— Nous avons suffisamment de dégâts à réparer à cause des quelques humains conservant leur magie. Pourquoi y a-t-il autant de chats errants, d'après vous ? Notre boulot consiste à garder un œil sur vous et à arranger les choses avant que les autres humains ne comprennent que ceux-là sont dysfonctionnels.

— Donc les chats errants sont…

— Des agents de terrain, oui. Si vous avez un peu d'argent de côté, vous pourriez faire des dons à un refuge. Nous avons perdu trop de bons agents à cause de…

Il frémit.

— Peu importe.

— Je vais voir ce que je peux faire, lui promis-je.

Est-ce que je pouvais le caresser ? Ou bien ce geste serait-il considéré comme condescendant plutôt que réconfortant ?

— Et maintenant ?

— Vous rentrez chez vous et vous vous reposez. Je viendrai

vous voir demain matin pour vous présenter vos devoirs en tant que sorcière communale.

Je voulus le remercier, lui présenter mes condoléances pour les amis qu'il avait perdus sur le terrain, mais avant que je ne puisse ajouter un mot, il beugla :

— Barnes !

Parker arriva presque instantanément, me prit par le bras et me conduisit vers la sortie. Bien, apparemment je devais attendre le lendemain pour obtenir quelques réponses.

10

J'avais beau savoir que je devais essayer de dormir, j'étais bien trop excitée pour y parvenir. Des tas de questions tourbillonnaient dans mon esprit, et elles requéraient des réponses.

Bien sûr, Parker était resté très silencieux sur le trajet de retour, me laissant tout le loisir de méditer.

Une pensée dominait mon cerveau depuis le début : « OH, MON DIEU, J'AI DE LA MAGIE MAINTENANT ! YOUPIIIIII ! »

Impatiente de tester mes nouveaux pouvoirs chez moi, je sortis dans le jardin dans l'espoir d'affronter un vent violent que je pourrais chasser... Mais la nuit resta calme, tranquille, très peu coopérative. J'envisageai un instant d'allumer un feu de camp pour l'arroser avec ce qui déciderait de sortir de mes mains. Cela dit, où était-il écrit que mes compétences se limitaient à calmer les éléments ? Parker et Grosmatou avaient exercé une forme de contrôle mental sur moi, et même si je n'avais personne à influencer pour l'heure, j'étais prête à parier que je pouvais accomplir presque tout ce que mon esprit décidait.

Voyons voir...

Grosmatou avait extrait ma magie sans peine, mais maintenant que j'étais livrée à moi-même, je ne savais pas trop par où commencer.

J'observai la broche fixée à mon haut comme si elle pouvait m'afficher la réponse en gras. Non, ça ne fonctionnait pas.

Je ne savais toujours pas ce qu'impliquait mon boulot de sorcière par intérim. Quelles seraient mes responsabilités? Quel genre de magie allais-je pouvoir réaliser? Grosmatou s'était montré avare d'explications.

Heureusement, étant auteure de métier, j'avais pour habitude de laisser libre cours à mon imagination. D'accord, j'écrivais surtout des romances contemporaines se déroulant dans le monde réel – vous voyez, ce monde que je pensais dépourvu de magie, avant aujourd'hui. En général, quand je planchais sur mes manuscrits, je réfléchissais à des rencontres mignonnes entre mes personnages principaux, ou à de grands gestes romantiques de la part des héros pour reconquérir les femmes après avoir royalement merdé. J'avais beau être douée dans ces deux domaines, aucun d'eux ne m'était d'une grande utilité pour explorer mes tout nouveaux dons paranormaux.

Peut-être que si je voulais lancer un sort d'amour ou... Attendez, en étais-je capable? Mon cerveau eut quelques ratés en réalisant combien les possibilités pouvaient être infinies.

J'en vins naturellement à me demander quelle part des connaissances entourant traditionnellement les sorcières était basée sur la réalité et quelle autre n'était que le résultat d'imaginations trop débordantes comme la mienne.

Je parcourus mentalement les représentations des sorcières dans les médias.

Un chat noir de compagnie ? *Oui.*

Vertes et moches ? *Ouh là, non.* Enfin, pas vertes, au moins, et sans doute pas moches non plus.

De fabuleux grimoires magiques ? *Pas encore.*

Un balai volant ? *Attendez une seconde.*

Serais-je vraiment capable de voler ? Et si oui, aurais-je besoin d'un balai pour ça ?

Oui, voler allait rejoindre sans hésiter ma liste de choses à tester.

J'étais à moitié tentée d'essayer dès maintenant, en montant sur le toit et en laissant mon instinct de survie faire le reste, comme avec Grosmatou, mais cela ne me paraissait pas très malin de réaliser cette expérience sans personne autour pouvant invoquer des pouvoirs de guérison magiques ou appeler une ambulance si ça tournait mal.

Le décollage allait devoir attendre.

Les sorcières étaient capables de quoi d'autre ?

Hmm. Je pouvais peut-être changer de forme. Pourquoi pas, après tout ?

Déterminée à découvrir seule certaines de mes capacités, je me rendis dans la minuscule et unique salle de bain de mon *cottage* de location, je posai les deux mains sur le meuble et me regardai dans le miroir.

Voyons voir, voyons voir. En quoi me transformer ?

Mes yeux se posèrent sur le rideau de douche sur lequel était imprimé un flamant rose vif, le seul élément doté d'une certaine personnalité dans cette pièce fonctionnelle, mais pas vraiment attrayante.

Un flamant rose, d'accord. J'imaginai l'animal dans ma tête en pensant à tout ce que je savais sur eux, de leur couleur flamboyante à leur goût pour la position sur une patte. Je fermai les yeux, gardai l'image bien en tête et m'imaginai devenir ainsi.

Pense... juste... rose...

Une méthode tout à fait logique, alors je me concentrai de toutes mes forces sur ma visualisation... Mais rien ne se produisit.

Merde !

Je rouvris les paupières, dans l'intention de réprimander mon reflet qui refusait de suivre mes ordres. À la place, je poussai une exclamation.

Je n'étais pas devenue un flamant rose, mais mes cheveux *avaient changé*, prenant une teinte vive de chewing-gum, parfaitement assortie à la couleur du volatile sur le rideau de douche.

Des cheveux roses. J'avais réussi à faire ça avec de la magie – *ma* magie ! – et ce n'était pas trop mal, tout bien considéré.

D'accord, je ne savais toujours pas comment j'avais réussi à changer juste mes cheveux alors que je visais une transformation complète, mais j'étais excitée d'avoir accompli quelque chose. Même un petit truc.

Je repensai à ma liste précédente.

Verte ? *Non.*

Moche ? *Pas avec cette nouvelle couleur de cheveux trop cool.*

J'avais exploité mes nouveaux pouvoirs pour réaliser quelque chose de magique. Pas trop mal, pour une sorcière novice. Quoi qu'implique ce boulot de sorcière communale, je pouvais gérer.

Et, qui sait ? Je pouvais sans doute m'attaquer à l'apprentissage du vol le lendemain.

Ce qu'il ne fallait pas dire…

11

Le lendemain matin, un horrible crissement me réveilla de mon sommeil agité. Je me redressai d'un coup, je reculai contre la tête de lit et j'envoyai valdinguer un certain chat noir.

— Qu'est-ce que vous faites là ? m'exclamai-je en serrant ma couverture contre ma poitrine.

Monsieur Grosmatou remonta au pied du matelas et m'observa avec lassitude.

— Je vous ai dit que je passerais vous prendre pour votre entraînement de ce matin.

— Mais il fait encore nuit !

Je savais que je pleurnichais comme une enfant qui venait d'être réveillée pour le premier jour d'école après des vacances de Noël particulièrement géniales, mais je m'en fichais. J'étais trop énervée pour m'inquiéter de la façon dont j'étais perçue par la personne – euh, le chat – qui m'avait mise en colère pour commencer.

— En plus, vous n'aviez pas parlé d'entrer par effraction dans ma maison. C'est inacceptable.

Il plissa les yeux et grogna, puis se redressa de toute sa hauteur, fier, dévoilant cette petite tache noire sur sa poitrine.

— Je ne suis pas entré par effraction, j'ai simplement utilisé ma magie pour obtenir le droit de pénétrer ici, m'expliqua-t-il de son ton traînant et indolent. Il est six heures du matin, une heure parfaite pour se réveiller et déjeuner avec votre nouveau mentor.

Je le dévisageai, bouche bée. Non seulement il se pointait dans ma chambre à cette heure inconvenante, mais en plus, il s'attendait à ce que je lui prépare à manger ? Eh bien, j'espérais qu'il aimait les céréales froides, parce qu'il n'obtiendrait rien d'autre de ma part.

— Attendez-moi en bas, ordonnai-je.

Il ne bougea pas.

— Je suis sérieuse. Je ne porte pas de pantalon et j'ai besoin d'un peu de temps pour être décente.

— Ça n'avait pas trop l'air de vous inquiéter hier soir, rétorqua-t-il sèchement.

Oh, non. Hors de question de me faire traiter de salope par un chat qui parle !

— Sortez d'ici ! criai-je en lui jetant mon oreiller.

Cette fois-ci, au moins, il m'écouta.

— Les autres vont bientôt arriver, donc faites vite, je vous prie, m'informa-t-il en sortant.

— Oh, je vais faire quelque chose, c'est certain, grommelai-je en m'empressant d'attraper le premier pantalon qui me tombait sous la main.

Quand je sortis de ma chambre, j'étais vêtue d'un pantalon de pyjama et d'un débardeur. Je refusais de porter une tenue moins confortable que celle-ci, puisque Grosmatou désapprouvait tout ce que je mettais de toute façon.

Il était assis à la table de la cuisine. Enfin, dessus, plutôt. Il avait été rejoint par une femme à l'allure sévère, que j'avais vue la veille à la réunion. Elle n'avait pas beaucoup parlé à ce moment-là et elle ne me fit pas vraiment bonne impression en cet instant.

— Tawny, déclara Grosmatou d'une voix rauque, je vous présente Greta. Elle va vous aider aujourd'hui dans votre travail.

— Bonjour, Greta, la saluai-je en les dépassant tous les deux pour me diriger vers le frigo.

Même si je n'avais jamais beaucoup de nourriture, je disposais d'une pleine étagère de mes cafés glacés préférés. J'en saisis un, je retirai le bouchon et j'en avalai une longue gorgée revigorante. C'était le meilleur moment de ma matinée, surtout avec ma douche toujours kaput.

J'abaissai la bouteille et découvris que mes deux invités indésirables me dévisageaient ouvertement.

— Greta est notre agente de liaison avec les écoles de la région, m'expliqua le chat. Elle veille à nos intérêts en matière d'éducation publique, un peu comme Barnes au niveau des forces de police.

— Compris, acquiesçai-je.

Hmm. Pourquoi Greta avait-elle droit à son prénom alors que Grosmatou appelait toujours Parker par son nom de famille ?

Plutôt que de répondre à ma question non formulée, mon nouveau patron enchaîna :

— Comme vous l'avez très bien déduit vous-même, j'en suis sûr, elle est la personne parfaite pour entamer votre éducation à la magie.

Greta tambourina sur la table et me lança un sourire.

— On commence ?

— Le petit-déjeuner d'abord, intervint Grosmatou.

Il eut même l'audace de se lécher les babines.

— Je n'ai pas eu le temps de manger avant de venir ici.

Vous auriez pu vous pointer plus tard, pensai-je. *Beaucoup plus tard.*

— Le petit-déj, alors. Qu'est-ce que les chats magiques aiment manger ?

Grosmatou et Greta échangèrent un regard amusé.

— Tous les chats sont magiques, me dit-elle en pouffant. C'est les gens qui ne le sont pas.

Sans tenir compte de l'insinuation selon laquelle j'aurais déjà dû connaître tous les tenants et les aboutissants de leur étrange monde secret, j'allai dans le vif du sujet.

— Et donc ? Vous voulez du thon en boîte, ou quoi ?

— Hé ! Ce stéréotype est offensant ! feula le chat noir. J'aimerais mieux un bon steak.

— Je n'en ai pas.

Même si ça avait été le cas, je n'aurais pas été d'humeur à en préparer de bon matin pour un chat autoritaire, surtout que je n'en achetais toujours que pour une seule personne – à savoir moi.

— Je ne suis même pas sûre d'avoir du thon, d'ailleurs. Un bol de lait ?

Il s'allongea sur le flanc avec un soupir, perdant ses fins poils noirs partout sur ma table de cuisine autrefois propre.

— Je vais devoir faire avec, j'imagine, même si vous devez savoir que je suis intolérant au lactose. Cela dit, j'ai droit à un petit plaisir après…

Il me détailla de haut en bas.

— … tout le stress que j'ai subi ces derniers temps. La prochaine fois, en revanche, j'espère que vous serez mieux préparée.

Manifestement, il connaissait l'adage selon lequel à cheval donné, on ne regardait pas les dents. Il avait de la chance que ce soit un boulot impossible à quitter et que l'attrait de la magie suffise à me faire ravaler ma fierté et à lui verser les dernières gouttes de ma bouteille de lait écrémé dans un bol.

Je mangeai mes céréales sans lait, donc.

Quelle belle façon d'entamer la journée !

12

Après un petit-déjeuner très rapide, et en même temps très gênant, Grosmatou s'en alla, me laissant seule avec Greta.

— Alors comme ça, tu veux apprendre comment devenir la sorcière communale ? me demanda-t-elle en haussant un sourcil dont les poils étaient si clairs qu'ils en étaient presque translucides.

Quelque chose clochait chez elle, mais je n'arrivais pas à mettre le doigt dessus.

Me rendant compte que je la dévisageais, je me forçai à baisser les yeux.

— Je ne le veux pas vraiment. On m'en a plutôt donné l'ordre.

Elle éclata de rire, et ce fut comme un tintement de clochettes.

— Ah, cette bonne vieille PTA ! Personne n'y postule, et pourtant tout le monde y trouve du boulot.

L'acronyme me retourna le ventre. Je m'étais déjà brûlé les ailes à cause d'une PTA avant, et bien que ces trois lettres représentent une organisation tout à fait différente cette fois-ci, une nouvelle vague d'indignation monta en moi.

Greta m'observa d'une telle manière que j'en vins à me demander si lire dans les pensées figurait parmi ses dons. Je m'apprêtais à lui poser la question quand elle se racla la gorge.

— Commençons par le début, d'accord? Tu sais ce qu'est la sorcière communale?

Je secouai la tête.

— Tout ce que je sais, c'est que cette ville est liée à de la magie et que Lila Haberdash occupait ce poste avant que quelqu'un n'entre en douce dans sa maison pour la tuer.

Greta grimaça. Son teint pâle rosit, rendant ses cheveux blond presque blanc encore plus visibles.

— Oui, tout ceci est vrai.

— Attends. Ça a été officiellement classifié comme meurtre, maintenant?

J'avais été tellement prise par cette histoire de magie que j'avais fait un travail minable au niveau de l'enquête.

— Oh, oui, mais ça, on le savait depuis le début, répondit-elle avec un geste désinvolte de la main. La magie connaît toujours une fin brutale et violente. *Toujours.*

Mon ventre fit un soubresaut à ces mots, menaçant de recracher le délicieux breuvage que je venais de lui confier.

— Comment?

Greta pencha la tête sur un côté.

— Comment quoi ? Comment est-elle morte ? De cause magique, manifestement.

Oh. Bon, c'était très nébuleux. J'avais beau ne toujours pas m'y connaître en magie, si Grosmatou cherchait des preuves de mon innocence, la cause du meurtre devait suffire.

— Ne t'inquiète pas pour ça, très chère, dit Greta, l'air pincé, en me serrant la main. Lila a vécu une belle vie, avant qu'on la lui enlève. Pour le moment, c'est à ton tour d'endosser la cape de sorcière de Beech Grove, et très vite, ce sera à quelqu'un d'autre.

— Son assassin, tu veux dire ?

Elle soupira et me lâcha.

— C'est souvent comme ça que ça se passe, oui.

J'avais un million d'autres questions, mais je sentais que sa patience s'effritait déjà avec moi.

— Bon, qu'est-ce que je dois savoir pour accomplir ce travail ?

Et ne pas me faire tuer, au passage.

Elle m'adressa son premier sourire sincère depuis notre rencontre. Il illumina tout son visage et avec ses cheveux si pâles, il lui donnait une apparence presque angélique.

— Je vais te conduire à ton nouveau bureau et je t'expliquerai certaines choses en chemin.

Elle traversa le salon comme si elle était chez elle et m'ouvrit la porte pour m'inviter à sortir la première.

Avant même que nous ne descendions du porche, je sus que nous allions nous diriger vers la résidence principale de madame Haberdash. Mon nouveau bureau était la scène de crime. *Formidable.*

Greta se plaça à mes côtés et fit des enjambées constantes et gracieuses.

— La sorcière communale agit comme un canal pour la magie naturellement produite à l'intérieur des terres sur lesquelles cette ville a été construite. Elle a donc sa propre magie, mais elle peut aussi puiser dans les réserves de magie qui appartiennent à la ville.

Je dodelinai de la tête comme si tout ceci était parfaitement sensé. En théorie, ça l'était. En pratique ? C'était une tout autre histoire.

— Qu'est-ce qui pourrait nécessiter d'utiliser la magie de ces terres ?

— Protéger la ville et ses habitants. Tu t'en doutes, c'est un travail très important.

Elle accéléra l'allure, et je n'eus d'autre choix que de trottiner derrière elle pour garder le rythme. Était-ce pour m'empêcher de poser d'autres questions ? Au contraire, son attitude avait pour seul effet d'en soulever d'autres : pourquoi se montrait-elle aussi évasive avec moi ?

À la place, je demandai :

— Si c'est un travail si important, pourquoi avoir choisi de me le confier ? Jusqu'à il y a vingt-quatre heures, je ne savais même pas que la magie existait.

— Oh, je n'ai pas choisi ça, très chère.

Elle eut un petit ricanement de dédain très inélégant et en inadéquation totale avec la grâce qu'elle dégageait.

— Ce n'est le choix de personne. Tu étais juste au bon endroit au bon moment.

— Ou au mauvais, plutôt, marmonnai-je tout haut.

Elle s'immobilisa et se retourna pour m'observer, comme si elle cherchait un élément qu'elle n'aurait pas remarqué.

— Tu n'auras pas grand-chose à faire, décréta-t-elle après un silence inconfortable pendant lequel elle sembla y avoir réfléchi. En fait, tu n'en seras pas capable, de toute façon.

— Parce que son assassin est déjà parti avec toute la magie de la ville, compris-je.

— Oui, mais il ou elle va revenir. Et très bientôt.

Je la rejoignis et demandai :

— Pourquoi ?

Elle laissa échapper un soupir tremblant.

— Parce que si la magie reste trop longtemps éloignée de sa source, elle disparaîtra et son réceptacle mourra avec elle.

Je frissonnai dans l'air frais du matin. Ça va, les enjeux n'étaient pas trop élevés, au moins…

13

Nous terminâmes notre promenade jusqu'à la maison de madame Haberdash sans rien ajouter. Tout à coup, mon désir d'en apprendre davantage sur ce tout nouveau monde pâlit face à la certitude que le tueur reviendrait bientôt sur la scène de crime, et que je serais là à l'attendre.

La maison était plongée dans l'obscurité et le silence, comme si une partie d'elle était morte en même temps que sa propriétaire.

— Je suis contente qu'on ne soit que toutes les deux cette fois-ci, déclarai-je en me souvenant de mon étrange conversation avec la jeune femme de la veille.

Je jetai un coup d'œil du côté du vieil arbre haut dans lequel son chapeau souple s'était coincé et découvris, surprise, que ce dernier avait disparu.

La fille était partie sans, c'était certain, donc elle était revenue. Sans doute en pleine nuit.

— Qu'est-ce que tu veux dire ? Tu t'attendais à qui d'autre ? répliqua Greta en me dévisageant, toujours très observatrice.

— Oh, je pensais à Parker, répondis-je, préférant ne pas révéler toute ma main.

Elle secoua la tête.

— Il a déjà assez de choses à gérer avec son rôle d'agent de liaison avec les forces de police. Tu as remarqué qu'il n'y avait aucun ruban de scène de crime ici ? Lila était l'une des nôtres. Impliquer la police normale ne ferait que ralentir l'inévitable.

— Le retour du tueur, tu veux dire ?

Son visage se ferma.

— Quoi ? Ah, oui. C'est vrai, c'est ce que je voulais dire.

Hmm hmm… Je commençais à comprendre que je ne pouvais même pas faire confiance à Greta ni la désarçonner autant que je l'aurais voulu. Cela dit, je n'avais qu'elle sous la main pour le moment. J'allais apprendre d'elle tout ce que je pouvais, puis j'allais demander confirmation à Parker plus tard, ou même à Grosmatou.

Greta me lança un sourire, mais je voyais bien qu'il n'était pas sincère.

— Rien ne vaut l'instant présent. Mettons-nous au travail.

Elle fit un grand geste vers le haut, et la porte d'entrée s'ouvrit.

La première chose que je remarquai, c'était que le corps de madame Haberdash avait été récupéré. La grande entrée était vide. Pourtant, quelque chose frémissait dans l'air, presque comme un mirage. Comme si la maison elle-même attendait quelque chose. Moi, peut-être ?

J'y pénétrai et je sentis son énergie m'envelopper comme un bain chaud. D'accord, je préférais les douches, mais cette sensation nouvelle me détendit. J'avais presque l'impression de flotter. C'était idiot, puisque j'avais les deux pieds fermement posés sur le parquet. Rien n'avait l'air d'avoir changé. C'était *moi* qui me sentais différente.

Greta me tourna autour lentement en marmonnant des mots trop bas pour que je puisse les comprendre. Elle s'arrêta soudain devant moi et m'attrapa par les poignets, me tenant à l'endroit où palpitait mon pouls.

— Elle t'appelle, n'est-ce pas ?

J'acquiesçai. Quel intérêt de nier ?

— Alors, la première partie était plus facile que nous nous y attendions. La ville t'a déjà acceptée comme hôte de sa magie.

— Mais c'est censé être temporaire, répliquai-je, incapable de détacher les yeux de son regard intense et foudroyant.

— C'était le plan initial, oui, mais nous devons aussi écouter les désirs de la terre.

— Et c'est moi qu'elle veut ? m'étonnai-je d'une voix suraiguë.

— C'est ce qu'on dirait, oui.

— Sauf que sa magie se trouve avec le meurtrier de madame Haberdash, constatai-je sans cligner des paupières, de crainte de perdre le contact visuel.

Je n'aimais pas la tournure que ça prenait. C'était même pire que le contrôle de l'esprit que Grosmatou et Parker avaient tous les deux exercé sur moi. Je pouvais échapper à une personne, mais que se passerait-il si la terre elle-même décidait de m'influencer ? Mon seul espoir serait alors de m'enfuir loin de la ville, de laquelle, même si je n'y avais aucune racine, il me serait difficile de m'échapper.

— Pour l'instant. Il y a des solutions pour ça, bien sûr.

— Tu ne penses pas…

— À ce que tu tues l'assassin et réclames la magie ? compléta-t-elle avec un sourire narquois.

Je déglutis avec peine et j'opinai. Elle s'attendait vraiment à ce que j'ôte la vie à quelqu'un dans le cadre d'un stupide travail d'intérim ? La magie, c'était cool et tout, mais pas assez pour me pousser à modifier mes convictions les plus profondes. Le meurtre, c'était mal. Ça aurait dû être une évidence.

Greta croisa les bras et se balança d'un pied sur l'autre.

— Bien sûr que c'est ce que je sous-entendais.

— Je ne tuerai personne, rétorquai-je, en pure perte.

Après tout, Greta ou l'un des autres pouvait sans doute m'y forcer en contrôlant mon esprit.

— C'est ce qu'on verra, me dit ma supposée mentore en partant d'un rire léger.

Un poids me plomba l'estomac, et il alla s'écrouler au sol juste à côté de l'endroit où s'était trouvé le corps sans vie de madame Haberdash moins de vingt-quatre heures plus tôt.

J'aimais l'idée de la magie, mais en pratique, c'était bien trop difficile à supporter pour moi. Je n'étais pas une sorcière, encore moins une meurtrière.

Que la victime désignée soit ou non coupable d'un crime terrible, ce n'était pas mon boulot de rendre la justice.

Mais comment pouvais-je quitter la *Paranormal Temp Agency* et reprendre ma vie normale comme si de rien n'était ?

Je commençais à avoir le sentiment que la situation était devenue *marche ou crève.*

Que se passerait-il si je refusais les deux options ?

14

Greta me fit visiter la maison, qui tombait en ruine, pour tout dire. Elle me présenta chaque pièce, me décrivant tous les objets présents et leur raison d'être. Ce fut ennuyeux avec un grand E.

Sérieux, en quoi tout ça contribuait à ma formation en magie ? Notre planning était déjà serré, et au lieu de m'apprendre à lancer des sorts ou confectionner des potions, mon mentor désigné venait de passer les dix dernières minutes à me décrire de quelle manière madame Haberdash avait ensorcelé ses chaussettes pour qu'elles soient de trois degrés plus chauds que la température de la pièce. Mais elle ne m'expliqua même pas la magie utilisée pour ce miracle, pensez-vous. Elle s'extasia juste de l'ingéniosité de l'idée.

Comment tout ceci allait-il m'aider à attraper un tueur ? Chaque fois que je tentais de poser une question plus pertinente,

Greta m'ignorait et changeait de sujet. À cette vitesse-là, j'allais peut-être apprendre à réaliser un ourlet à mon pantalon à l'aide de la magie d'ici la fin de la journée, mais rien d'aussi cool que voler ou… je ne sais pas, moi… échapper à un coup mortel, par exemple.

La seule chose qui parvint à retenir mon attention fut le dressing attenant à la chambre. Greta y entra et commença à fouiller la garde-robe de l'ancienne habitante des lieux, m'expliquant à quel type d'activité inhérente au poste de sorcière communale chaque vêtement pouvait être porté.

Argh. Pourquoi avais-je besoin de savoir ça ?

Mes pensées errèrent à nouveau, et je n'écoutai plus la voix nasale de Greta qui devint un bourdonnement à mes oreilles, tandis que j'observais la pièce à la recherche de quelque chose de plus important. Ce fut à ce moment-là que le fantastique chapeau noir posé sur l'étagère supérieure du dressing attira mon attention.

J'interrompis Greta sans scrupule, puisque je ne l'écoutais pas de toute façon.

— Qu'est-ce que c'est que ça ? lui demandai-je en montrant le couvre-chef en velours noir agrémenté d'un ruban en satin violet.

Les yeux de l'autre femme s'illuminèrent quand elle vit l'objet.

— Oh, belle trouvaille. C'est l'objet le plus important de la garde-robe de la sorcière communale, et sans doute son bien le plus précieux. Je n'en reviens pas que le meurtrier l'ait laissé là.

Plutôt que d'attendre de plus amples explications, je saisis le chapeau sur l'étagère et je dépliai le sommet, découvrant qu'il se terminait en une magnifique pointe parfaite.

Une décharge d'énergie me traversa la poitrine, m'illuminant de l'intérieur. Le chapeau me parlait de la seule manière dont il était capable : à travers sa magie. Sans même y réfléchir à deux fois, je le posai sur mes cheveux désormais roses. Au moment précis où il toucha ma tête, une image très nette envahit mon esprit. Je vis madame Haberdash vaquer à ses occupations, relever son courrier – preuve qu'elle avait reçu mes lettres ! –, se diriger vers la cuisine pour préparer le thé et puis...

La bouilloire lui échappa des mains et tomba sur le sol dans un grand fracas et des éclaboussures d'eau chaude partout. Je ne me contentais pas de voir et d'entendre, je sentais aussi la brûlure. Je baissai les yeux, mais ne vis que mes pieds.

— C'est l'heure ? demanda madame Haberdash dans un souffle pendant que j'avais détourné le regard.

Je refermai les paupières pour reporter mon attention sur la scène qui se déroulait dans mon esprit, mais tout ce que je voyais, c'était l'eau sur le sol.

Un poids de plomb me comprima la poitrine, et je peinai à respirer. Je perçus des bruits de pas qui s'approchaient, mais ne pus voir qui se trouvait avec elle... avec moi.

Un coup de vent me balaya, une brise glaciale m'enveloppa. La scène perdit en netteté et...

— Qu'est-ce que tu fais ? s'écria Greta en serrant fermement le chapeau dans sa main manucurée.

Elle me dévisageait avec une expression horrifiée.

— Le chapeau, murmurai-je, essayant toujours de trouver un sens à ce que j'avais vu. Je crois qu'il voulait me montrer ce qui était arrivé à madame Haberdash.

— J'avais dit à Grosmatou que c'était une mauvaise idée, s'énerva-t-elle en remettant le chapeau dans le dressing.

Elle claqua les portes de la pièce, forma un *V* avec son pouce et son index et les agita en un rapide mouvement de pendule.

— On doit découvrir ce qui s'est passé. Madame Haberdash mérite qu'on lui rende justice.

Je me précipitai vers le dressing et tirai fort sur les portes, mais elles refusèrent de bouger.

— Ce n'est pas ton travail, me réprimanda Greta.

— Mais je suis la nouvelle sorcière communale…

— Tu n'es qu'une intérimaire ! explosa-t-elle en sortant de la pièce à grands pas, me laissant seule. Et je refuse de former quelqu'un ayant si peu de considérations pour…

Je la suivis hors de la pièce, dans le couloir, et jusqu'en haut de l'escalier. Elle était figée, sans bouger ni parler, respirant à peine.

— Qu'est-ce qui se passe ? demandai-je dans un murmure désespéré. Pourquoi tu…

Mais tout à coup, mes jambes furent verrouillées sur place, bloquées comme dans de la glace. Elles n'étaient pas les seules. La seule partie que je pouvais désormais remuer, c'étaient mes yeux. Je les tournai vers l'étage inférieur, et ce fut à ce moment-là que je la vis.

La jeune femme que j'avais rencontrée la veille se tenait au pied des marches, les deux bras levés.

— Encore vous, me dit-elle avec un sourire froid. Vous auriez dû rester en dehors de ça tant que vous en aviez l'occasion.

Elle avait tout à fait raison.

J'avais envie de demander d'un regard des conseils à Greta, mais je la distinguais à peine du coin de l'œil. J'espérais qu'elle avait un plan, parce que moi, absolument aucun.

15

Je me débattis et je me tortillai, sans parvenir à échapper à la poigne magique de la jeune sorcière. Je tirai si fort sur mes liens invisibles que je transpirais, et pourtant, mes membres ne me récompensèrent même pas de mes efforts par un simple tressautement. Elle exerçait une emprise puissante sur nous, et je n'avais pas le moindre espoir de pouvoir me défendre si cette entrevue devenait violente.

— Melony Haberdash, grogna Greta, parfaitement immobile.

Les dents serrées, elle toisait l'autre femme.

— J'aurais dû deviner que c'était toi.

Le regard cruel de Melony s'adoucit, mais pas sa poigne.

— Juste pour que vous le sachiez, je n'ai rien à voir avec le meurtre de ma grand-tante. Pourquoi l'aurais-je tuée alors que j'étais de toute façon la suivante dans l'ordre de succession pour hériter de son poste ?

Elle s'interrompit un instant, puis me transperça d'un regard à l'intensité renouvelée.

— J'ai découvert cette femme en train de rôder autour de la maison hier, et la revoilà aujourd'hui. Ça n'a pas l'air d'une coïncidence, pour moi. N'est-ce pas ?

Greta répondit d'une voix étranglée.

— Non, tu te trompes. Ce n'est que l'intérimaire.

— Ha ! J'ai l'impression que tu es entrée dans son jeu. D'abord, elle vole la magie et ensuite, elle obtient une formation gratuite de la part du conseil, en jouant les innocentes. C'est plutôt brillant, à vrai dire. Je devrais peut-être prendre des notes.

Greta continuait à s'agiter à mes côtés. Un bref mouvement en dessous de ses hanches m'indiqua qu'elle reprenait le contrôle de ses doigts, mais pas encore de toute sa main.

— C'est une normale, je t'assure. J'ai eu des soupçons, moi aussi, au début, mais elle ne sait vraiment rien du tout. Elle a failli se faire tuer à l'instant en se repassant le meurtre dans sa tête.

Mon cœur cessa presque de battre à cette révélation. *J'ai failli mourir ?* Rien qu'en enfilant ce chapeau de sorcière ? *Houlà.* Cela signifiait que Greta m'avait sauvée de ma curiosité. Au début, j'avais cru qu'elle avait coupé court à la scène pour ne pas que je découvre que c'était elle, l'assassin, mais il semblerait à présent qu'elle ait choisi de me protéger. Était-ce pour cette raison qu'elle avait gâché notre temps avec des broutilles plutôt que de me fournir un véritable entraînement ?

Quelles qu'aient été ses raisons pour préserver mon innocence, j'aurais eu bien besoin de quelques capacités magiques en cet instant.

Je n'avais que mon instinct, comme Grosmatou l'avait souligné la veille, mais Melony nous avait piégées sans que nous ne nous en rendions compte. Ni Greta ni moi n'avions eu l'opportunité de réagir avant de tomber sous son envoûtement.

Cela me laissait la seule chose que j'avais toujours possédée, bien avant d'être douée de magie. *Mes mots.*

L'heure était venue de me défendre. Si je pouvais convaincre Melony que je ne représentais aucune menace, peut-être qu'elle me laisserait partir.

— Je n'ai pas tué madame Haberdash, m'écriai-je, les dents serrées. Je n'ai jamais tué personne. Je ne devrais même pas être là. Ce ne sont clairement pas mes affaires. Je n'ai jamais demandé à être transformée en sorcière. J'écris des livres, moi, c'est tout !

Melony me dévisagea, me jaugeant comme Greta l'avait fait un peu plus tôt. Elle dut trouver ce qu'elle cherchait en moi, parce que quelques secondes plus tard, l'étau magique se desserra d'un coup et je tombai au sol.

— Où est le chapeau de ma tante ? me demanda la jeune sorcière tandis que je me relevais.

Je me tournai vers la pièce que nous venions de quitter.

— Je vais aller vous le…

— Non ! s'exclama Greta, mais il était trop tard.

Melony avait déjà monté l'escalier quatre à quatre et elle pénétrait dans la chambre de sa tante.

— Qu'est-ce que tu as fait ? marmonna Greta, toujours attachée par la magie de la jeune femme.

— Mais elle a dit qu'elle n'avait pas…

Ma voix mourut sur mes lèvres. Pourquoi l'avais-je crue alors que c'était elle qui avait le plus à gagner dans le décès prématuré de sa tante ?

— Ce n'est pas elle, la tueuse, admit Greta en tournant très légèrement la tête dans ma direction pour me regarder.

Le sort fondait peu à peu. Cependant, Greta serait-elle libérée à temps pour empêcher Melony de partir ?

Elle grogna sous l'effort qu'elle fournissait pour rompre le charme et ajouta :

— Je sais qu'elle nous a dit la vérité à l'instant, mais…

— Oui ! s'exclama la jeune femme depuis l'autre pièce, coupant Greta en pleine phrase. Je te tiens.

— Hé ! Qu'est-ce que vous avez vu ? Vous savez qui a fait ça ? lui demandai-je alors qu'elle descendait l'escalier en vitesse, en serrant le vieux chapeau contre sa poitrine, sans nous jeter un seul regard.

J'aurais peut-être dû continuer à jouer les imbéciles, mais si elle avait dit la vérité un peu plus tôt, sans doute recommencerait-elle à cet instant. La persuasion verbale était ma seule option, puisque je ne savais pas comment faire appel à ma toute nouvelle magie sur commande.

Melony nous ignora toutes les deux, ouvrit la porte d'entrée et se précipita à l'extérieur. Dès que la porte claqua derrière elle, Greta fut libérée de son emprise.

Elle tomba au sol, faible et essoufflée.

— Que s'est-il passé ? lui demandai-je en l'aidant à se relever.

Le regard dans le vague, elle répondit :

— Elle s'est servie du chapeau pour revoir la scène du meurtre, comme tu l'as fait, mais comme c'est une sorcière plus expérimentée, elle sait comment manipuler les souvenirs afin qu'ils ne constituent pas une menace pour elle.

— Elle a vu le meurtrier, compris-je en inspirant vivement.

Greta hocha docilement la tête.

— Oui, et elle est partie le tuer pour reprendre la magie communale.

C'était ma faute. J'avais trouvé le chapeau, puis j'avais mené Melony droit à lui. Je ne savais toujours pas qui avait tué madame Haberdash, mais j'allais être responsable de la fin prématurée de cette personne. Et du transfert de la plus forte magie de la région vers l'adolescente timbrée qui n'allait pas s'en servir pour améliorer la vie de ses administrés, j'en étais sûre.

Gloups.

16

Deux choix. C'était ce qui s'offrait à moi à ce stade.

Je pouvais me mettre au travail pour aider Greta, Parker, Grosmatou et toute l'équipe à trouver, et sauver, le meurtrier. Mais une fois que nous l'aurions sauvé, qui qu'il ou elle soit, voudraient-ils que je le tue pour eux ?

Je n'étais toujours pas certaine de ce qu'ils attendaient de moi. La magie était étrange, et pourtant, les règles la gouvernant l'étaient encore plus. Elles me donnaient aussi l'impression de changer en fonction de la personne à laquelle je m'adressais. Greta voulait que je reste à ce poste pour toujours, mais qu'en pensait Grosmatou ? Et Parker ? S'attendaient-ils à ce que je commette un meurtre pour eux ? Si je restais inébranlable dans mon refus, me forceraient-ils à obéir ?

Ce qui m'amenait à l'option numéro deux. Je pouvais me tirer d'ici et faire comme si rien de tout ceci n'était arrivé.

— Bon, eh bien, bonne chance pour la suite ! criai-je à Greta avant de descendre l'escalier aussi vite que mes jambes le pouvaient.

Quoi ? Je n'avais pas survécu trente-cinq années sur cette planète sans instinct de survie. Tous les autres joueurs possédaient de la magie. De la *vraie* magie !

Oui, ils m'en avaient donné une dose temporairement, mais je ne m'y connaissais vraiment pas assez pour pouvoir me protéger. En plus, Melony était déjà partie éliminer le tueur et récupérer la magie volée de sa tante. Ils n'avaient plus besoin de moi pour prendre l'intérim, et ils avaient encore moins besoin de moi comme tueuse à gages. Trop de choses pouvaient tourner mal, et je refusais de mettre en péril ma vie et mon avenir.

Cela dit, si je ne les aidais pas, ce que je n'avais pas l'intention de faire, ma vie serait toujours suspendue à un fil. Quoi qu'il advienne, je vivrais quand même dans le jardin d'une meurtrière, à savoir Melony.

Ce ne serait pas terrible. *Hmm.*

Je parcourus mes différentes options en vitesse tout en rejoignant en courant le *cottage* qui me servait de maison. Tout bien considéré, mes chaussures de course portaient enfin bien leur nom.

Le temps que j'arrive à la porte, j'avais pris une décision. Il était temps que je consulte les petites annonces sur Internet et que je déménage le plus loin possible d'ici. Et le plus tôt serait le mieux, pour tout dire. J'allais juste allumer mon ordinateur et...

Et rien, ou en tout cas pas tout de suite.

Il semblerait que j'aie un invité.

— J'ai entendu dire que les ennuis se préparent, déclara monsieur Grosmatou depuis son perchoir sur le sommet de mon canapé, les pattes gracieusement croisées.

Je lui lançai un regard soupçonneux.

— Oui, ça a commencé il y a cinq minutes à peine. Comment avez-vous fait pour arriver si vite? Vous vous êtes téléporté, ou quoi?

Il leva la tête et s'esclaffa.

— Bien sûr que non. J'ai *volé.*

— Oui, c'est ça, parce que c'est tellement plus logique.

Le chat noir ne bougea pas et m'observa de près.

Je soupirai, sachant que si je ne disais rien très vite, il allait énumérer toute une liste d'exigences. Je ne voulais toujours pas de ce stupide travail temporaire, et je n'étais pas franchement d'humeur à jouer les hôtesses aimables.

— Qu'est-ce que vous faites là? lui demandai-je, renfrognée. Vous n'avez plus besoin de moi.

Grosmatou se leva et s'étira, faisant le dos rond comme les chats à Halloween ou un yogi talentueux. Les deux, peut-être.

— Au contraire, nous avons plus que jamais besoin de vous. Venez avec moi.

— Je suis désolée, mais tout ça, c'est un peu trop pour moi. J'aimerais mieux ne pas mourir aujourd'hui. Ou n'importe quel jour, d'ailleurs. Mais spécialement pas aujourd'hui. Merci.

— Alors, il est impératif que vous restiez sous ma protection, et je ne peux pas garder un œil sur vous si vous fuyez. Bien, pouvons-nous y aller ?

Merde. Il marquait un point.

Je fis rouler mes épaules, ce qui ne les débarrassa pas de leur tension.

— Pourquoi suis-je mêlée à ça ? Pourquoi avez-vous besoin de moi ?

— Vous voulez peut-être vous asseoir ? répliqua-t-il lentement, presque avec compassion.

Je m'affalai sur le canapé, et il vint s'installer sur mes genoux.

— Maintenant, caressez-moi, m'ordonna-t-il en verrouillant ses yeux dorés brillants sur moi.

Je savais que caresser un animal était soi-disant bon pour notre pression artérielle, mais il faudrait bien plus pour me calmer.

Donc, je refusai.

— Non, merci, je vais bien.

— Caressez-moi ! s'exclama-t-il sur un ton qui n'admettait aucun refus.

Même s'il ne m'avait pas forcée à l'aide de ses pouvoirs, je m'exécutai. Il était plus facile de faire ce qu'il voulait ; je pouvais reprendre ma vie normale plus tard. Ma vie ennuyeuse, mais heureuse, pile ce dont j'avais besoin.

Dès que mes doigts se posèrent sur ses poils noirs soyeux, une nouvelle vision envahit mon esprit. C'était comme celle que j'avais expérimentée avec le chapeau, mais en plus vivace, sans doute parce qu'elle était projetée par un être vivant et non un objet inanimé.

Grosmatou ronronna tout bas, mais n'interrompit pas mon exploration de ses souvenirs.

Le souffle coupé, j'écartai vivement ma main, mettant fin à la vision. J'en avais déjà vu plus qu'assez. À ma grande surprise, il venait de me révéler la réponse à laquelle je ne m'attendais pas, mais que je ne pouvais pas non plus contester après en avoir été témoin.

— C'est vous qui l'avez fait, commentai-je, la voix étouffée, en l'éloignant de mes genoux pour pouvoir me lever. Vous avez ordonné l'assassinat de madame Haberdash.

Pourquoi me le disait-il maintenant ? Pourquoi pas plus tôt ? Était-ce le moment où, tel un vilain dans James Bond, il dévoilait toute la beauté de son plan avant d'éliminer sa victime ?

Et où m'inscrivais-je dans tout ça ?

Était-ce juste un coup de mauvais bol ou bien se tramait-il quelque chose de plus important ?

Je n'avais pas envie de le savoir, mais je devais le découvrir.

La connaissance, c'est le pouvoir, et c'était sans doute la seule chose qui pouvait me sauver à présent.

17

Je pointai Grosmatou d'un doigt tremblant. Il était toujours assis sur le canapé devant moi.

— Vous avez tué ma propriétaire. Elle était votre… votre collègue, voire votre amie. Pourquoi devrais-je écouter ce que vous voulez me dire ? Et pourquoi devrais-je vous aider ?

— Je ne l'ai pas tuée, répliqua-t-il de son étrange timbre dépourvu de souffle, me regardant sans sourciller, avec calme.

Moi, en revanche, je continuai à crier.

— Mais vous avez engagé le tueur. C'est comme si vous l'aviez fait vous-même.

Il se leva et s'étira.

— Je n'ai pas le temps d'en débattre avec vous, Tawny, alors je vais aller droit au but. Souhaitez-vous que d'autres personnes meurent, ou non ?

Honnêtement, j'avais envie que tout ça disparaisse, mais

malgré toute la magie impliquée dans cette situation, ça ne me paraissait pas possible.

— Je ne sais toujours pas pourquoi j'ai été mêlée à ça. Vous ne pouvez pas partir et me laisser tranquille ?

— Nous n'avions pas l'intention d'impliquer qui que ce soit en dehors du conseil, admit-il en secouant tristement la tête. Mais vous avez trouvé le corps de Lila, donc nous n'avions pas d'autre choix.

— Vous saviez que je ne l'avais pas tuée. Depuis le début, vous le saviez ! balbutiai-je en postillonnant. Et puisque c'est vous qui avez donné l'ordre de l'éliminer, je suis prête à parier que vous connaissez le véritable assassin, aussi. Alors, pourquoi m'engager comme intérimaire ? Pourquoi m'avoir donné de la magie ?

— Nous vous avons embarquée pour vous protéger. Tout le reste était une ruse pour tromper toute personne qui viendrait renifler autour du cadavre de Lila dans l'espoir de récolter sa magie. Et, vous voyez, c'est précisément ce qui s'est passé. Vous auriez été une cible, dans tous les cas, puisque vous êtes apparue hier matin.

— C'est vous qui avez fait de moi une cible !

Je n'arrivais pas à dépasser ce point. Même si j'étais tombée par accident sur la scène de crime, il devait exister d'innombrables moyens de me protéger. Me donner de la magie me paraissait assez extrême, d'autant plus qu'ils n'avaient pas fait beaucoup d'efforts pour m'apprendre à m'en servir. Quel était l'intérêt de tout ça ?

— Vous étiez déjà une cible, cria à son tour Grosmatou,

perdant son calme pour la première fois depuis le début de cette conversation. Jouer le jeu nous a fait gagner du temps, mais ce temps est à présent écoulé. Nous n'avons pas le temps de nous disputer. Nous devons agir tant que nous le pouvons encore !

— Je ne comprends pas. Si Melony n'en a pas après vous ou moi, alors qui pourchasse-t-elle ?

— Le véritable assassin, la personne qui a absorbé la magie communale. Elle la veut pour elle toute seule, par tous les moyens. Nous devons le rejoindre avant que Melony n'arrive.

— Rejoindre qui ? demandai-je sur un ton péremptoire en tapant du pied.

Plus Grosmatou donnait d'explications, moins je comprenais.

— Qui devons-nous sauver très vite ?

— La personne qui a tué Lila Haberdash. Barnes.

Mon esprit explosa à ce moment-là. Grosmatou avait ordonné à Parker de tuer ma propriétaire ? J'avais vraiment envie de savoir pourquoi, mais je le croyais aussi quand il me disait que notre temps était compté.

Ce qui ne m'empêcha pas de demander :

— Parker l'a tuée ? Pourquoi ? Pourquoi faire ça ?

Ma voix tremblait tandis que je prononçais ces mots à voix haute.

— Parce que c'était ce que Lila voulait.

Sa poitrine se souleva difficilement sous le poids de cette révélation, et la petite tache blanche gonfla au milieu de la masse de poils noirs.

Je haussai un sourcil. Je croyais ce qu'il me disait, mais ça ne signifiait pas que je comprenais. Je doutais de tout saisir, même en posant des tas de questions.

— Elle voulait que quelqu'un la tue ?

— Oui, et elle avait confiance en nous pour faire les choses comme il faut.

Il bondit du canapé et atterrit à mes pieds.

— Ça n'a aucun sens !

Il me fixa de ses yeux dorés lumineux qui semblaient lire en moi.

— Pourriez-vous juste me faire confiance ? Nous avons déjà perdu assez de temps. Souhaitez-vous sauver Barnes, oui ou non ?

J'avais vu le regard de Melony quand elle nous avait questionnées, Greta et moi, puis quand elle avait filé hors de la maison avec le chapeau enchanté. Elle avait soif de sang. *Soif du sang de Parker.*

Je savais aussi au fond de moi que ce dernier était un type bien. Il avait été gentil avec moi et semblait vouloir sérieusement m'aider. Même si c'était lui qui m'avait mêlée à ces histoires magiques – et je lui en voulais pour ça, d'ailleurs –, il ne méritait pas pour autant de mourir.

— Mais comment puis-je vous aider ? Je ne suis qu'une humaine, grommelai-je, me sentant inutile.

Les yeux de Grosmatou pétillèrent.

— Oh, mais vous avez de la magie, maintenant. Alors, ça vous tente ? De rejoindre les gentils ?

Eh bien, avais-je le choix ? Les enjeux étaient bien plus élevés maintenant que quelqu'un que je connaissais et appréciais était en danger. Je soupirai et hochai la tête.

— Si vous êtes certain d'avoir besoin de moi et de pouvoir me protéger, j'en suis.

— Génial. Nous avons déjà perdu trop de temps à mon goût, mais par chance, Melony n'est qu'une sorcière de bas niveau. Elle devra emprunter les moyens traditionnels pour voyager, donc nous pouvons toujours arriver à destination avant elle. Suivez-moi.

Il courut vers la porte et la franchit.

Je le suivis en me demandant si j'étais folle d'avoir accepté de l'aider en disposant de si peu d'informations.

— Attrapez ma queue, cria Grosmatou, la tête tournée vers le ciel encore paré de ses couleurs matinales.

Je m'accroupis, fermai les yeux et m'accrochai à l'appendice comme si ma vie en dépendait. La douce queue duveteuse durcit dans ma main et commença à grossir. Lorsque je rouvris les yeux, je vis que je ne tenais plus une queue, mais plutôt un manche à balai, et que je ne me trouvais plus dans mon jardin.

Je volais.

18

La vitesse du vent faisait claquer le bas de mon pantalon de pyjama contre mes chevilles. Rectification, c'était ma vitesse sur ce balai que j'avais réussi à invoquer à partir de la queue de mon escorte féline douée de parole.

Grosmatou volait sans effort à mes côtés. Il parcourait le ciel comme une flèche, le corps tendu comme s'il était en plein saut.

Voilà où nous en étions, à courir après le temps pour empêcher un assassin de se faire assassiner, puisqu'il avait visiblement tué pour de bonnes raisons tandis que son futur assassin voulait le tuer pour les mauvaises.

Oui, moi aussi j'étais perdue.

J'étais également contrariée, et pas qu'un peu, d'être mal fagotée pour cette confrontation capitale. Je n'avais plus le temps de m'en inquiéter cependant, puisque Grosmatou et moi arrivâmes à destination deux minutes après notre départ.

Je reconnus le bâtiment, après mes deux visites. C'était un bon point de départ, mais Parker serait-il là ? Il m'avait expliqué qu'il exerçait un véritable emploi de policier, donc il ne passait sans doute pas ses journées à attendre près du quartier général de la Paranormal que son patron de chat ait besoin de lui.

Bon sang, il était même possible que Melony l'ait déjà trouvé.

Monsieur Grosmatou marmonna quelque chose tout bas, et le toit vitré de la salle de réunion s'ouvrit comme une fleur en pleine expansion. Des tourbillons de magie rose brillante nous enveloppèrent alors que le bâtiment nous aspirait comme une plante attrape-mouche.

Mon balai disparut et je titubai vers le sol. Puis le truc rose me rattrapa et me guida gentiment vers l'une des nombreuses chaises autour de la table. Cette sensation était similaire à celle que j'avais éprouvée chez madame Haberdash, quand j'avais eu l'impression de flotter dans un bain à la température parfaite. Le rose palpitait gentiment, me calmant et me réconfortant, me procurant un léger massage.

Grosmatou atterrit devant moi en un geste plein de grâce et parfaitement exécuté qui lui ressemblait bien. La magie rose s'écarta pour lui ouvrir un passage, au lieu de l'entraîner vers l'avant comme elle l'avait fait avec moi.

— Je sollicite par la présente une réunion du conseil, déclara-t-il.

Ses mots résonnèrent à travers la pièce.

— Tous les agents de liaison sont attendus.

La magie rose forma une boule et bondit à travers le toit ouvert.

— Que… Qu'est-ce qui se passe ? Où est P… Parker ? balbutiai-je.

Je ressentais l'absence de cette magie atmosphérique, bien que je n'aie éprouvé ses effets que quelques secondes.

Grosmatou faisait les cent pas sur la table, agité.

— Il est en chemin, tout comme les autres. Je convoque rarement une réunion d'urgence, mais quand c'est le cas, ils n'ont pas le choix, ils doivent venir immédiatement.

— C'est quoi ce machin rose brillant ? demandai-je en observant la magie en question qui se tordait et dansait juste au-dessus du plafond ouvert. Je ne l'avais pas vue, hier.

— Vous étiez une normale quand vous êtes venue dans la salle du conseil. Elle était là, mais vous ne pouviez pas la voir. Elle est toujours là, ajouta-t-il, distrait, en continuant ses déambulations sur la table.

— Qu'est-ce c'est ? insistai-je, autant par envie de savoir que parce que je voulais qu'il continue de parler afin de me préserver de mes propres pensées et inquiétudes.

— Ce n'est qu'un petit morceau de la magie la plus concentrée et la plus puissante de la Terre, prélevée directement en son cœur. Chacune de nos agences à travers le monde s'est vue attribuer une partie de cette magie pour nous garder connectés à l'ensemble. Cela permet de stabiliser l'équilibre au sein de chaque région et d'éviter que l'un des centres ne récupère trop de pouvoir.

Il parlait avec tant de fluidité et d'éloquence que je me demandais s'il citait quelque chose ou quelqu'un mot pour mot.

— Comment ça fonctionne ?

Aller. Retour. Aller. Retour.

Ma peur ne cessait de croître, surtout en voyant Grosmatou aussi agité.

Il effectua de nouveaux cercles sur la table, puis se plaça devant moi.

— En éveillant la fameuse intuition des humains sans magie et en les incitant à se comporter d'une manière qui soit bonne pour l'humanité dans son ensemble, même s'ils pensent agir en fonction de désirs égoïstes.

— Euh, c'est un peu trop pour moi. Je commençais à peine à me faire à l'idée que j'étais la sorcière communale, et maintenant, vous voulez que j'accepte le fait qu'il existe une source vivante de magie qui équilibre toute l'humanité ?

Il haussa les épaules.

— C'est vous qui avez posé la question. Je me suis contenté d'y répondre.

— Pourquoi est-ce que je suis là ?

— Parce que la magie vous a choisie. C'est pour cette raison que vous avez découvert le corps de Lila, croisé Barnes et aussi que vous étiez présente quand Melony est venue réclamer le chapeau.

— Je ne suis personne. Je n'ai rien de spécial.

Il hocha la tête.

— J'aurais tendance à être d'accord avec vous, mais la magie a toujours raison.

Je croisai les bras.

— Si la magie est toute puissante, comment se fait-il que des choses horribles se produisent chaque jour ? Des gens sont assassinés, vous le savez aussi bien que moi. Des enfants sont enlevés à leurs parents, les guerres tuent des millions de gens. Pourquoi la magie n'empêche-t-elle pas tout ça ?

— L'équilibre inclut l'obscurité et la lumière, le bon et le mauvais. C'est difficile à comprendre pour les non-initiés. Malgré tout, elle vous a choisie pour jouer un rôle significatif dans ce qui va advenir.

— Parce qu'il y a des prophéties, en plus, maintenant ? m'exclamai-je, couverte de chair de poule.

Les yeux du chat s'illuminèrent, mais il détourna très vite le regard, observant un point au-dessus de mon épaule gauche.

— Non, non. Je n'ai aucune idée de ce qui va se passer ensuite, mais quoi que ce soit, vous serez une actrice majeure.

Je me mordis la lèvre, méditant ses paroles. Une partie de moi voulait m'énerver contre lui pour m'avoir impliquée dans cette agence sans m'expliquer quoi que ce soit de façon compréhensible, mais une autre très grande partie de moi comprenait que je n'aurais jamais accepté d'être mêlée à tout ça s'il m'avait révélé avant une seule des idées folles qu'il m'avait confiées ces dernières minutes.

— Et si je n'étais pas assez bien pour ça ? Pas suffisante ?

Ce n'était pas seulement ma plus grande inquiétude actuelle.

C'était ma plus grande peur dans la vie. Je n'avais pas suffi à mon ex-mari. Mon rythme de production de livres n'était pas assez bien aux yeux de mon agent littéraire. Avec tous ces échecs à mon actif, pouvais-je être assez bien, *suffisante*, pour quelque chose d'aussi important ?

Grosmatou me fixa du regard sans ciller.

— Oh, mais Tawny, vous l'êtes déjà.

19

Moins de deux minutes après la convocation de Grosmatou, les autres membres du conseil descendirent du plafond et nous rejoignirent autour de la table.

Greta fut la première à arriver.

— J'ai mis en place les meilleures protections que je pouvais sur la maison pour renforcer celles qui étaient déjà présentes. Les sorts de Lila s'estompent vite, maintenant que plus personne n'y habite, nous informa-t-elle avant même d'atterrir.

Le suivant fut le vieil homme en costume.

— Tu m'as fait quitter un cortège très important, tu sais.

— Ça attendra, grogna le patron. La situation actuelle va affecter la région tout entière et concerner tous les départements.

Le vieil homme cilla et resta bouche bée.

— Tous ?

Grosmatou hocha solennellement la tête tandis que deux nouveaux agents de liaison descendaient du ciel pour s'asseoir à leurs sièges.

— Commençons.

— Quoi ? Où est Parker ? m'exclamai-je, la gorge nouée, en cherchant sa silhouette familière dans le ciel. Pourquoi il n'est pas encore là ?

— S'il peut, il nous rejoindra, déclara Greta assise à côté de moi en me serrant la main sous la table.

Si ? Grosmatou n'avait pas dit que leur présence était obligatoire ? Greta sous-entendait-elle qu'il était déjà mort ou blessé ?

Je m'accrochai à sa main, ayant besoin de ce maigre réconfort.

— La réunion commence maintenant.

Grosmatou reprit ses va-et-vient sur la table. Mais comme un général, cette fois-ci.

— Tout d'abord, je tiens à m'excuser d'avoir agi sans que tout le conseil ne soit au courant, surtout maintenant que je vois que mes actions rapides n'ont pas eu d'effet positif sur le résultat.

Il s'interrompit, mais personne ne combla le silence. Nous attendions tous.

— Lila Haberdash était compromise, révéla le chat. Alors, elle m'a demandé d'orchestrer sa mort afin que nous puissions contrôler la transmission de la magie communale à son nouvel hôte.

Des exclamations s'élevèrent dans la pièce. Seule Greta ne réagit pas. Elle était déjà au courant, compris-je. Elle savait tout. Et elle désapprouvait clairement, ou au moins mon implication dans la gestion des retombées. Pas parce qu'elle ne m'appréciait pas, mais parce qu'elle désirait me protéger. Je m'étais totalement trompée sur elle.

— En quoi était-elle compromise ? demanda le vieil homme.

Grosmatou s'immobilisa et posa la patte sur son front, comme s'il souffrait.

— Melony Haberdash, la petite-nièce de Lila, a manipulé son grand-père pour qu'il lui révèle l'héritage familial, y compris la façon dont le pouvoir était transmis à l'héritier suivant.

— Elle avait l'intention de tuer sa tante, devinai-je.

— Oui, Lila le pensait. La magie ne doit pas être révélée avant que les préparatifs pour le transfert ne soient presque entièrement accomplis, précisément pour empêcher ce genre de choses. Mais le frère de Lila, le grand-père de Melony, n'a jamais supporté le fait que la magie l'ait évité malgré son statut d'aîné pour s'implanter en sa sœur. Je pense que Melony n'a pas eu à insister très longtemps pour obtenir l'information qu'elle voulait.

— Je t'avais prévenu, commenta le vieil homme en secouant la tête avec tristesse. Lila était un très bon atout, mais elle ne provenait pas d'une bonne lignée. Son frère ne s'est jamais remis d'avoir perdu son poste, même s'il ne lui convenait pas depuis le début. Maintenant, il envoie ses héritiers deux générations en dessous nous causer des problèmes ? Nous aurions dû l'éliminer il y a des années, quand il a commencé à nous provoquer.

— Lila ne voulait pas faire du mal à sa famille. Je pense qu'une petite part d'elle espérait toujours qu'ils puissent se réconcilier, répondit Greta. Il était important de respecter son souhait.

— Lila était une femme bien, approuva Grosmatou. Malheureusement, sa famille a profité de son bon cœur.

— Qu'est-ce que Melony compte faire, maintenant ? Et comment sait-on qu'elle agit seule ? Si son grand-père est à l'origine de tout ça, il ne pourrait pas être impliqué aussi ? demandai-je tout haut.

Au fond de moi, je m'inquiétais toujours pour Parker. Et si Melony avait déjà mis la main sur lui ? Le reverrais-je un jour ?

— On ne sait pas quel est son plan, juste que nous devons l'arrêter, m'expliqua Greta tout bas, me tenant toujours la main.

— Dans ce cas, où elle est ? On ne peut pas l'enfermer dans une prison magique et jeter la clé ? On doit faire quelque chose !

— Ce n'est pas aussi simple, répliqua le chat.

— La magie connaît toujours une fin brutale, déclara Greta, répétant l'avertissement qu'elle m'avait déjà donné un peu plus tôt.

— Dans ce cas, pourquoi avez-vous mis Parker en danger comme ça ? Si vous saviez que Melony venait s'en prendre à Lila, vous ne pouviez pas deviner qu'elle s'en prendrait ensuite à lui quand elle comprendrait ce qui s'était passé ?

Une boule de rage se formait dans mon ventre. Ils avaient sciemment mis Parker en danger. Ce n'était pas bien.

Grosmatou soupira.

— Nous n'avons pas eu autant de temps que nous l'espérions. En fin de compte, Barnes s'est porté volontaire pour reprendre le flambeau, parce qu'il ne voulait pas risquer que Greta prenne sa place.

Elle me serra la main sous la table.

— Il m'a dit que la pire chose qui puisse arriver serait de compromettre nos écoles. Si nous voulons un monde meilleur, nous devons préserver les enfants comme le trésor qu'ils représentent pour notre avenir.

Pas étonnant que j'apprécie ce gars. Il était séduisant, courageux et il adorait les enfants. Si je n'avais pas eu une opinion aussi pessimiste de l'amour, j'aurais pu succomber à ce crush qui menaçait de me chambouler. Je ravalai plutôt tout ce que je ressentais en cet instant et je posai la question la plus importante.

— Comment allons-nous arrêter Melony ?

Je décidai en cet instant de tout faire pour les aider. Que ce soit pour protéger Parker ou le venger, j'étais partante.

20

Malgré le caractère pressant de ma question et le fait qu'elle était plutôt pertinente, Grosmatou n'en tint pas compte.

Il y aurait peut-être répondu, cela dit, si l'un des agents de liaison ne s'était pas levé immédiatement en posant les mains sur ses hanches généreuses.

— Pourquoi tout le conseil n'a-t-il pas été informé ? Personnellement, j'aurais préféré apprendre tout ça avant que ça ne dégénère.

— Toutes mes excuses, Connie, répondit le chat sur un ton traînant.

Était-il en train de lui faire de la lèche alors que c'était lui le patron ?

— Lila préférait que peu de gens connaissent son projet de mettre un terme à sa propre vie. Comme tu le sais, c'est le sacrifice ultime pour une sorcière communale, dont le plus grand devoir est de protéger sa ville. Elle savait ce qu'elle devait faire et ne voulait pas que quelqu'un tente de la faire changer d'avis.

— Mais *elle*, elle savait, rétorqua Connie en pointant un doigt accusateur sur Greta.

Le grondement de ses mots provoqua un frisson dans ma colonne vertébrale. Le son n'avait pas l'air humain, mais que pouvait-il être autrement ?

— Quel est le rapport entre cette décision et son domaine de compétence ? Aucun !

La patience du chat s'était émoussée. Il soupira et frotta son front avec la patte.

— Tu sais pourtant qu'en tant qu'agent de liaison des Écoles, Greta est la plus à même de gérer les situations impactant l'avenir. En outre, Melony est jeune et toujours étudiante. À la fin de l'été, elle est censée rejoindre l'Académie et commencer…

— C'est hors de question, à présent, le coupa Greta, la mine sombre.

— Et Parker en a été informé, poursuivit Grosmatou avec un regard assassin à l'intention de Connie, parce qu'un crime imminent entre dans ses prérogatives d'agent de liaison auprès des Forces de l'ordre.

— Le Commerce aurait néanmoins aimé être au courant, se plaignit Connie, une moue aux lèvres, refusant de céder.

— L'Agriculture aussi, intervint un homme d'âge moyen d'apparence ordinaire, assis à côté d'elle.

Mis à part Parker et moi, il semblait être le plus jeune du groupe, de deux décennies au moins.

Tous les regards se posèrent sur le centenaire en costume.

— Non, dit-il en agitant la main. Les Cimetières n'ont aucun souci. Nous préférons ne pas nous occuper d'eux tant qu'ils n'ont pas besoin de nous.

— Les Cimetières ? murmurai-je à l'intention de Greta.

— Oui, c'est l'un des cinq départements essentiels de la région.

Après en avoir entendu plusieurs mentionnés à la suite, j'entamai une liste mentale. Le conseil de la PTA avait cinq départements : les Forces de police, les Écoles, le Commerce, l'Agriculture et les Cimetières. À cela s'ajoutait la sorcière communale, et Grosmatou, bien sûr, quoi qu'il fasse réellement.

Je décidai de lui poser directement la question.

— Tout le monde ici a un boulot, même si je ne suis qu'intérimaire. Quel est votre rôle, monsieur Grosmatou ?

J'employai la politesse, me disant qu'il serait plus enclin à me répondre si je lui montrais un peu de respect.

— À votre avis? Je suis le Diplomate, bien sûr. C'est moi qui dirige toute la région.

C'était plutôt logique, sans doute. Petit à petit, je commençais à saisir. Quoique…

— J'ai juste une petite question. Enfin, deux. Non, plutôt trois.

Il agita la patte pour m'indiquer de poursuivre.

— D'accord, donc la première : où est Parker? Ensuite, comment on arrête Melony? Et puis, si vous avez le temps, vous pourriez m'expliquer pourquoi ça s'appelle la *Paranormal Temp Agency* alors que je suis la seule à n'avoir qu'un boulot temporaire, ici ?

— Parker sera là dès qu'il le pourra, et une fois qu'il sera arrivé ici, Melony viendra aussi. C'est le meilleur scénario possible, puisque nous avons la source de magie globale pour nous protéger.

Je regardai le plafond, où la magie atmosphérique scintillante s'était installée comme un gros nuage rose.

Grosmatou poursuivit.

— Vous êtes notre seule intérimaire pour le moment, mais ne vous y trompez pas, nous avons pas mal de renouvellement parmi nos assistants.

— Dans ce cas, pourquoi ne pas embaucher plus de personnes à temps plein? Est-ce parce que vous ne voulez pas payer de charges?

Connie, assise en face, éclata de rire, faisant rebondir sa poitrine surdimensionnée. Je n'arrivais pas à déterminer si elle m'appréciait ou non, mais il était évident qu'elle n'était pas fan de Grosmatou.

Celui-ci leva les yeux au ciel avant de les reposer sur moi.

— L'équilibre magique est un flux constant, voilà pourquoi nos besoins évoluent. La plupart des utilisateurs de magie taisent leurs capacités et mènent une vie humaine à peu près normale.

— Il n'y a donc que vous tous qui êtes surpuissants?

— Nous sommes les plus forts, convint Greta, parce que nous

sommes capables d'utiliser nos dons régulièrement. C'est en forgeant qu'on devient forgeron, après tout.

Elle avait enfin l'air d'une professeure. À mesure que j'apprenais à connaître chacun, il m'était plus facile de comprendre comment ils s'inséraient dans leurs rôles.

— OK, voyons si j'ai bien compris, dis-je. La plupart des gens ne possèdent aucune magie, et la plupart de ceux qui en ont ne s'en servent pas vraiment.

— Oui, sauf par instinct, comme vous l'avez vu hier au cours de votre intégration, confirma le chat.

Cette impressionnante démonstration de la colère des éléments ne remontait-elle vraiment qu'à la veille ? Waouh. Il me fallut une seconde pour assimiler ce fait avant de passer à la suite.

— Les agents de liaison sont les usagers de magie les plus puissants parce qu'ils utilisent régulièrement leurs pouvoirs, résumai-je.

— Oui, c'est ça, dit Greta, encourageante.

— D'accord, pourquoi est-ce qu'on craint autant cette Melony, alors ? Elle a… quoi ? … dix-huit ans ?

Je fis un rapide calcul et frémis en réalisant que je pouvais être sa mère. Heureusement que ce n'était pas le cas.

Tout le monde me regardait, attendant que j'aille au bout de ma pensée.

— Elle n'est pas agente de liaison, ce qui signifie qu'elle ne pratique pas la magie régulièrement. On sait qu'elle en possède un peu, suite à notre confrontation avec elle, mais… Quelqu'un peut-il m'expliquer pourquoi une pièce entière des magiciens les plus puissants de la région se cache d'une petite fille ?

21

Pendant un moment, personne ne parla. Puis Grosmatou prit une grande inspiration et répondit :

— C'est une bonne question. Nous pourrions vaincre Melony sans peine, mais ce n'est pas parce que nous en sommes capables que nous devons le faire.

Je levai les bras au ciel, un geste que je reproduisais souvent, ces derniers temps.

— Sérieux, les gars ? Un instant, vous vous présentez comme les nobles défenseurs de l'équilibre, et le suivant, vous vous retenez de résoudre facilement un problème très simple. Vous vous rendez compte que ça va devenir un problème bien plus grave, n'est-ce pas ? Enfin, qu'est-il arrivé à tout ce baratin sur le noble équilibre que vous m'avez servi il y a trois minutes ?

Greta posa les deux mains à plat sur la table devant elle. Ses sourcils presque blancs encadraient ses yeux d'un bleu éclatant, lui conférant des airs presque lupins.

— Je comprends qu'il y ait beaucoup de choses que tu ne puisses pas encore saisir sur notre monde, mais il y a des nuances qui, même si elles sont petites et te paraissent incohérentes, sont importantes à respecter, en particulier pour les personnes en position de pouvoir.

— Donc vous ne vous occupez pas de Melony parce que… quoi ? Ça ferait mauvais genre ? Greta, c'est toi qui m'as dit que la magie connaissait toujours une fin brutale. C'est Melony l'instigatrice, alors pourquoi vous n'agissez pas ?

J'avais beau avoir atterri à la PTA par un stupide hasard, j'étais là à présent et j'avais l'intention de donner mon avis. En l'occurrence, que leurs tentatives d'explication n'avaient aucun sens.

Quand Greta secoua la tête, l'une de ses boucles blondes ne revint pas à sa place.

— Ce n'est pas à nous de mettre fin à une vie.

— Tu te fiches de moi ? m'énervai-je, incapable de m'en empêcher. C'est vous qui avez mis un terme à celle de madame Haberdash !

— À sa demande, oui. Elle s'est sacrifiée pour protéger la ville, mais aussi pour protéger sa famille.

Bien qu'ayant l'air fatiguée, Greta restait ferme dans ses explications. Même si leur supposée logique n'avait aucun sens à mes yeux, elle en avait clairement aux siens.

Je me radoucis. Greta n'était pas mon ennemie. Leur raisonnement avait beau présenter des failles, personne dans cette pièce ne constituait une menace contre cette ville ou moi. Melony, en revanche…

— Pourquoi voudrait-elle sauver quelqu'un qui désire la tuer ? Et que comptez-vous faire quand Melony se pointera dans le but d'éliminer Parker ? Et encore une fois, *où est Parker ?* Parce qu'il n'est pas là, et ça me paraît stupide d'attendre tranquillement ici alors que nous pourrions sortir pour contrôler l'avenir !

— Pffff, intervint Grosmatou. Vous parlez comme une véritable normale. Avez-vous écouté ce que Greta ou moi avons tenté de vous expliquer ?

Je reportai toute ma frustration sur le petit chat noir.

— Oui, j'ai écouté, mais tout ce que j'ai entendu, c'est des paroles et des excuses. Vous avez le pouvoir de mettre fin à ça, et à la place, vous restez assis ici, impuissants. Vous ne l'êtes pas, et vous devriez être en train d'aider Parker !

Grosmatou fléchit les pattes et sortit les griffes, menaçant.

— Jamais je n'ai été aussi…

— *Houlà, houlà*. On se calme.

La voix familière de Parker flottait au-dessus de nous. Il rejoignit son siège.

— Je suis juste là.

La magie rose scintilla doucement, puis retourna vers le plafond. Maintenant que tout le monde était présent, le plafond se referma de lui-même, nous coupant du monde extérieur.

Greta posa une main sur ma taille et se pencha vers moi comme pour me confier quelque chose en privé, mais je ne pris pas le temps de l'écouter.

Parker est là ! Il va bien !

Je bondis de ma chaise et courus l'enlacer. Je le connaissais à peine, mais ça n'avait pas d'importance. Il était en vie et sans doute un héros. Savoir qu'il courait un danger potentiel m'avait permis de me rendre compte que je l'appréciais d'instinct, depuis notre première rencontre.

Il se leva pour accueillir mon étreinte et grimaça quand je refermai les deux bras autour de lui, avant de me rendre mon câlin.

— Tu vas bien? lui murmurai-je en m'écartant pour le regarder dans les yeux.

Le gris de ses prunelles était un peu estompé, mais son sourire était sincère.

— Oui, me confirma-t-il avec un soupir soulagé.

Des coupures et des éraflures récentes parsemaient son visage, son cou, ses bras; rien de grave cependant. Qu'est-ce qui l'avait retenu? Était-il passé à l'action pendant que le reste du conseil restait ici à se tourner les pouces?

Je ne le lui aurais pas reproché.

Parker était l'un d'entre eux, mais il était différent, aussi.

Plus humain, d'une certaine manière.

Peut-être était-ce parce que, en tant que policier, il avait l'habitude de voir les choses en noir ou en blanc, le bien ou le mal. Ce que Melony voulait faire était mal. Il l'avait clairement compris.

Malgré ses convictions, agirait-il contre la volonté du patron félin? L'avait-il déjà fait? J'avais conscience de présumer beaucoup de choses, mais une part de moi savait que Parker comptait parmi les gentils. Peut-être même parmi les meilleurs.

— J'étais tellement inquiète, murmurai-je en resserrant mon étreinte.

Je voulais qu'il soit ce héros, mais plus encore, j'avais envie qu'il soit en sécurité et à mes côtés. Ce crush que j'avais tenté d'éviter avait refermé ses griffes autour de mon cœur. *Stupides sentiments.*

— Où étais-tu ? exigea de savoir Grosmatou, en s'approchant de nous à grands pas. Pourquoi as-tu mis autant de temps ?

Parker me lâcha et garda la tête basse un instant, comme s'il était trop fatigué pour répondre. Puis il se redressa et répondit :

— Melony est venue me voir.

Melony.

22

Je posai la main sur l'épaule de Parker.

Il tressaillit et s'écarta. Son sourire mit quelques secondes de trop à apparaître pour être naturel.

Argh. J'étais vraiment inquiète, à présent. Était-il arrivé une chose terrible ? Faisait-il juste bonne figure devant nous ?

— Comment ça, elle est venue te voir ? insistai-je, désirant qu'il me dise... le *suppliant* de me dire la vérité. Tu es sûr que ça va ?

Il pinça les lèvres, recula la chaise qui se trouvait devant lui et s'assit.

— Je suis là, non ?

— Que s'est-il passé ? demandai-je, refusant de m'éloigner de lui, même s'il me repoussait.

— Ça suffit, Tawny, allez vous asseoir, m'ordonna Grosmatou

en retournant s'installer en bout de table. Tout de suite. Barnes, au rapport.

Sans quitter Parker des yeux, je retournai m'asseoir à côté de Greta.

Tout le monde attendait en retenant son souffle.

Parker croisa les mains et soupira.

— Elle m'a trouvé alors que je roulais vers le poste. Il y avait bien trop de normaux autour, donc je l'ai conduite vers un parking vide, à la sortie de la ville. Je m'attendais à ce qu'elle m'agresse dès qu'on serait sorti de voiture tous les deux, mais elle voulait plutôt parler. Elle m'a dit que le boulot de sorcière communale était à elle, que sa grand-tante Lila n'aurait déjà pas dû le voler à son grand-père et qu'elle n'avait pas l'intention de laisser la mauvaise personne occuper ce poste une seconde de plus.

— Mais tu es là et tu as dit que tu allais bien, commentai-je, abasourdie. Alors, qu'est-ce qui s'est passé ?

— Tawny, silence ! beugla Grosmatou en ajoutant un grognement bas et menaçant. Je vois que vous avez beaucoup de questions, mais ce n'est pas vous qui dirigez, ici.

Parker fronça les sourcils.

— Elle m'a dit de me rendre, mais j'ai refusé. C'est là qu'elle m'a attaqué. J'ai tenté de ne pas lui faire de mal, mais elle est arrivée si vite que je n'ai pas pu éviter…

Sa voix se brisa, et il se tut.

— Nous avions promis à Lila que sa nièce ne serait pas blessée, intervint Greta en se levant si vite de sa chaise que celle-ci retomba en arrière.

Parker se passa les mains dans les cheveux en lâchant un sanglot étouffé.

— Je sais. Je suis vraiment désolé. C'est la magie. Avec celle de Lila en plus de la mienne, c'est trop. Je n'ai pas pu la contrôler.

— C'est très inquiétant, en effet, déclara Grosmatou en agitant sa longue queue noire.

— J'aurais pu arriver plus tôt, mais je ne voulais pas conduire Melony droit à notre QG. À condition qu'elle ait réussi à survivre, ajouta-t-il faiblement. Je ne savais pas quoi faire d'autre. Je suis désolé si j'ai compliqué la situation pour le conseil.

— Et donc, qu'est-ce qui se passe maintenant ? demandai-je, puisque personne ne prenait la parole. La menace a disparu, non ? Tout va revenir à la normale ?

— Mais à quel prix ? rétorqua Greta sèchement, les bras serrés autour d'elle-même, en tanguant. Tu as bravé la dernière volonté de Lila. Melony était la dernière héritière du legs des Haberdash. À part son grand-père, bien sûr.

Que se passait-il ? Ces explications ne m'aidaient pas à y voir plus clair, donc je posai une question, même si Grosmatou m'avait dit de me taire.

— Melony serait donc de toute façon devenue la sorcière communale un jour ? Si oui, pourquoi aurait-elle voulu tuer sa tante ? Pour que ça arrive plus tôt ?

— Elle n'était pas prête, expliqua Greta, qui voulut me frotter l'épaule, mais je m'éloignai d'elle. Melony devait encore beaucoup mûrir et Lila était déjà malade. Elle n'aurait pas pu se défendre en cas d'attaque.

— Mais Parker a ses pouvoirs, à présent. Donc que Melony aille bien ou non, le legs des Haberdash est mort, de toute façon.

— Ce n'est pas une raison pour que quelqu'un perde la vie, rétorqua-t-elle.

Connie, la chef du département Commerce, se mêla à la conversation.

— En désignant quelqu'un d'extérieur à sa famille, Lila a sciemment détruit sa lignée.

Les yeux bleus de Greta virèrent au rouge. J'en fus tellement sidérée que je fus incapable de parler pendant que les autres se disputaient.

— Quel choix avait-elle ? Les gens comptent plus que le pouvoir.

— La fille aurait mûri en accomplissant sa tâche, riposta le type d'âge moyen qui s'occupait de l'Agriculture.

— Ou bien ça l'aurait détruite, contra Greta, les yeux toujours enflammés.

— Ça suffit ! s'exclama Grosmatou, et le brasier disparut des prunelles de ma voisine de table.

Elle se rassit à côté de moi, et je me décalai contre l'autre bord de ma chaise, toujours perturbée.

— Que va-t-il se passer maintenant ? demanda-t-elle calmement, sur un ton doux.

Sauf que je ne me fiais plus à sa nature douce.

— Beech Grove a besoin d'une sorcière communale.

Tous les yeux se tournèrent vers moi.

— Je… Je ne peux.. balbutiai-je.

— La magie que nous vous avons transmise n'est que temporaire, souligna le chat. Pour devenir la sorcière communale officielle, vous devrez tuer votre prédécesseur.

Parker me contempla comme s'il me voyait pour la première fois.

— Mais Parker… grommelai-je.

— Oui, nous sommes en mauvaise posture, admit Grosmatou. Une même personne ne peut pas remplir deux rôles indéfiniment. Cela affaiblit bien trop la région.

— Alors, qu'allons-nous faire ? m'écriai-je, impuissante.

Les choses ne faisaient que se compliquer, au lieu de se régler. D'autres vies devaient-elles être enlevées ? Je détestais cette situation.

— Nous allons devoir trouver un nouvel agent de liaison auprès des Forces de police, mais c'est un processus qui prend du temps, hélas, répondit Grosmatou. En temps normal, nous sommes mieux préparés aux transitions, mais Lila nous a demandé d'agir vite et de régler les autres détails une fois la menace immédiate réduite.

— Est-ce que je peux vous aider ? Vous n'avez plus besoin de moi comme sorcière temporaire, n'est-ce pas ? Je peux jouer les agents doubles.

Aussi effrayée que je sois d'être mêlée à tout ça, ce serait pire encore si je leur tournais le dos maintenant.

— Tu n'es pas policière, répliqua Parker, impassible, les mâchoires serrées.

— Tu ne peux pas changer les dossiers d'un coup de baguette magique ? demandai-je à Greta, puisqu'elle était la plus proche.

Ce fut Grosmatou qui me répondit à la place de tout le monde.

— Nous serions encore plus vulnérables si une personne n'ayant pas été correctement formée à la magie ou au maintien de l'ordre occupait un poste aussi important.

— Et donc quoi ? Il doit bien y avoir quelque chose à faire !

J'étais au bord des larmes, à présent. Je détestais avoir l'air faible, mais je l'étais. Mais si les plus forts ne voulaient pas ou ne pouvaient pas arranger la situation, c'était à moi de m'en charger.

Parker se leva brusquement, attirant l'attention de tout le monde.

— En fait, je crois qu'il y a quelque chose. Si vous voulez bien m'écouter...

23

Parker poursuivit, à peine plus haut qu'un murmure.

— Je pense qu'il n'est pas impossible que Melony soit toujours en vie. Très grièvement blessée, et sans doute à vie, mais vivante et suffisamment forte pour appeler des renforts.

Un souvenir me revint à l'esprit. Même si elle s'était montrée menaçante pendant notre confrontation, la jeune fille m'avait aussi paru effrayée et désespérée. Si elle avait voulu nous blesser Greta ou moi, elle aurait pu sans peine le faire pendant que nous étions figées sur place.

Elle s'était abstenue.

Elle avait simplement pris ce qu'elle était venue chercher, le vieux chapeau, et elle était partie. Elle avait aussi demandé à Parker de se rendre, avant de l'attaquer, mais peut-être avait-il mal interprété la situation ? Et si elle n'avait pas voulu lui faire de mal, à lui non plus ? Et si nous avions tous mal compris ?

Je me mordis la lèvre pour me retenir de parler. Melony était déjà blessée, et possiblement morte. Il était peut-être trop tard pour l'aider, et il était possible aussi que je lui accorde trop de crédit.

— Tu disais qu'elle avait parlé de son grand-père pendant votre conversation, indiqua Grosmatou en penchant la tête d'un air pensif. Tu crois qu'ils pourraient travailler ensemble ?

Toutes les éventualités me donnaient le vertige. Melony pouvait être aussi bien diabolique qu'une enfant effrayée cherchant à impressionner la seule famille qui lui restait. Après tout, je ne m'attendais pas à ce que Parker soit l'assassin de madame Haberdash ni que celle-ci ait été l'instigatrice de son propre trépas.

— Tout est possible, j'imagine, répondit Parker à son patron, même si ses paroles me donnaient l'impression de m'être spécifiquement destinées.

Soupçonnait-il lui aussi qu'il y ait autre chose là-dessous ?

Il s'éclaircit la voix et poursuivit :

— Même si elle n'a pas survécu, il est possible qu'il vienne la chercher… et se venger, donc.

Grosmatou recommença à faire les cent pas. Je compris qu'il déambulait ainsi chaque fois que ses pensées allaient plus vite que ses mots.

— Ce qui nous place dans une double position de vulnérabilité, feula-t-il sans colère. Il manque un membre à ce conseil et nous allons peut-être devoir nous préparer à combattre un ennemi lié.

Cette nouvelle information coupa court à mes questionnements internes.

— Qu'est-ce que ça veut dire ? demandai-je en regardant les deux hommes tour à tour. Un ennemi lié ?

Ce fut Greta qui me répondit.

— Un grand-père et sa petite-fille, ou toute personne liée par le sang, œuvrant dans le même but peuvent amplifier leur magie grâce à leur lien de famille. Cela permet de multiplier leurs pouvoirs plutôt que de simplement les additionner. Ainsi, dix plus dix ne font plus vingt, mais cent. C'est pour ça que certains magiciens choisissent d'avoir une grande famille. Ils sont pratiquement inarrêtables avec tous les liens amplifiant leurs pouvoirs.

— La plupart des gens s'en serviraient surtout pour se protéger, mais les Haberdash…

Parker secoua la tête.

— Ils n'ont jamais respecté les règles.

— Nous devons les trouver et les arrêter, m'écriai-je, n'hésitant plus face à cette nouvelle information. Comment je peux vous aider ?

— Vous ne pouvez pas, décréta Grosmatou, la bouche tellement pincée que ses moustaches se rapprochèrent de sa poitrine. Mais nous autres, nous pouvons prémunir la ville au le cas où le grand-père de Melony ne l'aurait pas encore rejointe. Vous vous souvenez toujours des points de pouvoir ?

Cette question s'adressait à l'ensemble du conseil. Tous les membres opinèrent solennellement.

— Je veux aider, moi aussi, insistai-je. Je possède encore de la magie. Pas beaucoup, mais peut-être que ça peut faire la différence pour ce qui nous attend.

— Non, Tawny, dit Greta d'une voix froide et désincarnée en se tournant vers moi.

Le feu avait repris dans ses yeux, mais il n'était qu'une lueur vacillante. Je ne l'aurais pas remarqué si elle n'avait pas été assise si près de moi.

Elle posa la main sur mon épaule et son front contre le mien.

— C'est très noble de ta part de vouloir nous aider, mais ce n'est pas ton combat. Nous protégeons les intérêts magiques de cette région depuis des années. Parfois, cela inclut d'intercepter de dangereux transferts de pouvoir. Nous sommes tous formés pour ça…

Elle prit mes deux mains et m'encouragea à me lever en même temps qu'elle.

J'inspirai profondément et j'attendis.

Ses yeux flamboyèrent, puis reprirent leur couleur bleue normale.

— Nous sommes tous formés pour ça, mais pas toi.

Sur ces mots, elle attrapa la broche magique sur ma poitrine et l'arracha de mon tee-shirt.

Mes genoux succombèrent sous mon poids, mais je ne tombai pas, même si j'avais l'impression qu'on avait ôté toute force à mes muscles.

La magie rose scintillante disparut de mon champ de vision tandis que le pouvoir que j'avais brièvement possédé s'estompait et disparaissait. La broche d'argent contenant la magie que j'avais empruntée brillait dans la main de Greta. Elle me narguait, me défiant pratiquement de la reprendre.

J'avais cependant vu l'effet du pouvoir. Il transformait les réponses en questions, les êtres chers en ennemis et la sécurité en danger. Des choses terribles se produisaient chaque jour, et le conseil les laissait avoir lieu sous prétexte de maintenir une sorte d'équilibre sacré.

Mais pourquoi avions-nous besoin d'un équilibre ? Si j'avais été douée de magie, je l'utiliserais pour créer un monde meilleur, et non pour maintenir un monde défectueux ou brisé.

Magie ou pas, je pouvais quand même leur prêter main-forte.

Peut-être justement parce que j'en étais dépourvue. Je pouvais leur offrir une perspective humaine.

— Je n'irai nulle part, décrétai-je, bien décidée.

Mais Greta cria et me poussa soudain.

— Pars ! Retourne à ta vie et cesse d'interférer avec la nôtre.

24

Bien sûr, j'avais à présent un million de questions tourbillonnant dans mon esprit, mais avant que je puisse en poser une seule, Greta me poussa à nouveau. Fort, en plus.

Je regardai derrière elle, pour voir si quelqu'un interviendrait ou prendrait la parole.

Parker évita soigneusement mon regard.

Au même moment, monsieur Grosmatou invoqua une bourrasque si puissante qu'elle me poussa dans le couloir vide et fit claquer la porte de la salle de réunion dans mon dos.

J'atterris sur les fesses dans un bruit sourd, comme la veille, lorsque le chat noir autoritaire avait testé ma magie en lançant son attaque sournoise.

Il m'avait dit que si j'avais eu des pouvoirs, je n'aurais pu m'empêcher de me protéger. Si le fait que Greta m'ait arraché la broche ne suffisait pas à prouver que ma magie avait disparu, mon incapacité à contrer cette attaque le permit.

La douleur irradiant dans mon dos fut la cerise sur le gâteau.

Je me relevai tant bien que mal et je testai la poignée de la porte, mais elle ne bougea pas entre mes mains moites. Esquissant un pas de côté, je me plaquai contre la colonne de verre qui donnait sur la pièce.

— Laissez-moi entrer !

Je ne pouvais guère voir plus que des formes et des mouvements au-delà de cet élément de décor digne des années quatre-vingt, mais même cet avantage me fut retiré lorsque quelqu'un invoqua une barrière sombre pour me bloquer la vue.

Je m'immobilisai et j'écoutai.

Silence.

Avaient-ils également érigé une barrière acoustique ? Ou bien étaient-ils tous sortis par ce plafond de verre ?

Parker avait mentionné des points d'énergie permettant de protéger la ville contre les attaques extérieures. Je présumais que ces points ne se trouvaient pas à l'intérieur de ce bâtiment.

Les membres du conseil allaient bientôt se mettre en mouvement. Comme je ne pouvais rien faire ici, je sortis en courant, me demandant si j'avais la possibilité de les suivre à pied. À condition que je les repère en premier lieu. J'en doutais fortement, étant donné que le balai magique lors de mon voyage matinal avait filé bien au-delà des limites de vitesse autorisées.

Ils avaient besoin de mon aide. Je le savais au plus profond de moi, même si eux l'ignoraient. J'allais trouver le moyen de... Qu'avait dit Grosmatou, déjà ? ... de faire pencher la balance.

Réfléchis, Tawny, réfléchis !

Je savais que Melony était soit en danger, soit morte.

Que son grand-père était sans doute impliqué aussi, et si c'était le cas, ce serait pire que de l'affronter seule.

En tant que détenteur actuel de la magie communale, Parker était en danger, lui aussi.

Le conseil envisageait de s'aventurer jusqu'aux points de pouvoir afin de protéger la ville... Et c'était là que s'arrêtaient mes connaissances. J'ignorais tout de ces points de pouvoir censés prémunir contre la magie noire. Je n'avais pas de voiture et Greta m'avait retiré ma magie, donc me voilà coincée dans cet immeuble de bureau moderne en grande partie abandonné.

Et maintenant ?

N'ayant aucun plan, je choisis de rentrer chez moi. Après tout, un seul endroit contenait les réponses dont j'avais besoin, à mon avis, et c'était la maison de madame Haberdash. J'allais donc m'y rendre, pas parce que je renonçais, mais parce que je savais que, à un moment donné, le conseil et leurs ennemis retourneraient là où tout avait commencé.

À ce moment-là, ils auraient besoin de moi.

La maison le savait, même si eux l'ignoraient.

Pourquoi sa magie m'aurait-elle enveloppée immédiatement, sinon ?

Je trouvais très étrange que ce soit Greta qui m'ait forcée à m'en aller. Elle avait vu la maison s'ouvrir pour moi. Elle savait mieux que les autres que j'avais ma part à accomplir dans toute cette histoire.

Ils avaient cependant tous été très prompts à m'accueillir dans leur groupe et encore plus prompts à me mettre à la porte. Pourquoi ?

J'avançai péniblement sur le trottoir, regrettant de ne pas avoir enfilé mes chaussures de sport, ce qui m'aurait permis d'avancer un peu plus vite, comme l'exigeait l'urgence de la situation.

J'avais à peine parcouru un pâté de maisons quand une lumière aveuglante me déstabilisa, et je tombai à nouveau sur mon pauvre derrière malmené.

Me protégeant les yeux, je plissai les paupières pour voir à l'intérieur de la lumière. Était-ce un nouvel ennemi ?

Non, c'était juste Greta.

D'accord, pas *juste Greta.*

C'était Greta avec d'énormes ailes blanches étendues de chaque côté de son corps.

— Prends ma main, m'ordonna-t-elle, et je savais qu'il valait mieux ne pas argumenter.

Dès que nos doigts s'effleurèrent, elle bondit à nouveau vers le ciel en m'entraînant avec elle.

— Qu'est-ce qui se passe ? parvins-je à demander entre deux halètements apeurés.

— Il ment, répondit-elle en me jetant un bref coup d'œil.

Les flammes étaient de retour dans ses yeux. Elle était à la fois magnifique et terrifiante.

— Quoi ? Qui ment ? Et attends, tu es un… un…

— Oui, je suis un ange. Et c'est Parker qui ment.

Waouh. Ça faisait beaucoup à assimiler. J'avais envie de répondre quelque chose d'intelligent, mais…

— Euh, tu es sûre ? répliquai-je comme une humaine de base…

Ce que j'étais, d'ailleurs.

— Presque tout ce qu'il a dit était un mensonge, mais je ne sais pas pourquoi.

— Donc ça veut dire que… ?

— Oui, Melony va bien, ils n'ont jamais eu d'altercation.

Enfin des paroles un peu utiles.

— Dans ce cas, pourquoi tu n'as pas empêché les autres d'aller protéger la ville ?

— Parce que quelque chose cloche. Je ne voulais pas que Parker se doute que je me méfie de lui.

— Comment tu sais qu'il n'était pas sincère ?

Elle se montra du doigt en souriant.

— Un *ange*, je te rappelle.

— Exact.

— On doit agir vite avant qu'il ne se rende compte que je ne me suis pas jointe aux autres. Tu veux toujours te rendre utile ?

Elle aurait sans doute dû poser la question avant de nous catapulter vers le ciel, mais bon. J'avais l'intention de gagner, même si j'ignorais à quoi ressemblait la victoire ou ce qu'elle impliquait à la fin.

— Oui, je veux t'aider. Qu'est-ce que tu attends de moi ?

Elle me décocha un sourire magnanime qui me donna des frissons.

— Toi, ma chère, tu vas nous servir d'appât.

Formidable.

25

— Où est-ce qu'on va? criai-je pour me faire entendre par-dessus le vent lorsque l'ange prit de la vitesse. Et comment je vais servir d'appât?

— On va là où tout a commencé, répondit Greta tandis que nous filions vers notre destination.

Moins d'une minute plus tard, nous atterrîmes dans un bruit sourd juste devant la maison de madame Haberdash, l'endroit où je comptais me rendre de toute façon. Greta fit disparaître ses deux ailes d'un rapide mouvement des deux poignets.

— Quel est le plan? la questionnai-je.

— Je n'en ai pas vraiment.

Elle mit la main dans sa poche et en sortit ma broche. Même si je ne possédais pas de magie depuis assez longtemps pour savoir m'en servir, je me sentis immédiatement soulagée. Au moins, mes capacités instinctives me protégeraient, pendant un instant en tout cas. Je me détestais de souhaiter autant la magie, alors que je la soupçonnais d'avoir un effet horrible sur l'esprit d'une personne. Même en sachant qu'elle pouvait me corrompre, j'en avais envie. *Désespérément.*

— C'est un leurre, m'expliqua Greta, douchant mon espoir à peu près aussi vite qu'elle l'avait éveillé.

Oh, bien. C'était sans doute mieux.

— Porte-le. Fais semblant de chercher quelque chose de précis.

J'y réfléchis un moment. Et à l'absence de poches de mon pantalon de pyjama, peu pratique. Je fourrai le leurre dans mon soutien-gorge.

— Qu'est-ce que je dois chercher ?

— Peu importe. Fouille la maison et fais du bruit. Si l'un des héritiers Haberdash est dans le coin, il viendra te voir.

Elle s'avança, tandis que je contemplais son tailleur-pantalon pastel à la coupe simple. Rien ne trahissait les énormes ailes qui nous avaient conduites à destination. Aucune déchirure dans le tissu. Rien n'indiquait que Greta n'était pas une humaine normale.

— Qu'est-ce que tu vas faire ?

Elle observa le paysage et fronça les sourcils, ce qui n'était pas très rassurant.

— Je surveillerai non loin, dès que j'aurai informé monsieur Grosmatou de mes observations.

L'horreur m'envahit.

— Je vais rester ici toute seule ?

— Pas longtemps, mais je dois prévenir les autres pour qu'ils soient sur leurs gardes. Je sais que c'est beaucoup te demander, mais je te promets de te protéger. C'est pour ça que je t'ai repoussée. Je ne pouvais pas laisser Parker deviner que je le soupçonnais.

Elle se détourna, le regard perdu dans le lointain.

— Tu le soupçonnes, maintenant ? Et de quoi ?

Il était celui dont je me sentais le plus proche, parmi le conseil. Je l'appréciais sincèrement, mais je m'étais déjà trompée sur les gens autrefois.

Greta, par exemple, m'avait trompée à de nombreuses reprises depuis que je l'avais rencontrée ce matin-là, et en même temps, elle semblait être aussi la plus sincèrement préoccupée par mon sort, et celui de Melony. Bien qu'elle m'ait prévenue que la magie connaissait toujours une fin brutale, elle avait l'air d'espérer une solution pacifique.

Elle se mordilla la lèvre et reporta son attention sur moi.

— Je ne sais pas, mais ça ne lui ressemble pas de mentir. Dans la salle du conseil, tu n'as pas remarqué qu'il paraissait un peu… différent ?

Maintenant qu'elle en parlait, en effet, mais j'avais attribué ça au fait qu'il était perturbé d'avoir potentiellement tué quelqu'un. Je ne confirmai pas, cependant. J'avais envie de lui faire confiance, mais j'étais aussi perturbée par ce tout nouveau monde de magie et de danger. Elle appartenait sans doute au camp des gentils, puisque c'était un ange et tout ça, mais comment en être sûre ?

J'avais le sentiment que je n'aurais aucune certitude avant la fin de la partie. Mon but ici consistait à découvrir la vérité et m'en servir pour guider mes actions.

Oh, et ne pas mourir, aussi.

C'était important, clairement.

— Tu as promis de me protéger. Comment tu peux me le garantir alors que tu ne seras même pas là ? grommelai-je, nerveuse.

Greta scruta à nouveau l'horizon, puis elle se balança d'un pied sur l'autre avant de parler.

— Avance-toi, m'ordonna-t-elle.

Je m'exécutai. Elle m'attrapa par le poignet et posa ma main sur son cœur.

La lumière aveuglante jaillit à nouveau.

Je clignai des paupières et je vis la lumière passer de la poitrine de Greta à ma main, mon bras, et enfin à ma poitrine, où elle s'estompa et disparut.

— Tu possèdes mon armure de lumière. Ça devrait suffire à te protéger le temps de mon absence, m'expliqua-t-elle avec une expression de douleur.

Souffrait-elle de la perte de sa magie, tout comme moi plus tôt, qui en avais été affaiblie un instant ?

— Quoi ? Je ne peux pas accepter ! Et toi ?

Je ne pouvais pas la laisser se sacrifier de la sorte. Il devait exister une autre solution…

— Moi, répondit-elle avec un sourire nostalgique en étendant à nouveau ses ailes, je vais simplement devoir faire de mon mieux pour ne pas mourir.

Avant que je puisse répliquer, elle s'envola vers le ciel, me laissant seule pour mettre en place la partie de ce non-plan me concernant. Je pris une grande inspiration, j'agitai les épaules comme un boxeur se préparant à monter sur le ring et je montai en trottinant les marches du porche pour rejoindre la maison vide.

Non, je n'avais pas de capacités d'attaques magiques, mais je pouvais tout de même aider.

Greta croyait suffisamment en moi pour me confier sa vie. Je refusais de la laisser tomber.

26

Greta avait admis sans hésiter qu'elle n'avait aucun plan à suivre. Nous ignorions toutes les deux ce qui se passait avec Parker, ou Melony d'ailleurs.

Les ennuis se préparaient, et nous avions à gérer le chaos qu'ils engendreraient.

Je n'avais pas grand-chose d'autre à offrir que ma volonté d'aider, mais ça devait suffire à appâter les méchants… qui qu'ils soient, en fin de compte.

Je méditai sur tout ça en grimpant jusqu'à la chambre de feu madame Haberdash. Greta m'avait demandé de faire semblant de chercher quelque chose, et ma performance d'actrice allait être bien plus convaincante si je cherchais véritablement quelque chose.

Melony était venue récupérer le vieux chapeau de sorcière

dans la journée. Pouvait-il y avoir d'autres accessoires magiques qui n'attendaient que d'être découverts ?

Je pensai à la broche faussement puissante nichée dans mon soutien-gorge et je décrétai que oui. Dénicher un accessoire me paraissait bien mieux que de tenter de trouver un papier ou un livre révélant quelque chose. C'était plus mon style, en outre.

Peut-être que j'aurais la chance de trouver quelque chose d'utile. Et sinon, ça ne serait pas grave.

Après tout, on ne s'attendait pas à ce que je déniche quelque chose, juste que je serve de distraction.

Greta ne m'avait pas donné beaucoup de détails, et je soupçonnais que c'était parce qu'elle ne savait pas grand-chose elle-même, à part que Parker nous mentait. Est-ce que ça signifiait que Melony s'était emparée de lui et qu'elle le contrôlait à présent ? Je me souvenais encore du sentiment d'impuissance que j'avais éprouvé quand Parker et Grosmatou avaient chacun leur tour manipulé mes mouvements et mes émotions.

Mais comment Melony pouvait-elle maîtriser quelqu'un comme Parker ? Il était un magicien bien plus expérimenté, et il possédait même la magie communale pour renforcer ses pouvoirs. Sans mentionner ses trente kilos de muscles de plus qu'elle.

Cela dit, Melony avait réussi à nous retenir toutes les deux, Greta et moi, pendant notre altercation matinale. C'était peut-être parce qu'elle nous avait eues par surprise ?

Hmm. Maintenant que je prenais le temps d'y réfléchir, toutes les pièces du puzzle ne s'emboîtaient pas.

Melony nous avait surprises dans la maison de sa tante. Dès qu'elle était partie, je m'étais précipitée chez moi, où j'avais découvert que Grosmatou m'attendait. Il avait invoqué un balai et nous nous étions rendus ensemble aux bureaux de la PTA. Il m'avait aussi dit que Melony ne pouvait pas se déplacer à l'aide de moyens magiques.

Dans ce cas, comment avait-elle eu le temps de trouver Parker, de le suivre jusqu'à la sortie de la ville, de discuter avec lui, puis de se battre avec lui pendant le laps de temps qui s'était écoulé avant qu'il nous rejoigne en salle de réunion ?

D'accord, il était le dernier arrivé, mais quand même. Tout s'était déroulé en l'espace de dix minutes. Pour la première fois depuis que j'avais emménagé ici, je regrettais de ne pas avoir de voiture. Bien que ce soit une petite ville en termes de population, elle s'étalait sur un vaste terrain.

Je rentrai mon adresse dans une application de cartes géographiques et je constatai que je me trouvai en plein milieu des limites de la ville en forme de carré. Je tapotai sur l'une des limites et je l'ajoutai en destination. Mon application m'informa que le trajet le plus rapide pour m'y rendre en voiture me prendrait douze minutes.

Je n'avais pas l'horodatage précis de la matinée, mais la chronologie clochait.

Soit Parker était perturbé, soit il avait délibérément menti au conseil. Greta l'avait confirmé.

Mais il m'avait aussi dit avec fierté qu'il était un habitant de Beech Grove, qu'il était né et avait grandi dans cette ville. C'était même la première chose qu'il m'avait dite – enfin, après m'avoir accusée de meurtre, j'entends. Il n'aurait donc pas pu commettre d'erreur de calcul, vu comme la ville lui était familière, et je doutais qu'il ait pu proférer un mensonge facile à démentir.

Dans ce cas, pourquoi les autres n'avaient-ils pas remarqué cette incohérence ?

Ou alors, ils avaient fait exprès de ne rien voir ?

Quelque chose m'échappait, et à mon avis, je n'étais pas la seule.

Voilà ce qu'il se passait quand on prenait des décisions trop précipitées ! Voilà aussi pourquoi il était important que je commence la journée par une longue douche méditative. À cause de Grosmatou, je n'avais même pas pu en prendre une courte et froide, ce matin.

Et je n'avais bu qu'une portion de café, aussi.

Et il n'était même pas huit heures du matin. *Bâillement.*

Je fourrageai dans la boîte à bijoux de feu madame Haberdash et j'attrapai une grande bague en émeraude pour la regarder de plus près.

— Lâche ça, m'ordonna quelqu'un d'une voix bourrue depuis l'entrée de la pièce.

Malgré la méchanceté nouvelle, je reconnus immédiatement mon interlocuteur.

Je me tournai vers Parker en resserrant ma prise sur la bague.

— Oblige-moi à le faire, le défiai-je, les dents serrées.

Je prenais un grand risque ; j'espérais que mon instinct ne me trompait pas.

Il hésita un instant, et cela suffit à confirmer mes soupçons.

— Tu n'es pas Parker, annonçai-je en enfilant la bague, avant de poser les mains sur mes hanches en une attitude ouvertement hostile.

27

Parker déclencha une boule de feu et l'envoya droit sur moi. Oui, ce n'était clairement pas le type que j'avais rencontré la veille.

J'essayai d'esquiver, mais la vague de magie avait jailli si vite que je n'eus aucune chance. Les flammes s'écrasèrent sur moi. Je ne ressentis rien. Seulement de la chaleur, de la reconnaissance. Ma poitrine s'illumina lorsque l'armure d'ange que j'avais empruntée absorba tout l'impact.

— Ils savent, grogna Parker, qui sembla un instant trop stupéfait pour agir.

Son hésitation disparut très vite et il se jeta sur moi, me coinçant sous son corps plus large et plus musclé.

— Laisse-moi partir !

Je me débattis contre lui.

— Dis-moi où sont les autres, m'ordonna-t-il, toujours incapable cependant de me forcer à répondre.

Ce n'était pas Parker, il ne possédait pas les mêmes pouvoirs.

— Non, rétorquai-je en grognant. Je ne te dirai rien tant que tu ne m'auras pas expliqué qui tu es et ce que tu veux.

Si je réussissais à le faire parler jusqu'au retour de Greta, tout irait bien. Aucun doute, je jouais bien mon rôle d'appât. Il ne restait plus qu'à attendre que le pêcheur vienne me sauver avant que l'armure n'encaisse le coup de trop et que je me fasse gober par le poisson.

— Qui es-tu ? Pourquoi es-tu mêlée à ça ? me demanda le faux Parker au lieu de répondre à mes questions.

— Je m'appelle Tawny, répondis-je avec allégresse.

Le but était de poursuivre cette conversation, alors s'il voulait entendre parler de moi, j'étais plus que prête à lui révéler certaines infos.

— Je ne suis qu'une intérimaire.

— Ils t'ont pris ta magie et t'ont virée. Alors, qu'est-ce que tu fais dans cette maison ? Qu'est-ce que tu cherches ?

Comme il était absolument hors de question de lui dire que j'étais là pour le distraire, je fis appel à mes talents d'écrivaine et concoctai une histoire, totalement inventée, pour me sauver la mise.

— J'habite dans la maison de location, au fond du jardin. Quand ils m'ont retiré ma magie et mise dehors, je me suis sentie flouée. Mais j'ai besoin d'argent, et c'est pour ça que j'avais accepté ce boulot pourri dès le départ. Je me suis dit que tout le monde étant occupé ailleurs, je pouvais me faufiler ici et trouver quelque chose à mettre au clou. Histoire d'être récompensée pour mes efforts.

— Mauvais choix, répliqua-t-il sur un ton sournois. Parce que tu sais, maintenant, je ne peux pas te laisser partir.

— Dans ce cas, laisse-moi t'aider, suggérai-je en arrêtant de me débattre.

Le meilleur moyen d'éviter d'être blessée était de lui faire croire que j'étais de son côté.

Cela ne servit à rien.

— Je n'ai pas besoin de l'aide d'une normale. Ce sera plus facile sans toi en travers de ma route.

Il envoya une nouvelle boule de flammes dans mon corps, mais je ne ressentis rien. Combien de temps l'armure angélique allait-elle tenir ? Je n'avais vraiment, vraiment pas envie de le découvrir.

— Qu'est-ce qui te protège ? s'étonna mon attaquant, prouvant une nouvelle fois qu'il ne s'agissait pas du Parker Barnes que je connaissais et que je commençais à apprécier.

— Je ne sais pas, mentis-je.

J'aurais bien haussé les épaules, mais j'étais incapable de bouger sous lui.

— Un résidu de magie, peut-être ? Comme tu l'as dit, je suis juste une femme normale. Alors, laisse-moi partir, s'il te plaît.

Une nouvelle boule de feu inefficace s'écrasa sur moi.

— Sers-toi de moi comme appât, suggérai-je d'une voix aiguë.

La panique m'envahissait peu à peu. Greta reviendrait-elle à temps ou bien la prochaine attaque serait-elle la bonne pour transpercer l'armure ?

— Quoi ? s'exclama-t-il, la main levée pour lancer une nouvelle boule, mais interrompu dans son geste.

— Ne me tue pas. Sers-toi de moi comme monnaie d'échange pour obtenir ce que tu veux.

Si je pouvais être l'appât des gentils, je pouvais aussi être celui des méchants. Seule Greta connaissait toute l'histoire. Je devais croire qu'elle reviendrait vite et en attendant, il fallait que je réchappe à cette attaque. Enfin, si je ne pouvais pas faire confiance à un ange, alors à qui me fier ?

Il médita mes paroles quelques instants, et quand il recommença à parler, il ne s'adressait pas à moi.

— Te voilà. Maintenant que tu es arrivée, aide-moi à l'attacher, dit-il en me plaquant plus fort contre le sol.

J'avais à présent la joue pressée contre le tapis à poils de la chambre de madame Haberdash.

Des pas s'approchèrent de la porte.

— Alors ? Tu as pu en immobiliser un ? demanda le faux Parker avec insistance.

— Non, malheureusement. Ils sont allés aux points de pouvoir, comme tu l'avais deviné, mais ils n'ont pas terminé le rituel, répondit une voix rauque de femme.

Même si je ne voyais pas grand-chose dans cette position fâcheuse, cela me suffit à distinguer les pieds engoncés dans les rangers noirs et la longue jupe à fleurs.

Melony était arrivée.

— Pourquoi ? s'agaça l'homme qui me tenait.

— L'un des membres du conseil a soupçonné un truc et donné l'alerte. Je m'apprêtais à rejoindre le chat quand c'est arrivé.

— Qu'est-ce qu'ils ont dit ? Allez, finis !

Mon agresseur me plaqua contre le sol de toute sa puissance, mais l'armure angélique tint bon.

Melony s'approcha, sans venir trop près.

— Je n'ai pas entendu, mais ils sont partis tous les deux ensemble.

— Ils vont prévenir les autres. Ça veut dire qu'on n'a plus beaucoup de temps, dit l'homme. Nous devons terminer ça maintenant. C'est sans doute notre seule chance.

Je déglutis.

Quoi qu'il entende par là, ce n'était pas bon.

28

— Pourquoi vous faites ça ? m'écriai-je, mais mes paroles se perdirent dans le tapis. Qu'est-ce que vous voulez ?

J'avais tenté de prononcer ma question du coin de la bouche.

— Tu crois qu'on voulait la stupide magie communale de ma tante ? *Sérieux*, rétorqua Melony en attachant mes poignets dans mon dos. On a un plus gros poisson à pêcher.

Eh bien, au moins, elle continuait à filer la métaphore, même si elle n'était pas au courant de son existence.

— Melony, chut, la réprimanda le faux Parker qui s'occupait de mes chevilles.

Elle s'immobilisa un instant, puis s'appliqua avec une vigueur renouvelée.

— Désolée, papi.

Oh, non. Le lien de famille. Pile ce que Greta et les autres voulaient éviter.

La panique enserra ma poitrine encore plus fort que mes liens.

— Où est Parker ? Que lui avez-vous fait ? grommelai-je.

— Il est mort, m'informa son clone en riant. Et toi aussi, bientôt.

Oh non. Était-il réellement trop tard ?

S'ils avaient réussi à tuer Parker doté d'une double dose de magie, je n'avais aucune chance. Je n'étais qu'une personne normale sans magie contre deux personnes très magiques aux pouvoirs amplifiés par leurs liens de sang. Je ne pouvais même pas libérer mes mains ou mes pieds pour me battre ou fuir.

Les autres membres du conseil allaient-ils parvenir à vaincre le duo de méchants ou bien la ville de Beech Grove était-elle condamnée ? Ainsi que toute la région de Peach Plains, dans la foulée ?

Un fracas résonna au rez-de-chaussée. Les secours étaient arrivés ?

— Reste ici, dit le faux Parker, le grand-père de Melony. Je vais voir.

— Pourquoi tu fais ça ? demandai-je à la jeune fille quand nous fûmes seules. Ta vie est vraiment si mauvaise ?

— Je ne répondrai pas.

Elle croisa les bras, continuant à me surveiller.

— Tu as sincèrement envie de faire ça ? On dirait que c'est ton grand-père qui donne les ordres. Qu'est-ce qui te pousse à croire qu'il va partager avec toi la magie qu'il va gagner ?

Si je trouvais les bons mots, je pouvais sûrement faire basculer Melony de mon côté. Elle avait eu l'occasion d'éliminer Greta et moi tout à l'heure, mais elle avait choisi de nous laisser la vie sauve. Il devait y avoir du bon en elle, quelque part.

Elle me fusilla du regard.

— Chut. Tu ne sais rien. Papi m'a promis que si je l'aidais avec son plan, il veillerait à me rendre ma place légitime de sorcière communale.

— Si tu le dis, répliquai-je nonchalamment.

Elle enfonça son talon dans mon dos, mais l'armure s'éleva, m'empêchant de sentir la douleur. D'accord, donc elle était capable de faire souffrir les gens. Mais les tuer ?

Tout le monde pensait qu'elle était venue en ville pour assassiner sa grand-tante, mais peut-être que nous nous trompions. Et si Melony en avait après autre chose ?

Alors que nous attendions la suite des événements, je repassais en boucle sa dernière déclaration. Son grand-père lui avait dit qu'elle deviendrait sorcière communale.

Au futur… Comme si ce n'était pas encore le cas…

Ce qui signifiait qu'elle ne possédait pas encore la magie communale. Son grand-père n'aurait pas tué Parker lui-même, s'il lui avait promis cette magie. Je ne savais toujours pas ce qui les motivait, mais c'était clairement plus important que la magie de Beech Grove.

Ils n'en avaient pas après Parker, et n'avaient sans doute jamais voulu s'en prendre à lui.

Il y avait de grandes chances qu'il soit toujours en vie.

Un plus gros poisson à pêcher, avait dit Melony avant que son grand-père ne l'oblige à se taire. Pouvais-je la pousser à m'en dire davantage ?

— Qu'est-ce que vous comptez faire de moi ? demandai-je en me tournant légèrement pour pouvoir parler avec plus de facilité.

Elle croisa mon regard et cilla.

Elle m'aurait peut-être répondu, mais je ne le saurai jamais.

Un cri étouffé retentit depuis le rez-de-chaussée, nous faisant taire toutes les deux.

Melony s'approcha de la porte en silence, tandis que je restais par terre, incapable de bouger sauf en me trémoussant.

La prochaine chose que j'entendis, ce fut le cri du faux Parker.

— Tu n'iras nulle part. Avance !

Melony se précipita pour aller aider, et je pus me décaler afin d'avoir un meilleur aperçu des événements.

Une minute plus tard, les deux acolytes revinrent dans la pièce en poussant devant eux une Greta couverte de sang et de marques de brûlure. Sans son armure angélique pour la protéger, elle avait été grièvement blessée par les attaques magiques de papi Haberdash. Elle était à peine consciente quand ils la poussèrent à terre et l'attachèrent à son tour.

Elle était venue me sauver, mais avait fini dans la ligne de mire.

Parker avait disparu, et nous étions deux captives. Ce qui laissait Grosmatou, Connie du département Commerce, le vieux monsieur, et le type un peu plus jeune dirigeant l'Agriculture.

Est-ce que ça suffisait pour empêcher Melony et son grand-père de mettre la main sur ce qu'ils voulaient ?

Réfléchis, Tawny, réfléchis !

Si je ne pouvais pas déjouer leur plan, je pouvais y ajouter quelques failles.

J'ignorais comment fonctionnait le lien de famille, mais il existait sans doute un moyen de le sectionner.

Je pouvais peut-être sauver la situation.

Sans magie.

29

— Où sont les autres ?

Papi Haberdash balança son pied dans les côtes de Greta et lui cria dessus, mais son dernier coup l'avait rendue inconsciente, incapable de lui répondre. Je détestais le voir nous faire du mal en se servant de l'apparence de Parker. Quoiqu'il arrive ce jour-là, je ne parviendrais jamais à me sortir cette image de la tête.

— Ils arrivent. C'est tout ce que je sais.

Melony se mordilla la lèvre nerveusement en attendant la réaction de son grand-père.

Il étira ses doigts en se renfrognant, et il enchaîna sans la regarder :

— Ne bouge pas et assure-toi que ces deux-là ne causent aucun problème. Tu ne dois en aucun cas quitter cette maison. Tu m'entends ?

Melony opina avec enthousiasme.

— Oui, papi.

Après ça, son grand-père sortit en trombe de la pièce et descendit l'escalier en vitesse. Je tendis l'oreille, mais n'entendis pas la porte d'entrée s'ouvrir ou se fermer. À mon avis, il était resté à l'intérieur de la maison, prêt à prendre le prochain arrivant en embuscade.

— Bon…

Je me tournai tant bien que mal sur le côté pour voir Melony tout en parlant. Peut-être que son visage me révélerait quelque chose que sa voix masquait. Je me battais pour ma vie, là. Je devais donc utiliser tous les moyens à ma disposition.

— Puisqu'on est toutes les deux coincées ici, tu veux me parler de votre super plan ? Je parie qu'il est très intelligent.

Elle croisa les bras et se détourna.

— Non.

Hmm. Si je ne pouvais pas faire appel à son orgueil, je pouvais m'en prendre à ses complexes. Je tentai de hausser les épaules – en vain, entravée comme je l'étais.

— Je comprends. Après tout, on est inutiles toutes les deux, de toute façon. Autant laisser les gros bras se battre et tout nous raconter plus tard.

Elle se renfrogna.

— Tu es peut-être inutile, sale normale, mais pas moi.

— Hé, pourquoi tu me traites de « normale » ? m'exclamai-je en essayant d'avoir l'air blessée.

L'orgueil et les complexes n'avaient pas fonctionné, alors pourquoi ne pas tenter l'humanité ?

Elle leva les yeux au ciel.

— Parce que tu ne possèdes pas de magie, c'est tout.

— Ah bon ? Je suis la sorcière communale, pourtant.

Elle me dévisagea un long moment, puis secoua la tête.

— Non, ça, c'est le gars qui a tué ma grand-tante.

— Il est peut-être le sorcier communal officiel, mais en tant qu'intérimaire pour la PTA, j'ai une réplique exacte de cette magie juste là.

Je me débattis contre mes liens, puis je soupirai.

Melony se concentra sur moi, peu sûre d'elle.

— Où ça ?

— Eh bien, on m'a conseillé de garder le réceptacle de la magie au plus près de mon cœur pour qu'il fonctionne mieux.

Elle se rapprocha d'un pas.

— Où est-il ? Donne-le-moi.

— Je l'ai glissé dans mon soutien-gorge, répondis-je en grognant.

— C'est dégueu.

— Hé, tu le veux ou pas ? répliquai-je avec nonchalance, essayant de donner l'impression que je me fichais qu'elle accepte ou non mon aide.

Un plan venait de se former dans mon esprit, cependant, et si je parvenais à bien manipuler Melony, alors Greta et moi avions une petite chance de nous en sortir.

— Je parie que tu seras encore plus puissante que ton grand-père, avec cette dose de magie supplémentaire. Il ne t'obligerait plus à jouer les nounous.

— Donne-le-moi, répéta-t-elle.

Même si ses yeux ne s'illuminèrent pas du même feu que ceux de Greta, j'y reconnus malgré tout une étincelle d'avidité.

Je grognai et me débattis contre mes liens. Il fallait que je joue le jeu.

— Je ne peux pas, me plaignis-je, avant de rouler sur le dos.

Le mouvement aurait dû me meurtrir les poignets, mais l'armure angélique me protégeait par chance toujours de la douleur. Je bombai la poitrine autant que je le pouvais.

— Viens le chercher toi-même. Je ne peux pas l'attraper.

— Beurk, non.

Elle renifla de dégoût et fit un grand pas en arrière.

Nous restâmes silencieuses pendant les minutes suivantes.

Et immobiles aussi, jusqu'à ce que la porte d'entrée s'ouvre soudain dans un grand bruit, nous faisant sursauter toutes les deux.

— Dernière chance, marmonnai-je, en tentant de masquer que j'étais désespérée. Récupère ma magie et prends part à l'action. Sérieux, si tu es là, comment tu peux être sûre que ton grand-père te fera profiter de ce que tu veux, une fois qu'il l'aura obtenu ?

Melony se mordilla la lèvre, puis se précipita vers moi.

— Je vais te détacher juste un instant, et juste une main. Donne-moi le réceptacle de la magie, ne tente rien, et je m'assurerai que tu survives. De toute façon, tu ne nous sers à rien.

— Marché conclu.

Je lui adressai un sourire soulagé. Pas parce qu'elle m'offrait la vie, mais parce qu'elle était totalement tombée dans mon piège.

Je me motivai mentalement tandis que Melony peinait à ne détacher qu'une main. À l'étage en dessous, j'entendis Grosmatou crier :

— Qui êtes-vous et qu'avez-vous fait de Parker ?

Un enchaînement de bruits sourds et secs s'ensuivit, tandis que Melony utilisait un nouveau bout de corde pour attacher mon poignet gauche aux liens enserrant mes chevilles, avant de s'atteler à la libération de ma main droite.

Je me montrai patiente avec elle, comme une bonne otage.

— Bien, donne-la-moi, dit-elle quand ce fut terminé.

Je fouillai dans mon soutien-gorge et trouvai la broche-leurre que Greta m'avait confiée. Ah. Qui aurait cru qu'elle me serait utile ?

Melony l'accepta avec avidité, l'essuya contre sa chemise avant de l'approcher de son visage pour l'examiner de plus près. Elle était trop distraite par la broche et ce qui se déroulait en bas pour me rattacher immédiatement, comme je l'avais prévu.

Tandis qu'elle scrutait le réceptacle magique, je plaçai ma main libre contre ma poitrine et la plaquai au niveau de mon cœur, invoquant la lumière à l'intérieur. Ça démarra par un rayon fin comme une épingle, mais il se transforma très vite en magnifique boule de la taille d'un fruit.

Le temps que Melony se rende compte de ce que je faisais,

j'avais déjà lancé la main en direction de Greta, toujours inconsciente, pour que la lumière jaillisse de moi et se transmette à elle.

L'ange ouvrit tout à coup les yeux; ils étaient emplis d'une chaleur incandescente. Ébahie, je vis ses blessures se refermer et sa vitalité lui revenir.

Maintenant que je n'avais plus son armure, je poussai un cri, saisie d'une vague de douleur. Le poignet toujours accroché dans mon dos s'était tordu à un angle anormal quand je m'étais retournée sur le dos. Et lorsque Melony l'avait attaché à mes pieds, ça avait seulement empiré les choses.

Oui, il était cassé, aucun doute.

Greta poussa un cri et arracha les cordes qui la retenaient.

— Vas-y! l'encourageai-je dans un murmure rauque. Emmène Melony loin d'ici. Loin de la… maison.

Je ne vis pas la suite, parce que je m'évanouis à cause de la douleur.

30

Ma tête était pleine de brouillard. J'entendais des voix qui parlaient autour de moi, mais je ne distinguais aucun mot.

Argh. Combien de temps étais-je restée inconsciente? Quel jour étions-nous?

J'avais fait un rêve des plus bizarres, rempli de chats qui parlaient, de grands-pères diaboliques et d'une espèce d'ange enflammé. Eh bien, ça ferait une sacré histoire à noter sur mon journal. Ma psy adorerait entendre l'histoire que mon cerveau avait concoctée cette nuit.

Je me frottai le coin des yeux pour en enlever les saletés, puis je les ouvris.

Un chat noir au poil lisse et soyeux possédant une adorable tache blanche sur la poitrine me surplombait, me fixant de ses yeux dorés lumineux. Euh, c'était bizarre. Quand avais-je adopté un chat? Je ne vivais dans cette ville que depuis deux semaines, max. Je n'avais même pas déballé tous les cartons, et pourtant, j'étais allée adopter un animal?

Quelqu'un posa une main chaude sur mon front. Qui était là, avec moi? J'étais dans ma chambre, pas à l'hôpital. Et ces gens semblaient me connaître.

Sous l'effet de la peur, mon cœur s'emballa dans ma poitrine lorsque, me retournant, je découvris une femme aux cheveux très pâles, vêtue d'un simple tailleur-pantalon et arborant un grand sourire.

— Oh, Tawny. Je suis si contente que tu ailles bien.

Je fermai les yeux, pris une grande inspiration et les rouvris. Cette fois-ci, je repérai un homme incroyablement séduisant, avec une barbe poivre et sel et des bras joliment musclés, qui se tenait derrière la dame. Ses yeux gris clair semblaient curieux, mais aussi familiers, d'une certaine manière.

— Est-ce que je peux avoir un moment en privé avec elle? demanda-t-il aux autres, qui acceptèrent et s'en allèrent promptement.

Même le chat partit. Waouh, il était vraiment bien dressé!

Le bel inconnu se mit à genoux et prit ma main entre les siennes.

— Comment tu te sens?

Son inquiétude se lisait dans ses yeux pâles.

— Bien, répondis-je avec circonspection.

Il ne semblait pas vouloir me faire de mal, mais pourquoi était-il chez moi pendant que je dormais? C'était flippant.

— Je suis confuse.

Il regarda vers la porte. Elle était toujours fermée.

— Tu te souviens de quoi ? m'interrogea-t-il sur un ton insistant en retournant ma main dans la sienne comme s'il n'en revenait pas qu'elle soit réelle.

Je tentai de toutes mes forces de me rappeler, mais rien ne me vint. À part ce rêve bizarre et cette longue nuit de sommeil agréable. Je savais qu'il serait déçu par ma réponse, mais je n'avais aucune idée de ce que je devais dire pour le rendre heureux. Je répondis simplement :

— À quel sujet ?

Il se lécha les lèvres.

— Comment je m'appelle ?

— Je ne sais pas. Steve ?

Je souris pour atténuer le coup, au cas où je me trompais. Même s'il était un inconnu à mes yeux, il était clair que *lui* me connaissait.

Il baissa la tête et pouffa. Puis il la redressa, et je crus voir au coin de son œil une larme qui refusait de tomber.

— Tout oublier fait partie du protocole, commenta-t-il, accroissant ma confusion. Enfin, du protocole *d'ordinaire.*

Il haussa les épaules. Je fronçai les sourcils sans répondre. Que pouvais-je dire ? *Hé, le timbré. Je ne sais pas du tout de quoi tu parles. Sors de ma chambre !*

Il poursuivit sans se démonter.

— Mais, Tawny, il n'y a rien d'ordinaire chez toi.

— Qui êtes-vous ?

J'avais la bouche sèche. La tête dans le brouillard. Rien n'avait de sens.

Il forma un demi-cercle avec sa main, puis releva l'index sans me quitter des yeux.

— Qui je suis ? Réfléchis, Tawny. Tu connais ça.

Tout à coup, le brouillard se dissipa, me dévoilant les images des dernières heures. Grosmatou partageant ses souvenirs avec moi en ronronnant sur mes genoux, Greta me propulsant dans les airs avec ses ailes puissantes, le vieil homme en costume dont la barbe lui arrivait à la ceinture, et surtout… l'homme à mes côtés.

Je ne pus retenir l'immense sourire qui étira mes lèvres.

— Tu es Parker.

— Et quel est ton dernier souvenir ?

Une vision horrible apparut dans ma tête. Nous avions failli perdre. Une douleur insoutenable. J'étais tombée dans les pommes.

— Melony et son grand-père, répondis-je en tentant de ralentir le flot d'images pendant que je parlais. Ils étaient chez madame Haberdash. Ils ont dit qu'ils avaient un plus gros poisson à pêcher. Puis que tu étais mort. Greta m'a donné son armure de lumière, mais je la lui ai rendue. Elle a réussi à faire sortir Melony de la maison ?

C'était la dernière chose que j'avais dite avant de perdre connaissance, parce que je soupçonnais la maison d'amplifier encore davantage le lien de famille. M'étais-je trompée ?

Parker leva ma main et y déposa un long baiser.

— Oui, tu avais raison pour tout. Dès que Greta est passée par la fenêtre avec Melony, la connexion s'est rompue et les autres ont pu maîtriser son grand-père.

— Mais pourquoi ?

Je savais que le grand-père de Melony lui avait expressément ordonné de ne pas quitter les lieux, mais je ne saisissais tout de même pas tous les tenants et les aboutissants.

— C'est simple, expliqua Parker avec un sourire en coin. Lila Haberdash a vécu toute sa vie dans cette maison. Ses parents y ont habité avant elle, et leurs parents encore avant. Au fil du temps, la bâtisse a absorbé des générations entières de magie familiale, si bien qu'elle fait partie d'eux, à présent.

— Et ça a amplifié leur lien, conclus-je.

Il hocha la tête et me regarda comme s'il souhaitait ajouter autre chose, mais j'avais encore trop de questions.

— Qu'est-ce qu'ils cherchaient ? Pourquoi avaient-ils besoin de ce pouvoir supplémentaire si madame Haberdash était déjà morte ?

— Ils n'en ont jamais eu après elle. Du moins, pas le grand-père.

Il prit une grande inspiration et me serra la main avant de souffler.

— Ils voulaient le conseil.

— Qui ? Grosmatou ?

— Oui. Et Connie. Et Greta. Et Buckley. Et...

— Vous tous.

Je soupirai, digérant cette nouvelle donnée. Si Melony et son grand-père avaient atteint leur but, ils seraient parvenus à détruire entièrement l'équilibre magique. Ils auraient pu faire toutes les horribles choses qu'ils voulaient, avec autant de pouvoir.

Parker hocha la tête, confirmant mes soupçons.

— Nous sommes les plus forts de la région. S'ils avaient réussi à récupérer tous nos pouvoirs, ils auraient été inarrêtables. Puisque Lila était morte, ils pensaient pouvoir se servir de la maison pour y parvenir.

— Mais ils ont échoué.

— Oui. Et heureusement.

Il avait l'air lessivé. S'était-il inquiété pour moi ? Combien de temps étais-je restée évanouie ? Et lui, avait-il été grièvement blessé ?

— Tu étais où ? lui demandai-je gentiment.

Il ne prit pas ombrage de ma question.

— Immobilisé, répondit-il simplement.

— Oh.

Je décidai de ne pas insister, et je revins plutôt au sujet précédent.

— Donc leur plan reposait sur la venue de tout le monde dans cette maison ?

— Puisque c'était une source de pouvoir majeure pour eux, oui. Mais ils espéraient aussi qu'on viendrait un par un pour être plus faciles à éliminer. C'est pour ça que le grand-père de Melony a pris mon apparence, histoire d'influencer nos actions. Il a fait quelques allusions pour éveiller nos soupçons, puis nous a envoyés vers les points de pouvoir pour nous diviser.

Tout était logique, mais le puzzle n'était toujours pas complet.

— Sauf qu'ils ne m'ont pas tuée, et Greta non plus, quand ils en ont eu l'occasion. Pourquoi ?

C'était ce que je voulais savoir plus que tout.

Parker haussa les épaules et pinça les lèvres.

— Je pense que Melony ne connaissait pas l'ampleur du plan de son grand-père. Je pense que nous non plus, d'ailleurs.

— Il est où, maintenant ?

— Grosmatou l'a abandonné dans la région la plus éloignée d'ici. En Nouvelle-Zélande, je crois.

— Mais il va revenir.

C'était une affirmation, pas une question.

— Oui. Mais cette fois-ci, on l'attendra.

— Et maintenant, qu'est-ce qui va se passer ?

— Le conseil va trouver un nouvel agent de liaison avec les Forces de police, et je vais essayer d'occuper le grand vide que Lila a laissé, en devenant sorcier communal. Et toi, tu vas reprendre ta vie d'humaine normale. Et ça te dirait que ton nouveau propriétaire et ami te rende visite de temps en temps ?

— Ça me plairait beaucoup, répondis-je, avec le sentiment d'être une héroïne de vieux film.

Cela aurait été le moment idéal pour que Parker me fasse basculer en arrière, ou plutôt se penche sur mon lit, et me donne un premier baiser tendre et parfait.

Au lieu de cela, il se pencha bel et bien, mais pour me serrer fort dans ses bras et me parler à l'oreille.

— Ce sera notre petit secret, d'accord ?

— Je ne dirai pas un mot. Enfin, à une condition, ajoutai-je en chuchotant.

— Tout ce que tu veux, me promit-il, souriant toujours.

— Tu pourrais réparer mon chauffe-eau avant de partir ? J'ai vraiment besoin d'une bonne douche.

MÉDIUM À LOUER

Quand ma dernière mission a failli me faire tuer, j'ai cru que j'en avais terminé avec la Paranormal Temp Agency. Il s'avère que les ennuis ne faisaient que commencer...

Il manque un membre au conseil des agents de liaison paranormaux, ce qui rend Beech Grove vulnérable aux influences magiques extérieures. Pire encore, les chats errants qui travaillent en tant qu'agents sur le terrain disparaissent... et ne réapparaissent pas dans des refuges.

Maintenant mon patron, un chat noir nommé monsieur

Grosmatou, m'a ordonné d'enquêter déguisée en fausse médium afin de découvrir ce qui arrive aux agents félins.

La semaine dernière, je ne savais même pas que la magie existait, cette semaine, c'est à moi d'aider à la sauver.

Oui, une journée banale pour la médium à mi-temps que je suis.

1

Je m'appelle Tawny Bigford, j'ai trente-cinq ans, je suis écrivaine à mi-temps et je viens d'apprendre que la magie existe.

Tout a commencé, voyez-vous, le jour où j'ai découvert le cadavre de ma toute nouvelle propriétaire. J'ai été virée de la scène par un policier très séduisant qui n'était pas vraiment là pour enquêter sur son meurtre. Il m'a livrée à la PTA – pas l'association de parents d'élèves, non –, la *Paranormal Temp Agency*.

Il s'agit d'une agence spéciale qui protège les intérêts des êtres doués de magie dans notre charmante région de Peach Plains, en Géorgie, et de l'un des nombreux conseils de ce type mis en place dans le monde entier.

Une fois qu'ils ont conclu que je n'étais pas responsable de la mort de ma propriétaire, ils m'ont ordonné de la remplacer temporairement. Pas en tant que propriétaire, non, mais en tant que sorcière communale de Beech Grove. Oh la vache !

À partir de là s'enchaînèrent un chat qui parle, des balais volants et des rebondissements après d'autres rebondissements. Dès que quelqu'un prenait le temps de répondre à l'une de mes questions, une dizaine d'autres au moins jaillissaient dans mon esprit.

Le temps que nous parvenions à attraper le véritable tueur qui courait toujours, j'avais la migraine à force de tout assimiler. Voilà ma vie, à présent…

Le conseil est constitué de cinq agents de liaison paranormaux, en plus du sorcier communal et du Diplomate, qui chapeaute tout ça. Le Diplomate du coin est un petit chat noir qui adore tout autant respecter les règles que donner des ordres et qui s'appelle monsieur Grosmatou.

Nous avons la douce Greta aux allures de grand-mère qui est l'agent auprès des Écoles. Et je viens d'apprendre que c'est un ange. Hmm, waouh !

Parker Barnes est justement le policier qui m'a livrée à ce cercle de timbrés magiques. C'est aussi grâce à lui que je me souviens de tout ce qu'il s'est passé alors que les autres ont tenté d'effacer mes souvenirs. Mis à part ça, son rôle est un peu plus compliqué. J'essaie toujours de le comprendre.

Enfin, il nous reste Connie, en charge du Commerce, Buckley à la tête de l'Agriculture, et un vieux type vêtu d'un costume qui sert de liaison avec les Cimetières. Oui, je ne connais toujours pas son nom…

J'étais récemment la sorcière communale par intérim, mais maintenant qu'ils ont trouvé quelqu'un pour occuper ce poste, je devrais être tranquille. Ce n'est pas pour rien que le conseil utilise des intérimaires. Ils sont plus faciles à contrôler, et moins il y a de gens au courant de ce qu'ils font, mieux c'est. Ils préfèrent disséminer la vérité entre plusieurs personnes que d'en laisser une seule creuser trop profondément et risquer de les exposer. C'est sans doute pour ça que je les trouve si perturbants.

J'ai beau être un peu triste d'avoir perdu la magie qu'ils m'ont offerte – je ne l'ai même pas gardée vingt-quatre heures, vous imaginez ? –, je suis plus que prête à retrouver ma vie normale.

Le chat autoritaire, cela dit, semble avoir d'autres projets…

Oh oh.

L'aventure magique loufoque qui a bouleversé mon monde et tout ce que je pensais savoir remonte à trois jours. Trois jours depuis qu'une nouvelle douche froide m'a conduite à ce meurtre mystérieux menant à une conspiration magique qui a failli me coûter la vie.

Trois jours.

Toute cette aventure n'a même pas duré aussi longtemps. Je crois qu'il s'est écoulé moins de vingt-quatre heures entre ma découverte du corps de madame Haberdash et le moment où le conseil de la PTA a attrapé les méchants et mis un terme à leurs projets ignobles.

En réalité, je sais précisément le temps que ça a duré.

Comment une si brève période peut-elle littéralement tout changer ?

Pour commencer, j'ai un nouveau propriétaire. Et si madame Haberdash, l'ancienne, m'évitait consciencieusement, Parker Barnes trouve au moins une demi-douzaine d'excuses par jour pour passer me voir.

Oui, ce Parker-là.

C'est un peu difficile de repousser la magie de mon esprit quand le type qui m'a introduite dans ce monde traîne sans cesse sur le pas de ma porte.

Et mon méga crush pour lui n'aide pas. Depuis que mon ex-mari s'est trouvé une nouvelle femme – alors que nous étions encore mariés, devrais-je dire –, j'ai renoncé à l'amour pour jouir d'une vie en totale liberté.

Donc même si les magnifiques yeux gris de Parker accélèrent les battements de mon cœur, ils me retournent l'estomac en même temps. Voilà pourquoi j'ai imposé trois règles.

Trois jours. Trois règles.

À savoir : pas de magie, pas de mecs, pas d'aventures loufoques.

C'est tout. Elles auraient dû être faciles à respecter, d'autant que les autres membres du conseil pensent que je n'ai aucun souvenir des événements.

Mais alors…

Boum !

Je bondis du lit et courus dans le couloir le plus vite possible. Je me rendis compte trop tard que j'aurais sans doute dû trouver une arme quelconque à emporter avec moi.

Il était à peine six heures du matin. Qui pouvait… ?

Un rayon de lumière inondait le salon, alors que je n'avais pas allumé.

— Bonjour, Tawny, me salua monsieur Grosmatou, assis juste à côté du vase brisé qui contenait autrefois un bouquet de fausses fleurs.

Je n'avais pas assez d'argent pour m'en acheter sans cesse des fraîches, et je détestais en plus voir des êtres vivants faner et mourir, donc j'avais toujours eu des fausses.

J'observai tour à tour le bazar et le chat sans nul doute à son origine, puis je levai les bras au ciel et repartis dans le couloir en direction de ma chambre.

— Tawny, attendez ! s'écria-t-il. Je sais que vous vous souvenez !

Je me répétai tout bas mes trois règles. L'apparition de Grosmatou en brisait au moins deux, et ça ne me convenait pas.

— Dégagez, marmonnai-je en continuant à me traîner jusqu'à mon lit.

— Je ne partirai pas, insista-t-il en m'emboîtant le pas. Pas tant que vous ne m'aurez pas écouté.

— Je ne vous ferai pas à manger.

La dernière fois qu'il s'était pointé chez moi avant le lever du soleil, il avait exigé que je lui prépare le petit déjeuner. Il n'était pas illogique de penser qu'il voudrait la même chose.

— J'ai déjà mangé. Et il est clair que vous n'avez rien oublié alors que je me souviens très clairement d'avoir effacé votre mémoire.

Sa déclaration me figea sur place. Je frémis.

— Qu'est-ce que vous voulez, dans ce cas ?

— L'agence a une nouvelle mission pour vous, annonça-t-il.

Mes genoux cédèrent sous mon poids.

2

Je me réveillai peu après, avec le grand espoir que ce faux départ de ma journée n'ait été qu'un cauchemar. Mais non.

Mon ancien patron, monsieur Grosmatou, était roulé en boule sur ma poitrine et me regardait avec intensité.

— Vous avez fini vos simagrées ?

— Descendez, aboyai-je en le virant pour pouvoir m'asseoir.

J'avais mal au crâne. Je me pris la tête à deux mains.

— Un peu plus de respect pour votre employeur, je vous prie, répliqua-t-il d'une voix rauque.

Mon employeur, ha ! Je n'avais jamais postulé pour l'agence d'intérim paranormale et je n'en avais jamais eu l'intention. J'étais plutôt heureuse de mon travail de romancière à mi-temps et de femme libre de faire ce qui lui chantait à temps plein.

C'était le cas, avant que Grosmatou et sa troupe se pointent et mettent ma vie sens dessus dessous.

Le chat noir, assis non loin de moi, continuait à me fusiller du regard.

Un nuage de petits poils noirs vola jusqu'à mon visage et j'éternuai sans prendre la peine de me couvrir la bouche, dans l'espoir que l'humidité dégoûtante qui en sortirait me débarrasserait enfin de mon indésirable visiteur félin.

Il grogna et se dirigea vers le couloir.

— Je vous attendrai à la cuisine. Venez dès que vous êtes prête. Et si vous avez du steak ou des crevettes, n'hésitez pas, d'accord ?

Évidemment. Un peu de crème fraîche, ça ne convenait pas à cet enquiquineur. Seuls des morceaux de viande coûteux pouvaient apaiser sa faim. Pourquoi est-ce que je prenais la peine de me souvenir de ça ? Je ne voulais pas être proche de lui.

Je restai donc allongée sur la vieille moquette usée de ma minuscule maisonnette pendant un bon moment, dans l'espoir que si j'attendais assez longtemps, Grosmatou s'en irait de lui-même.

Malheureusement, ce n'était pas mon jour de chance.

— Qu'est-ce que vous faites là ? demandai-je alors que je rejoignais la cuisine en gémissant.

Grosmatou soupira comme si c'était moi qui étais venue chez lui sans prévenir.

— Je vous l'ai déjà dit. Le conseil a une nouvelle mission pour vous.

J'attrapai une banane dans la coupe à fruits rangée en haut de mon frigo et je fusillai du regard le petit chat noir tandis que je la pelais.

— Je refuse.

Il leva au ciel ses énormes yeux jaunes.

— Ça a déjà été décidé.

Je m'étouffai avec mon morceau de banane, la respiration sifflante, et je toussai pour le faire descendre par le bon endroit.

— Décidé ? Sans moi ? Pas encore !

— C'est pour ça que c'est moi le patron, et vous, une simple intérimaire.

— Et si je n'ai pas envie d'en être une ?

— Trop tard, rétorqua-t-il en agitant la queue.

— Vous savez, vous pourriez essayer la flatterie, à l'occasion, déclarai-je.

Je m'adossai au réfrigérateur et je fermai les yeux. Il était trop tôt pour tout ça. J'avais besoin d'une semaine supplémentaire pour me remettre de la dernière fois que ce petit chat noir avait bouleversé mon monde. Et pourtant, il était revenu, et s'il existait un moyen de lui faire comprendre que « non, c'est non », je ne l'avais pas encore trouvé.

— Je n'ai pas l'intention de ménager vos fragiles sentiments humains.

Sa voix devenait de plus en plus grave et de plus en plus rébarbative. Grosmatou possédait cette capacité flippante à marmonner ses mots d'une seule traite. Ça mettait un terme à tout son côté mignon apporté par ses moustaches et son museau poilu, et ça le rangeait dans la catégorie des personnages cauchemardesques.

— J'ai besoin de votre aide pour retrouver nos agents de terrain portés disparus.

Je m'apprêtai à refuser, puis j'assimilai ses paroles.

— Des agents de terrain ont disparu ?

Il inclina la tête.

— Oui, certains de nos meilleurs hommes.

Il m'avait révélé précédemment que la plupart des chats de gouttière que nous voyions dans les rues étaient en réalité des agents travaillant sur le terrain. Ils servaient à maintenir l'équilibre de la magie et alerter les différents conseils paranormaux régionaux de possibles signes de troubles.

— Vous voulez que j'aille voir dans les refuges de la région si je les trouve ? proposai-je.

Même si je n'avais pas envie qu'il se sente autorisé à me convoquer n'importe quand et sous n'importe quel prétexte, j'avais un cœur. Si des vies étaient en jeu…

— Ne soyez pas bête, feula-t-il en reportant son attention sur moi. C'est le premier endroit où nous avons cherché, en vain. Et pendant ce temps, d'autres agents continuent de disparaître.

Je reculai une chaise et je m'assis.

— Que leur est-il arrivé ?

— Aucune idée, et je n'ai pas le temps de choisir un autre normal dans la rue et lui révéler notre existence. Puisque Barnes a fait en sorte que vous n'oubliiez pas cette mission à nos côtés, autant nous servir de vous.

— Ravie d'apprendre que je suis votre premier choix.

Je m'en tins là, ravalant toute autre réplique.

— Comme il s'agit d'un problème diplomatique, vous travaillerez directement sous mes ordres, naturellement.

Il n'avait pas l'air plus ravi que moi à cette idée.

— Naturellement, répétai-je, en faisant l'effort de rester neutre.

Monsieur Grosmatou plissa les yeux et me lança un regard noir, une manœuvre d'intimidation flagrante. Elle eut tout à fait l'effet escompté.

— Très bien, mais seulement parce que des vies sont sans doute en jeu, acceptai-je à contrecœur, admettant ma défaite.

— Des vies sont toujours en jeu dès lors que la magie est impliquée. Vous n'avez donc rien appris, la dernière fois ?

— Je présume que non, répliquai-je, la bouche pleine de banane. On commence quand ?

— On commence maintenant.

Il descendit d'un bond de la table de la cuisine et fila vers la porte.

3

Plutôt que de le suivre, je restai vissée sur ma chaise et je poussai un énorme bâillement. Ma dernière véritable nuit de sommeil remontait à ce bref coma magique que j'avais subi à la fin de ma dernière mission avec le chat autoritaire. Depuis, soit j'enchaînais les flashbacks terrifiants, soit je restais éveillée toute la nuit à me demander comment j'avais pu manquer un truc aussi gros que l'existence de la magie, et pendant trente-cinq ans, rien que ça.

Inutile de le dire, j'étais épuisée. Encore plus si nous tenions compte de l'heure matinale.

Malgré tout, pour sauver des vies, j'étais prête à accepter une mission de plus dans ce boulot que je n'avais jamais demandé et dont je n'avais pas du tout envie.

— Je vais prendre une douche en vitesse pour me réveiller, et ensuite, je serai toute à vous, annonçai-je avec un sourire aimable.

Dès que je prononçai ces mots, je sus qu'ils ne seraient pas bien accueillis.

Grosmatou retroussa sa babine supérieure et secoua la tête.

— Qu'est-ce que vous n'avez pas compris dans « on commence maintenant » ? Le « maintenant », c'est ça ?

Je répondis d'un regard noir. Est-ce que je pouvais ignorer ses volontés et prendre ma douche quand même ? Non, il m'y suivrait certainement, et je n'avais pas du tout envie que ce détestable félin mate mon corps nu et fasse des remarques désagréables.

— Pourquoi vous êtes aussi méchant ?

— Pourquoi vous êtes aussi fainéante ?

— Pffff.

C'était tout ce que mon cerveau fatigué pouvait trouver comme répartie. Je levai les bras au ciel et me dirigeai vers la porte.

Alors que le soleil commençait à se lever, le chat noir me suivit dehors, apparemment très satisfait de lui-même.

Je me protégeai les yeux avec la main.

— Et maintenant ?

— Portez-moi, demanda-t-il d'une façon presque gentille.

Mais je n'étais pas dupe.

— Beurk, non.

— Vous voulez voler ou non ?

— Je ne peux pas voler, monsieur Grincheux. Vous m'avez pris ma magie.

Bien que je sente ses yeux d'une intelligence troublante se fixer sur moi, je continuai à contempler l'horizon.

— Tout d'abord, cette magie ne vous a jamais appartenu, rectifia-t-il de sa voix serpentine. Elle est la propriété de l'agence d'intérim paranormale. Ensuite, soulevez-moi et serrez-moi fort contre votre poitrine.

— Mais...

Ma protestation se mua très vite en bruyant cri de douleur.

Grosmatou grogna et enfonça ses griffes dans mon pyjama pour me grimper dessus comme si j'étais un arbre à chats.

D'instinct, je le saisis et j'éloignai ses mini-couteaux et lui de mon flanc. Aussitôt, un éclat de magie rose jaillit de son petit corps félin et nous propulsa vers le ciel, au-dessus de ma maisonnette.

Ahhh, comment oublier cette substance scintillante qui détenait plus de pouvoir que tous les membres du conseil réunis? J'avais essayé, et n'y étais pas parvenue.

Je m'accrochai de toutes mes forces au corps de monsieur Grosmatou alors que nous volions de plus en plus vite vers notre destination. J'avais préféré mon premier vol, assise sur un balai, où j'avais au moins eu l'impression de maîtriser une partie du processus.

Perdue, je fermai les yeux et je consacrai toute mon énergie à serrer ce chat timbré contre ma poitrine. Je ne les rouvris que lorsque je sentis mes fesses atterrir sur une chaise de bureau rembourrée.

— Ça suffit ! Lâchez-moi ! s'écria Grosmatou, qui feula et grogna en se débattant contre mon étreinte mortelle.

Je m'exécutai et il bondit sur la table, puis il décida de se laver à grands coups de langue vigoureux, sans doute souillé par moi. La magie rose brillante qui avait fondé cet endroit s'éleva vers le plafond vitré de la grande salle de réunion et en referma les fenêtres, enfermant Grosmatou et moi à l'intérieur.

— Je croyais qu'on n'avait pas le temps de se laver, grommelai-je, énervée.

Même si je n'étais qu'une intérimaire, je n'appréciais pas que ce soit deux poids, deux mesures, ici. Après tout, je n'avais rien demandé. Une fois de plus, tout ce que j'avais souhaité, c'était une bonne douche chaude pour démarrer la journée.

— Je ne peux pas laisser vos mains puantes et transpirantes sur mon poil, m'expliqua-t-il en continuant à se lécher, ce qui étouffa sa voix et la rendit encore plus difficile à comprendre que d'habitude. En plus, je suis le patron. Par conséquent, les règles sont différentes.

— Mais bien sûr…

Je croisai les bras et je restai immobile cinq bonnes minutes tandis que le chat se livrait à sa toilette impromptue. J'étais à moitié tentée de sortir de là et de retrouver mon chemin pour rentrer chez moi, mais je savais que l'agence ne me laisserait pas partir si facilement.

— Excusez-moi, je croyais que nous étions pressés ? me plaignis-je en me balançant sur ma chaise.

— J'ai… presque… fini, m'informa-t-il entre deux longs coups de langue exagérés.

Je grognai et posai la tête sur la table. Je pouvais sans doute faire un petit somme ? Après tout, impossible de dire combien de temps ça lui prendrait. Les chats ne passaient-ils pas vingt heures par jour à se laver ? Ou bien c'était à dormir ? J'ignorais les habitudes des chats normaux, et de toute façon, Grosmatou n'en faisait pas partie. Il avait beau proclamer que tous les chats possédaient de la magie, je doutais que tous parlent aux humains de la même façon que lui.

Cinq minutes de plus s'écoulèrent, et il eut enfin terminé. Il me fusilla de son regard impatient, sans ciller.

— Eh bien alors, qu'est-ce qu'on attend ? Allons-y !

Je levai la tête juste à temps pour le voir filer, comme si j'étais responsable de notre retard.

Je commençais à le soupçonner de n'avoir des intérimaires que pour avoir quelqu'un sur qui crier quand les choses ne se passaient pas comme il l'espérait.

Voilà qui me promettait une journée fabuleuse.

4

— Attendez ! m'écriai-je à l'intention du chat rapide. Comment parvenait-il toujours à me convaincre de le suivre, d'ailleurs ?

— Où sont les autres ? demandai-je en lui courant après.

— Il n'y a personne d'autre, me répondit monsieur Grosmatou sans s'arrêter de trottiner dans les couloirs sombres, ce qui ne me laissa pas d'autre choix que d'accélérer le rythme. Vous ne vous attendez quand même pas à ce que je convoque tout le conseil à chacune de vos visites ?

— Mais je… Oh, laissez tomber.

Il avait beau me mettre en colère, il ne servait à rien d'argumenter, avec lui. Grosmatou abuserait toujours de son rang, et je finirais toujours plus agacée. Malgré tout, ça aurait été sympa d'avoir Greta ou Parker ou n'importe qui d'autre pour servir de tampon entre le chat ronchon et moi.

Je m'accrochais encore à l'espoir qu'un allié apparaisse soudain quand Grosmatou me conduisit dans l'endroit caverneux ressemblant à un entrepôt que je reconnus tout de suite. C'était là qu'il m'avait lancé du vent et des boules de feu quelques jours auparavant, lors de notre dernier « entraînement ». L'angoisse monta en moi à ce souvenir déplaisant, et je m'immobilisai à l'entrée de la pièce.

— Qu'est-ce que vous faites ? grogna-t-il, à l'autre bout. Venez là, et tout de suite !

Je ravalai ma peur en me basant sur le raisonnement bancal selon lequel monsieur Grosmatou avait besoin de mon aide et donc ne me ferait aucun mal. *Sans doute.* Même si, la dernière fois que j'étais sous sa protection, j'avais failli être tuée par un magicien déshérité et sa petite-fille gothique. Mais bon, personne ne tenait les comptes, n'est-ce pas ?

Je m'avançai vers lui, le souffle court et haché, mais je m'approchai de lui quand même. Plus vite je faisais ce qu'il voulait, plus vite il me laisserait tranquille. Pour de bon, cette fois, avec un peu de chance.

Quand je rejoignis Grosmatou, il bondit vers une ouverture au plafond, gambada un peu là-haut, puis redescendit avec un agaçant mélange de grâce naturelle et d'art de la mise en scène surnaturel. Il cracha un petit objet argenté brillant à mes pieds.

— Ma magie ! m'écriai-je. Je vais vraiment la récupérer ?

Ce bijou décoré ressemblait au croisement entre un papillon et un arc. La dernière fois que Grosmatou et l'agence me l'avaient remis, sa magie imitait celle de la sorcière communale, le rôle que j'étais censée jouer en attendant qu'ils découvrent qui avait assassiné ma prédécesseure.

J'avais beau ne pas avoir gardé longtemps cette magie ni fait grand-chose avec, elle m'avait manqué.

La puissance du soudain désir qui me submergea était effrayante.

Pas de magie. C'était l'une de mes trois règles. Et pourtant, je me penchai pour ramasser la broche avec empressement.

— Vous croyez sincèrement que nous vous accorderons de nouveau tant de pouvoir ? Vous avez failli nous faire tous tuer il y a à peine… quoi ? Une semaine ?

Rien de tel qu'un chat, et celui-ci en particulier, pour me remettre à ma place.

— Moins que ça, le corrigeai-je malgré moi.

Je secouai la tête et m'exprimai d'une voix plus forte :

— Ça n'a pas d'importance. Si ce bijou ne contient pas ma magie, alors à quoi il sert ?

Grosmatou posa sa patte sur mon pied. Seule une fine chaussette me séparait de ses griffes.

— Cette magie n'a jamais été la vôtre. Vous n'êtes qu'une intérimaire, ne l'oubliez pas.

— Comment pourrais-je l'oublier ? marmonnai-je.

Ce boulot m'attirait autant que je le haïssais.

— D'autres questions ?

— J'ignore toujours ce que je fais là et pourquoi vous m'avez choisie.

Il pencha la tête sur le côté et me dévisagea.

— Ce n'est pas vraiment une question. Si ?

— Hmm.

— Dans ce cas… Accrochez la broche à votre tee-shirt et suivez-moi.

— Attendez ! le rappelai-je.

J'avais l'impression de passer mon temps à lui demander ça, mais maintenant que mon esprit s'était un peu mis à la page, j'avais bel et bien une question.

— La dernière fois, je n'avais pas vu la magie avant que vous ne me donniez mes pouvoirs. Aujourd'hui, je l'ai remarquée directement. Pourquoi ?

Il rit tout bas.

— Vous êtes observatrice. Ça sera utile pour la mission d'aujourd'hui.

Je souris et hochai la tête. J'attendis. Puis je lançai :

— Eh bien, vous comptez répondre ?

— Je suis le Diplomate. C'est moi qui décide qui peut la voir et quand.

— Donc ça n'avait rien à voir avec la broche l'autre jour ? Seulement avec vous ?

— Je suis bien plus impressionnant qu'un vulgaire bijou, railla-t-il. D'après vous, comment la magie est-elle arrivée ici, pour commencer ?

— Oh, marmonnai-je, à court de mots.

— Oh, m'imita-t-il, avant de lever les yeux au ciel. Maintenant, accrochez ça et suivez-moi.

Cette fois-ci, je m'exécutai, puis je lui emboîtai le pas jusqu'à la salle du conseil.

— Fermez la porte, me lança-t-il dès que nous fûmes à l'intérieur.

Il avait déjà sauté sur la longue table et s'était mis à déambuler dessus.

— Baissez l'écran.

— Quel écran ?

Je regardai les murs et le plafond, mais ne vis rien de plus que la pièce, ses rares meubles et la magie rose tourbillonnante.

— Pas vous, répliqua-t-il froidement.

La substance rose enchantée, qui reliait le conseil dirigé par Grosmatou aux autres de par le monde, tourbillonna et révéla un grand rideau de vidéoprojection. Une image apparut, celle de Grosmatou debout sur la table avec l'écran dans son dos.

— Qu'est-ce que…

Les mots moururent sur mes lèvres.

— La magie de la technologie, annonça-t-il avec un sourire narquois et satisfait.

Je compris alors. Il ne m'avait pas accordé la moindre goutte de magie. Il m'avait donné un appareil de surveillance sophistiqué.

5

Je serrai les dents, énervée.

— En fait, vous n'avez pas vraiment besoin de mon aide. Juste d'une personne portant la caméra à votre place.

— Exactement.

Sa tête rebondit avec enthousiasme.

— Nous avons besoin d'une personne ordinaire que les autres êtres doués de magie ne remarqueront pas. C'est là que vous entrez en jeu.

— Ouah, merci !

Il m'avait insultée de nombreuses fois auparavant et continuerait de nombreuses fois encore. Je ne devais pas baser mon estimation de ma propre valeur sur l'opinion d'un seul imbécile de chat, même si c'était lui qui dirigeait les opérations.

Il marcha sur la table et s'arrêta devant moi. Ses moustaches s'agitèrent pensivement.

— Cela dit, qu'est-ce qui vous a pris de vous teindre les cheveux de cette couleur? Elle est plus difficile à ignorer que le reste de votre personne.

Je posai la main sur mes cheveux rose chewing-gum. Ils constituaient la seule preuve du fait que j'avais eu un jour des pouvoirs magiques. J'avais tenté de me changer en flamant rose – longue histoire – et avais fini à la place avec cette coloration unique et flamboyante. Je l'appréciais de plus en plus, d'ailleurs.

— Je ne changerai pas de couleur, déclarai-je, les dents serrées.

D'accord, j'étais peut-être un peu susceptible, mais personne n'aimait se faire insulter, n'est-ce pas?

— Je ne vous ai jamais demandé de le faire!

Monsieur Grosmatou tourna plusieurs fois sur lui-même, puis tendit la patte vers moi avec grandiloquence.

— Je m'en chargerai pour vous!

Je bondis de ma chaise, exaspérée.

— Non! Que je sois magicienne ou non, j'ai des droits!

Grosmatou resta bouche bée et ses yeux s'écarquillèrent tandis qu'il baissait la tête vers sa patte tendue.

— Quoi?

J'avais presque peur de savoir ce qui perturbait ce chat normalement blasé.

Il ne me répondit pas, se contentant d'observer tour à tour sa patte et moi. Je crus l'entendre marmonner « pas possible » quelque part dans le lot, sans certitude.

Mais comme j'avais envie de comprendre ce qu'il se passait, je retirai la broche et la plaçai devant mon visage. Une fraction de seconde plus tard, j'apparus à l'écran avec mes cheveux rose vif.

— Oh, dis-je, en me regardant parler à l'image. Vous avez tenté de changer mes cheveux, mais vous n'avez pas réussi. Ça veut dire que je suis plus forte que vous ?

Cette tournure inattendue des événements déclencha mon hilarité.

Monsieur Grosmatou feula.

— C'était juste une plaisanterie. Je n'avais pas l'intention de toucher à votre coiffure idiote.

Il savait aussi bien que moi que c'était un mensonge. Je ne comprenais pas comment mon accidentel tour de passe-passe réalisé avec ma magie très temporaire pouvait résister à la tentative du chat d'annuler ses effets. Il était l'être le plus magique de toute la région, à moins que…

— C'est bon, arrêtez de me fixer, s'énerva Grosmatou, qui se retourna et se dirigea vers l'autre bout de la table. L'heure du relooking a sonné.

— Non, vous ne toucherez pas à mes cheveux, lui rappelai-je en me renfrognant.

C'était sans doute un coup de bol qu'il n'ait pas réussi à modifier la couleur à l'instant. À l'échelle du monde, j'avais des sujets plus importants à traiter. Comme survivre à cette mission en conservant ma santé mentale et mon amour propre.

— Vos cheveux peuvent rester comme ça, mais le reste doit être amélioré.

Il sauta de la table et trottina vers moi.

— Levez-vous.

Je m'exécutai. J'étais en partie vexée, en partie trop intriguée pour résister. Ça impliquait quoi, un relooking magique ?

— Je ne suis peut-être pas le mieux placé pour ça, admit le chat en me tournant autour. Convoquez Connie.

Il prononça ces deux mots bien mieux que tous ceux que je l'avais entendu énoncer jusque-là. Il s'arrêta même après chaque syllabe.

Dès qu'il eut lancé son ordre, l'écran disparut du centre de la pièce et la magie rose scintillante fila par le toit comme un golden retriever à la poursuive d'une balle.

— Ça va prendre quelques instants, m'informa Grosmatou en remontant sur la table pour y poser son derrière.

Il se lécha alors la patte et se la passa sur le front.

— Connie, c'est le Commerce, c'est ça ? demandai-je en restant debout.

J'essayai de me rappeler qui étaient les autres. La dernière fois, je n'avais véritablement connu que Parker, Greta et mon compagnon actuel. Grosmatou était le chef du conseil qui comprenait également six autres personnalités magiques importantes pour la communauté. Outre le Diplomate, il y avait la sorcière communale et des agents de liaison avec la police, les écoles, les cimetières, l'agriculture et le commerce.

Bien que je n'aie pas fréquenté Connie lors de notre précédente aventure, je me souvenais d'une femme très bien habillée et s'exprimant avec une pointe de brusquerie. Elle ne craignait pas de contredire Grosmatou ou n'importe qui d'autre.

Quelques minutes plus tard, elle descendit du plafond en flottant. Malgré l'heure matinale, elle avait la même allure que si elle sortait d'un salon de coiffure. Elle s'était maquillée et ses cheveux étaient coiffés à la perfection. Elle avait beau être de grande taille, elle se déplaçait avec grâce et sans effort. J'étais tellement fascinée que j'avais de la peine à détourner le regard.

— Qu'est-ce qu'il y a ? lança-t-elle sèchement au chat.

— Je vais envoyer Tawny enquêter sur la disparition des agents de terrain. Elle doit avoir la tête de l'emploi.

Le manque de politesse de la nouvelle venue ne paraissait pas le gêner, alors qu'il me volait toujours dans les plumes dès que j'émettais une remarque déplacée.

— Hmm.

Connie se mordit la lèvre en me détaillant de haut en bas. Une petite goutte de sang jaillit sous la pression, et elle sortit la langue pour la lécher.

Effrayée, je fis un grand pas en arrière.

— Quoi ? Tu n'as jamais vu une vampire avant ? s'exclama-t-elle avant de dévoiler ses canines.

Surprise et horrifiée, je reculai à nouveau jusqu'à être plaquée au mur. Je lâchai une plainte sourde et gutturale. J'allais vraiment mourir de cette façon ?

6

— Donc, les chats qui parlent, les sorcières et les anges, pas de problème, mais les vampires, c'est ta limite ?

Bien que son ton soit taquin, son visage trahissait son agacement. Et une pointe d'hostilité.

— Je…

Qu'étais-je censée dire ? *Non, non, non, vous êtes très bien comme vous êtes. S'il vous plaît, acceptez mon sang en guise d'excuse ?* Parce que ça, c'était hors de question.

— Désolée, dis-je d'une voix suraiguë.

Connie secoua la tête et fronça les sourcils.

— « Désolée », ça ne suffit pas.

Elle s'approcha, les yeux rivés sur l'endroit où mon pouls battait la chamade dans mon cou.

Nous n'étions plus séparées que de quelques centimètres à

présent. Comme j'étais coincée contre le mur, je n'avais aucun moyen de m'enfuir. Je déglutis et me suppliai intérieurement de ne pas vomir sur ses chaussures à talon de créateur à cause du stress.

— S'il vous plaît, ne me mangez pas, geignis-je, pathétique.

Je fermai les yeux et retins mon souffle.

Connie et Grosmatou éclatèrent de rire, se moquant de ma terreur évidente.

— S'il vous plaît, ne me mangez pas, ô grand vampire effrayant ! s'écria le chat d'une voix nasale apparemment censée imiter la mienne.

Je rouvris les yeux. Maintenant que j'avais moins peur, j'étais furieuse.

— Ah, les normaux, commenta Connie en soupirant, un petit sourire aux coins des lèvres.

Aux coins de ses lèvres rouge sang.

— Je... Je n'apprécie pas qu'on se moque de moi, balbutiai-je en tentant d'avoir l'air calme et plus posée que je ne l'étais en réalité. Ce n'est pas ma faute si je n'ai jamais rencontré de vampire auparavant.

— En réalité, intervint Grosmatou, amusé, c'est sans doute le cas, mais sans vous en apercevoir.

Le choc me laissa bouche bée.

— Laisse-moi deviner, lança Connie, une main sur sa hanche, en me contemplant avec la même intensité qu'auparavant.

Je ne me rendis compte qu'à ce moment-là qu'elle ne clignait jamais des paupières.

— Tu as lu tous les vieux classiques ? *Dracula*, *Twilight*, *Entretien avec un vampire* ?

— Eh bien, oui, je suis auteure, après tout. J'aime lire.

J'avais beau vouloir la jouer cool suite à cette nouvelle révélation magique, mon instinct me hurlait d'aller me planquer.

— Et… *Twilight* est déjà considéré comme un classique ? ajoutai-je pour détendre l'atmosphère.

Ma plaisanterie n'amusa personne.

Connie fronça le nez comme si elle était sur le point d'éternuer et déclara :

— Les normaux se trompent sur tellement de sujets, et quand ils comprennent enfin, ils sont dépassés.

— D'a… ccord, répondis-je, puisqu'elle semblait attendre que je parle.

— Les vampires ne boivent pas de sang. Plus maintenant.

Au même moment, je me rendis compte que sa poitrine ne se soulevait pas au rythme d'une respiration. Peut-être parce qu'elle n'était pas vivante. Puisqu'elle était une vampire, bordel.

Je fronçai les sourcils et la dévisageai, à moitié incrédule et toujours un peu horrifiée.

— Alors, pourquoi avez-vous… ?

Elle sourit pour la première fois.

— Pour me moquer de toi. C'est assez clair, non ?

— Vous buvez du sang de biche, comme les Cullen ?

Plus je comprendrais la créature intimidante qui se tenait devant moi, moins je la craindrais. Enfin, c'était l'idée, en tout cas.

— Non, très chère. Je suis morte. Je n'ai plus besoin de boire ou manger quoi que ce soit.

— Vous êtes plutôt comme un zombie, alors ?

Elle balaya ma remarque de sa main à la manucure parfaite.

— Non, non. Je ne mange pas les cerveaux non plus.

Grosmatou sauta sur la table et se racla la gorge.

— Permettez-moi de m'en mêler, sinon nous allons y passer la journée.

Nous nous tournâmes vers le chat autoritaire, attendant une explication.

— Les vampires aspirent la force vitale des humains pour survivre, m'apprit-il.

Un frisson me parcourut.

— Oui, leur sang.

Connie secoua la tête.

— C'était le cas autrefois, mais plus maintenant.

— Alors… quoi ?

— L'argent, annoncèrent-ils à l'unisson.

J'y réfléchis quelques instants, mais je ne parvenais pas à concilier ce qu'ils me disaient avec les histoires qui avaient bercé mon enfance.

— Dans votre monde « moderne »…

Elle mima les guillemets.

— L'argent représente l'immortalité. Si vous en possédez assez, vous pouvez presque acheter votre survie.

— Non, c'est faux. Des gens riches meurent sans arrêt.

Je refusais de croire ce qu'elle me disait. Elle avait raison. Apparemment, les vampires étaient ma limite.

— Juste les normaux. Les magicks peuvent vivre éternellement, s'ils le veulent, précisa Grosmatou. C'est en partie pour ça que tout le monde dit que les chats ont neuf vies.

— Non, ce n'est pas vrai non plus. Madame Haberdash est morte la semaine dernière, protestai-je, évoquant mon ancienne propriétaire dont la mort avait été le déclencheur de mon association avec l'agence d'intérim paranormale.

— Elle n'a pas voulu devenir une vampire, annonça Grosmatou. Je lui avais proposé cette option avant de mettre notre plan au point.

— Vieille peau bourrée de préjugés, commenta Connie, qui ajouta une autre insulte pour la forme.

— Si c'est si génial que ça d'être un vampire, pourquoi elle n'a pas voulu emprunter cette voie ? m'étonnai-je tout haut.

— Trop de questions, répliqua Grosmatou en agitant la queue. Ce n'est pas sur le rôle de Connie au sein de l'agence que nous devrions nous concentrer à l'heure actuelle. Vous avez besoin d'un relooking.

— Il faut accepter de renoncer à certaines choses, murmura Connie en me regardant droit dans les yeux. Tu gagnes l'immortalité, mais le prix à payer est trop grand, pour certains.

— Qu'est-ce que...

— Ça suffit, grogna Grosmatou. Donne-lui la bonne apparence et va-t'en.

— Je ne t'aime pas, lança Connie en fusillant le chat du regard.

Il leva le nez en l'air et souffla.

— Je ne t'ai jamais demandé de m'aimer et je n'attends pas un tel sentiment de ta part. Mais tu as un travail à accomplir, alors fais-le.

Au moins, je n'étais pas la seule qu'il traitait comme de la merde. Malgré tout, j'avais tant de questions à poser à Connie. J'en aurais l'occasion plus tard, avec un peu de chance…

7

Puisque nous avions été virées sans cérémonie de la salle du conseil, Connie me conduisit jusqu'à un bureau dans lequel je n'avais jamais mis les pieds.

— C'est le vôtre ? lui demandai-je en observant l'espace sombre et sans fenêtre.

Au lieu des traditionnels bureau et chaise à roulettes, il était muni de deux fauteuils club élégants séparés par une petite table en marbre sur un tapis à poils longs violet foncé.

— Pffff. On peut dire ça. Plus ou moins. C'est plus pour la mise en scène qu'autre chose et en général, c'est moi qui m'en charge, parce que Grosmatou est un peu sexiste et que la vieille Greta serait incapable de sortir d'une boîte en carton.

Je lui lançai un regard soupçonneux.

— La mise en scène ?

C'était une question tout à fait logique, mais Connie me parut tout à fait impatiente.

— Maquillage, mise en scène, glamour. C'est toujours à moi que Grosmatou fait appel lorsqu'il est question d'embellissement.

— Pourquoi vous ne l'aimez pas ? me risquai-je à demander.

Le chat noir avait beau m'agacer, au moins, il était prévisible. En revanche, je devais rester sur mes gardes en présence de l'agent de liaison pour le Commerce. Même si elle n'avait pas forcément l'intention de me sucer le sang, il était écrit DANGER sur son front en lettres fluo.

— Ce n'est pas que je ne l'aime pas. C'est que je n'en suis pas capable.

Je levai les yeux au ciel. Moi et mes réflexes.

— Oh, d'accord, c'est tout de suite plus clair.

Elle se détourna de moi et s'approcha du mur à l'opposé du coin salon.

— Tu en sais déjà beaucoup trop. Ils auraient dû t'effacer la mémoire et laisser les choses en l'état. Grosmatou n'aurait pas dû te confier une seconde mission, vu le boulot merdique que tu as fait sur la première.

Je fronçai les sourcils.

— Oh, je vois. Vous ne m'aimez pas non plus.

— Vraiment pas, non, reconnut-elle.

Elle écarta un panneau de mur et dévoila un immense placard. Bouche bée, je contemplai la garde-robe de luxe cachée dans ce bâtiment miteux. Elle s'étendait à perte de vue. Elle avait été clairement agrandie grâce à la magie. Mais quelle utilité avait le conseil d'une telle section costumes ?

Je m'avançai dans le dressing. Connie prit une grande inspiration et plongea au milieu des vêtements.

— Reste là, me lança-t-elle sèchement.

Pendant ce temps, je me demandai pourquoi elle avait choisi d'inspirer avec tant d'exagération alors qu'elle n'avait pas du tout besoin de respirer. Que cherchait-elle à communiquer ?

— Je ne comprends toujours pas pourquoi j'ai besoin d'un relooking, m'écriai-je en tordant le cou pour essayer de la repérer parmi les tenues multicolores.

— Tu en avais quand même besoin, avec ou sans cette mission. Tu n'es pas censée porter ton pyjama en dehors de ta chambre à coucher, très chère.

Même à distance, sa dérision était parfaitement perceptible.

Je croisai les bras pour cacher mon tee-shirt miteux et je fulminai en silence. Comparé à cette vieille vampire ronchonne, Grosmatou était aimable comme une miss Monde.

— Comment se passent les recherches pour trouver un nouvel agent de liaison avec les forces de l'ordre ? demandai-je quelques instants plus tard, dans une tentative malhabile de faire la conversation.

— Pas très bien, répondit-elle sur un ton monotone.

— Oui, ça va être dur de remplacer Parker.

Au fond de moi, je le préférais dans le rôle de sorcier communal, parce que ça nous permettait d'être voisins. Je me sentais en sécurité avec lui sur le même terrain, et j'aimais le regarder par la fenêtre quand il s'occupait du jardin entre nos deux maisons.

— Cet amateur incompétent ? répliqua Connie, avant de rire.

Je commençais à la soupçonner de ne pas apprécier grand monde.

À partir de là, j'arrêtai d'essayer de discuter et j'attendis plutôt son retour en silence.

Elle sortit en portant une pile de vêtements noirs. Enfin, principalement sombres, avec quelques pointes violettes pour le contraste.

Je souris et tentai une plaisanterie :

— C'est un truc de paranormaux ou bien on porte tous du noir en l'honneur de notre grand patron ?

Elle renifla.

— Je porte ce que je veux. Toi, tu vas mettre ça.

Elle me fourra les habits dans les mains, puis quitta le dressing et referma derrière elle pour me laisser un peu d'intimité.

Au début, je crus que la tenue qu'elle avait trouvée était trop grande pour moi, mais je me rendis compte ensuite que le haut, la jupe et le cardigan étaient tous larges et amples à dessein. Je ressemblais à la grand-mère de la mariée gothique. *Formidable.*

Ne voyant pas comment ouvrir le panneau, je toquai contre et Connie l'écarta pour moi.

Elle avança la bouche et hocha un peu la tête, puis indiqua une table.

— Voilà quelques accessoires, dit-elle en indiquant une montagne de colliers, bracelets et bijoux en toc.

Je déglutis.

— Tout ça ?

— Oui, j'espère que ce sera suffisant, répliqua-t-elle, le visage neutre.

— Je croyais que l'intérêt de l'opération, c'était que je sois… vous voyez… incognito.

Je ramassai une bague trop grande et la glissai à l'un de mes doigts.

— Et pour ça, tu vas agir clandestinement.

Elle s'assit sur le fauteuil le plus proche. Elle ne fit pas le moindre bruit en marchant ni en s'installant. Même si elle ne convoitait pas mon sang, Connie Commerce restait une superprédatrice.

Tout à coup, il me parut fondamental de la pousser à parler. Comme ça, au moins, je saurais tout le temps où elle se trouvait.

— Et ce sera quoi, ma couverture ? Shéhérazade ?

— Une médium dans la rue, plutôt.

Je levai la tête.

— Quoi ?

— Tu installeras une table au centre-ville avec une boule de cristal et d'autres accessoires et tu observeras ton environnement. Ou plutôt, Grosmatou observera à travers toi.

— Vous vous rendez compte que ça va être extrêmement gênant pour moi, n'est-ce pas ?

— Ooooh, tu as encore de la dignité. *C'est mignon.*

Quelque chose me disait qu'elle pensait le contraire, mais passons.

J'enfilai un bandeau doré et le laissai sur mon front, ainsi que des colliers de longueurs différentes. J'ajoutai quelques bracelets à l'ensemble, jusqu'à la moitié de mon avant-bras de chaque côté, et pivotai pour dévoiler mon nouveau look.

— Ta-dam !

Connie grimaça.

— C'était quoi, ça ? Évite, à l'avenir.

Je soupirai.

— Je peux aller retrouver le chat autoritaire, plutôt ?

Je n'en revenais pas d'attendre ce dernier avec impatience.

— Une dernière chose, dit Connie qui claqua des doigts.

— Est-ce que j'ai envie de savoir ce que vous venez de faire ? demandai-je, hésitante.

— Non. Maintenant, va-t'en !

Elle me poussa vers la porte avant que je puisse ajouter quoi que ce soit et la claqua derrière moi. À moi de retrouver Grosmatou toute seule, visiblement.

8

— Vous en avez mis, du temps, se plaignit-il à la seconde où j'apparus dans mon nouvel accoutrement. On y va.

Alors que je m'attendais à rejoindre notre future destination par les airs, Grosmatou me conduisit vers le parking, où un vieux pick-up usé tournait au ralenti dans la place libre la plus proche.

Parker m'adressa un signe de la main depuis le siège conducteur. Il venait de couper ses cheveux poivre et sel, et cette coiffure mettait plus que jamais en valeur ses magnifiques yeux gris. Je souris malgré moi.

— Vous êtes tellement peu discrets, vous, les humains, se plaignit Grosmatou juste avant que je ne monte à l'avant. Vos phéromones sentent plus mauvais que ma litière.

Parker, qui avait visiblement tout entendu, rit derrière sa main.

J'étais pour ma part figée sur place, mortifiée. Pour la centième fois de la journée, je me demandai pourquoi je me soumettais à une situation aussi embarrassante. Ce n'était pas pour Parker, puisque je pouvais le voir tous les jours, maintenant que nous étions voisins. Alors pourquoi laissais-je ce petit chat me donner des ordres ?

Pas perturbé par mon changement d'humeur, Grosmatou bondit dans le véhicule et s'installa contre Parker en agitant la queue comme un humain taperait du pied pour montrer son impatience.

— Monte, me lança Parker, enjôleur. Je ne mords pas.

Il me décocha un sourire aguicheur. Génial. Ils étaient de mèche pour que je me sente pitoyable.

Je poussai un soupir et m'installai dans le pick-up en veillant à ne regarder aucun de mes deux compagnons.

— Pourquoi on n'y va pas en volant ? demandai-je tandis que Parker sortait en marche arrière de sa place de parking.

— On ne peut pas vraiment débarquer au milieu de la ville sans attirer l'attention des normaux, m'expliqua-t-il en s'éloignant du bâtiment.

— Oui, c'est logique, approuvai-je.

Grosmatou posa la patte sur ma jambe et attendit que je le regarde.

— Puisque vos livres vous ont appris tant de choses sur les vampires, vous en savez beaucoup sur les médiums, aussi ?

Impossible de dire s'il était volontairement sarcastique ou non. J'ignorais aussi comment répondre à cette question. Après tout, je n'allais pas communiquer avec les proches décédés des gens ni rien de la sorte. D'après ce que je savais, je devais juste faire semblant le temps que nous ayons une piste. J'étais surtout un pion. Un pion habillé étrangement avec de sacrés antécédents, mais un pion quand même.

— Des vampires ? Je présume que Connie t'a aidée avec ce petit relooking. Ça te va bien, d'ailleurs, Tawny.

Mon cœur palpita dans ma poitrine. Même si j'appréciais son attention, j'aurais aussi souhaité ne jamais l'avoir rencontré. Dans ce cas-là, ma mémoire aurait toujours été effacée et j'aurais pu éviter toutes ces histoires de magie. Ou je n'aurais peut-être même jamais été mêlée à l'agence d'intérim paranormale. Après tout, c'était lui qui m'avait entraînée là-dedans contre ma volonté.

Grosmatou toussa et crachota.

— Je me suis étouffé sur une boule de poils. Encore ces phéromones.

Parker prit tout de suite ma défense.

— Sois gentil avec elle. C'est tout nouveau, pour elle.

— La PTA en aurait fini avec elle, si tu ne t'en étais pas mêlé, rétorqua sèchement le chat. Depuis quand tu te soucies des sentiments de nos intérimaires ? Tu t'adoucis avec l'âge ?

Parker secoua la tête et je quittai la route des yeux. Surprenant mon regard, il m'adressa un sourire rassurant.

— Ne l'écoute pas. Cette mission devrait être bien plus facile que la précédente. Tu dois juste rester là-bas, prédire quelques avenirs, et surveiller d'éventuels ennuis.

Je me tordis les mains.

— Il y en a deux qui sont faciles. Le problème, c'est que je ne sais pas comment prédire l'avenir.

— Tu ne seras pas bien différente de 99,99 % des autres médiums, alors. Tu crois que les vrais magicks perdent leur temps avec les normaux ?

— Oh, waouh. Merci, marmonnai-je en reportant mon attention sur la vitre.

— Je ne voulais pas dire ça. Tu es différente, toi.

— Les phéromones, miaula le chat, agité.

— Oh, arrête, Grosmatou, grinça Parker. Tu t'attends à ce qu'on ne parle pas du tout ?

— Si vous pouviez vous abstenir en ma présence...

Je me tournai vers le petit chat qui se tenait la tête bien droite et la mine stoïque.

— Alors, la prochaine fois, appelle quelqu'un d'autre pour conduire la voiture, rétorqua Parker.

— Tu sais que je m'en chargerais moi-même, si je le pouvais.

— Oui, mais ce n'est pas le cas, à cause de tes pattes pataudes.

Il y avait quelque chose à creuser, et n'importe quel autre jour, j'aurais pris le temps de le faire. Mais aujourd'hui, je voulais juste apprendre comment accomplir ma mission afin de la conclure de manière satisfaisante pour ce chat exigeant. Ensuite, j'espérais reprendre ma vie ennuyeuse et prévisible de femme normale. Rien à cirer que la PTA méprise ma vie simple et moi. Je l'aimais telle qu'elle était... avant qu'ils ne décident d'y mettre le bazar.

— Tawny, reprit gentiment Parker, tout ira bien. Tiens-t'en à des trucs basiques et vois comment le client te répond. Repère des indices grâce à sa tenue, sa façon de parler, tout ce que tu peux. Crois-moi, ça suffira.

— On dirait que tu as déjà fait ça avant, remarquai-je, incapable de retenir mon sourire.

Je devais vraiment arrêter de l'admirer comme ça. Pour ma santé mentale et mon bien-être futur.

Il éclata de rire et haussa les épaules.

— Une fois ou deux, peut-être, pour m'amuser.

— Vous, les normaux, vous êtes tellement faciles à impressionner, commenta le chat avec une pointe de dérision.

— Et vous, les magicks, vous compliquez toujours inutilement les choses, rétorquai-je. Je n'avais pas besoin de me déguiser comme ça pour effectuer une simple mission de surveillance.

— En réalité, si, déclara Parker à ma grande surprise.

— Comment ça ?

— Tu verras, répondit-il avec un sourire que je pris comme un avertissement.

9

Le centre-ville de Beech Grove, dans l'État de Georgie, était à un jet de pierre de ma maisonnette… Du moins, il l'aurait été si j'avais évité le grand détour par le QG de la *Paranormal Temp Agency*. Ce quartier commercial au charme désuet était une des raisons principales qui m'avaient poussée à choisir cette ville. Les vitrines démodées étaient à la fois étranges et charmantes. Bien qu'elle soit une très petite bourgade, Beech Grove attirait un grand nombre de retraités grâce à son temps parfait quasiment toute l'année.

Maintenant que j'avais appris l'existence de tout un monde paranormal, je soupçonnais la magie de jouer un rôle là-dedans. Il fallait que je me souvienne de poser la question plus tard, à condition que Grosmatou ne tente pas à nouveau d'effacer mes souvenirs après la mission d'espionnage.

Parker attrapa un sac sur la banquette arrière du pick-up et me le tendit, puis il sortit une table pliante et quelques chaises et ferma le hayon.

Grosmatou trottina à nos côtés sans rien porter.

Au bout d'un pâté de maisons, nous nous arrêtâmes devant un poissonnier qui s'appelait BAR À VOUS. Parker y installa la table.

— On ne pourrait pas choisir un autre coin ? Cet endroit…

J'agitai la main devant mon visage, sans parvenir à atténuer l'odeur.

— Sent un peu le poisson.

— Nos agents de terrain adorent venir dans cette ruelle pendant leur pause et déguster les restes que le commerçant leur laisse volontairement. C'est un bon emplacement pour observer les environs et vous familiariser avec l'équipe, m'expliqua le chat après s'être assuré que personne ne puisse nous entendre.

Parker m'indiqua de lui donner le sac. Je m'exécutai. Il le posa sur la table et sortit des accessoires.

— C'est quoi, tout ça ? m'étonnai-je en observant l'assortiment coloré de cartes, boules de cristal et tout le tintouin.

Je fis un bond en arrière quand il attrapa un crâne humain à l'intérieur du sac. Il le poussa vers moi et rit.

— C'est juste la tête d'Odette. N'aie pas peur de la tête d'Odette.

— Elle est vivante ?

Je fus parcourue d'un frisson. J'avais beau savoir qu'un crâne séparé du reste du squelette ne pouvait rien me faire, j'angoissais quand même.

— Autrefois. Maintenant, elle nous sert juste de moyen de communication. Vas-y, insista-t-il en poussant la tête d'Odette vers moi. Dis bonjour.

— Euh, salut, balbutiai-je en agitant les doigts.

La mâchoire du squelette s'ouvrit et se referma comme pour répondre, mais ce fut la voix de monsieur Grosmatou que j'entendis.

— Arrêtez de vous amuser et mettez-vous au travail.

— Waouh, commentai-je bêtement.

Malgré toute la magie dont j'avais été témoin ces derniers jours, la tête d'Odette continuait à m'épater.

— Maintenant, nous allons pouvoir communiquer facilement, vous et moi. Les normaux penseront que c'est un gag, m'expliqua Grosmatou via Odette.

Parker posa le crâne sur la table.

— Si tu veux appeler le patron, tape deux fois sur la tête d'Odette, puis dis ce que tu as à dire.

Je serrai les bras autour de moi.

— Je présume qu'un téléphone aurait été trop flagrant ?

— Beurk, quel ennui, grogna Grosmatou en sautant sur la table à côté du communicateur macabre. En plus, nous avons développé la technologie d'Odette des siècles avant que ce Bell ne se pointe et n'apporte un avant-goût de notre génialitude à la population générale.

— Hum hum. Et ça, ça sert à quoi ? demandai-je en montrant du doigt la boule en verre que Parker venait de sortir et qu'il installait avec soin sur un support doré devant l'une des deux chaises.

— C'est ta balise de détresse, m'expliqua-t-il. En cas de problème, elle clignotera de la couleur correspondant à l'avertissement que l'on veut te donner.

Cette fois-ci, je ne me retins pas et je levai les yeux au ciel. Ça me paraissait bien trop compliqué sous prétexte d'ajouter une pointe de style.

— Encore une fois… Vous savez que les portables existent, hein ?

— Arrêtez de tout commenter et écoutez, s'agaça Grosmatou.

— Il a raison, approuva Parker. Il peut afficher trois couleurs : rouge, jaune et vert.

Monsieur Grosmatou prit la suite des explications.

— Jaune signifie qu'un danger potentiel approche et vert…

— Que tout va bien ? supposai-je.

Grosmatou se hérissa et feula.

— Par les cieux, non ! Vert signifie l'alerte maximale. Le danger est imminent. Arrêtez de m'interrompre.

— Euh, ça ne devrait pas être rouge ? Vous voyez, comme dans « alerte rouge ! » ?

Ce système était absurde, et ça m'énerverait beaucoup de me faire tuer à cause de son absurdité.

— Rouge indique que le problème a été réglé et que tu peux continuer normalement, intervint Parker en posant la main sur le globe, qu'il tapota des doigts.

— Oh, ça a une certaine logique, concédai-je, même si ça allait exiger que je reprogramme tout mon système de couleurs après des années à respecter les feux de signalisation… enfin, en général.

Parker sourit.

— Oui !

— C'est aussi perturbant, ajoutai-je.

Il sourit de plus belle.

— Oui !

Génial. Si on était sur la même longueur d'onde, alors…

— Si vous preniez les choses au premier degré, cela nous faciliterait la vie, commenta le crâne flippant.

J'avais beau savoir que c'était monsieur Grosmatou qui me parlait à travers lui, je ne pus m'empêcher de me tourner vers la tête d'Odette pour lui transmettre ma réponse.

— Ça irait totalement à l'encontre du principe du monde paranormal caché, non ?

Grosmatou feula.

Parker baissa la tête et s'esclaffa.

Et moi, je restai immobile, perplexe. Cette mission ne serait peut-être pas plus facile que la précédente, en fin de compte.

10

— Elle est pour qui, la deuxième chaise ? demandai-je après avoir pris une grande inspiration et m'être installée sur la mienne.

Parker et Grosmatou échangèrent des regards étranges.

— Allez, dis-lui, lança Parker, debout près de moi, sur un ton insistant. Tu le lui caches depuis suffisamment longtemps. Elle va bientôt le découvrir.

Le chat grogna, puis s'assit sur la table devant moi. Il donna un coup de tête sur le côté, écarquilla les yeux, puis reporta son attention sur Parker.

Je regardai dans la direction qu'il indiquait et remarquai le couple de personnes âgées qui s'approchait lentement de nous, main dans la main.

— Exact. J'imagine que la révélation me revient.

Parker se racla la gorge.

— Pour la faire courte, la PTA a une nouvelle stagiaire et elle va t'assister sur cette mission.

— Oh, cool. Ce sera moins ennuyeux de rester assise seule ici toute la journée.

Je m'adossai à ma chaise, étirai les jambes loin devant, et me redressai tout à coup, saisie d'une pensée.

— Attends... Je croyais que vous n'embauchiez aucun employé permanent en dehors du conseil. C'est quoi le truc avec cette stagiaire ?

Il mit la main dans sa poche et se racla une nouvelle fois la gorge.

— Normalement, euh... non. Mais elle aimerait devenir l'agente de liaison avec les forces de l'ordre, et on préférerait la mettre à l'épreuve d'abord avant de prendre une décision aussi importante.

J'aurais pu être rassurée par ces paroles si elles ne s'accompagnaient pas d'une attitude aussi étrange. Ils me cachaient volontairement quelque chose, et je n'aimais pas ça du tout.

Je hochai lentement la tête.

— Ça me paraît judicieux. Mais dans ce cas, pourquoi vous avez besoin de moi ? Ce doit être une personne assez qualifiée pour se débrouiller seule. Je me trompe ?

Parker jeta un coup d'œil vers le vieux couple et sourit. Ils étaient encore un peu loin. Il reprit la parole en regardant par-dessus ma tête.

— On a besoin que quelqu'un la surveille de près, et puisque vous vous connaissez déjà...

— Quoi ? Je ne connais presque personne, ici ! me récriai-je.

Au même moment, je fus saisie d'un mauvais pressentiment. Parker, pour sa part, parut tout à coup très intéressé par le trottoir. Ses lèvres remuèrent, il marmonna quelque chose, mais je ne distinguai pas ses paroles.

Je me levai de ma chaise et me plaçai juste à côté de lui.

— Qu'est-ce que tu as dit ?

Il croisa mon regard un instant.

— Hum, c'est… euh… Melony Haberdash.

— Quoi ? m'énervai-je. Mais elle a essayé de me tuer !

— Elle n'a pas réussi, précisa-t-il, un sourire hésitant aux lèvres, en haussant très lentement les épaules.

— Et ça lui octroie toutes les qualifications pour bosser avec vous maintenant, les gars ?

Comme il ne répondit pas, je levai les bras au ciel.

— Si elle vient, moi je m'en vais.

Ma maison n'était pas loin. Je pouvais m'y rendre en courant et barricader la porte. Ou me cacher ailleurs. Ou appeler un chauffeur et quitter la ville en laissant mes affaires derrière moi. Aucune de ces options n'était géniale, mais cela restait préférable à mon trépas entre les mains d'une adolescente hargneuse.

Malheureusement, avant que je ne puisse m'éloigner en trombe, la tête d'Odette s'exprima.

— Garde tes amis près de toi et tes ennemis encore plus près, lança Grosmatou de sa voix sibylline.

— C'est très juste, approuva Parker, qui reprenait du poil de la bête maintenant qu'il avait le soutien de son patron. Que ça te plaise ou non, Melony est liée à cette ville à cause de ses ancêtres. Elle ne peut pas être la sorcière communale, pour des raisons évidentes, puisque j'occupe ce poste à présent et qu'il n'est pas dans mes projets de me faire assassiner bientôt. C'est malgré tout une jeune magick puissante. On doit lui donner l'occasion de se racheter.

— Non, vous ne lui devez rien, répliquai-je froidement.

Je n'en revenais pas qu'il croie à cette logique tordue. Melony et son grand-père avaient tenté de le tuer, lui aussi. De *tous* nous tuer, d'ailleurs ! Et c'était bien beau de renoncer à ses rancunes, et j'étais partante pour ça – ex-maris infidèles et déloyaux mis à part –, mais cette histoire ne remontait qu'à quelques jours !

Je fulminais en essayant de déterminer quoi faire. J'avais quelques doutes quant à ma capacité à fuir ou me cacher de l'agence. Ils finiraient par me retrouver et me forcer à accomplir ma mission.

Tandis que je soupesais mes options, le vieux couple nous dépassa et entra dans BAR À VOUS. L'odeur écœurante du poisson tout juste pêché me retourna une nouvelle fois l'estomac.

— Réfléchis, dit gentiment Parker. Elle nous sera très utile si son grand-père continue à nous causer des problèmes. Et c'est le moyen le plus rapide d'occuper ce poste vacant. Sinon, ça pourrait prendre des années. Ce genre de choses demandent beaucoup de temps, et dans l'intervalle, notre position dans la région est fragilisée.

Ils avaient beau me demander d'y réfléchir, ce qu'ils voulaient en réalité, c'était que j'accepte leur logique et leurs volontés. Ça ne me convenait pas.

— Je ne...

Je m'interrompis en voyant Greta, l'ange qui servait d'agent de liaison avec les écoles et qui m'avait sauvé la vie la dernière fois, sortir de chez le poissonnier. Je courus l'enlacer, me sentant toujours aussi reconnaissante pour tout ce qu'elle avait fait. Et tant pis si l'odeur du poisson quelconque vendu ce jour-là était renforcée quand je me rapprochai.

Mais au lieu de retourner mon affection, Greta tressaillit. À ce moment-là, je remarquai la deuxième personne dans l'embrasure.

Melony.

11

Melony me repéra à peu près au même instant que moi. Elle plissa les yeux et leva la main, comme pour me jeter un sort… encore.

— Vous vous fichez de moi ! C'est elle, ma babysitter ? s'exclama-t-elle avec mépris en s'adressant aux autres, sans me quitter des yeux.

Au moins, notre ressentiment était réciproque.

— Cette idée ne me plaît pas non plus, annonçai-je, les bras croisés, en détournant le regard.

J'espérais ne pas avoir perdu à ce jeu d'alpha en brisant le contact visuel la première.

— Et je me fiche de votre opinion à toutes les deux, intervint Grosmatou via la tête d'Odette. Vous vous comporterez bien toutes les deux, sinon, vous serez congédiées.

Je souris à cause de cette petite faille dans le contrat.

— Oh, donc si je lui donne un coup de poing tout de suite, vous arrêterez de m'imposer ces missions d'intérim arbitraires ?

— Ne fais pas ça, dit Parker en me prenant la main. On a besoin de toi, Tawny, et tu peux y arriver. Je sais que tu en es capable.

Le rouge me monta aux joues, mais je ne libérai pas ma main.

Melony battit des cils et s'approcha de Parker.

— Et moi, alors ?

Il lui lança un regard perplexe, et je compris alors qu'il ne l'appréciait pas ou n'avait pas confiance en elle, lui non plus.

Maintenant qu'elle avait toute son attention, Melony me décocha un clin d'œil et me tira la langue. Argh. Les gamines de dix-huit ans, je vous jure.

Grosmatou sauta dans les bras de Parker, et nous nous écartâmes toutes les deux de lui.

— Nous devrions partir, Barnes. Il faudrait qu'elles s'y mettent.

— D'accord, acquiesça Parker, qui se tourna vers moi un instant. Tawny, souviens-toi que les outils sont là pour toi. Si tu as besoin de quoi que ce soit, n'hésite pas à les utiliser. Je passerai plus tard pour voir comment ça se passe.

— Exact. Le crâne qui parle et la boule colorée. Compris.

Je levai les pouces et lui adressai un sourire forcé.

Il me sourit à son tour et s'en alla, avec le patron félin. Je les suivis des yeux jusqu'à ce qu'ils montent dans le pick-up.

— J'imagine qu'il n'y a plus que nous, murmurai-je à ma

nouvelle compagne alors que le moteur de l'engin s'allumait et que les gars s'en allaient.

Nous étions toutes les deux debout sur le trottoir devant la poissonnerie, à quelques mètres de notre table. Il ne devait pas être plus de neuf heures du matin, et même s'il y avait un peu plus de passants à présent, l'heure semblait encore trop matinale pour les clients du marché.

Cela nous conférait une intimité gênante.

J'observai Melony du coin de l'œil. Aujourd'hui, elle portait les mêmes rangers usées que lors de notre dernière rencontre, alias le jour où son grand-père et elle m'avaient ligotée et retenue prisonnière dans l'intention de me tuer. Elle avait également une longue robe fluide bleu marine, avec de petites roses noires qui parsemaient le tissu vaporeux. Elle avait ajouté un châle noir autour de ses épaules, mais ne portait aucun bijou, contrairement à moi.

— Ne me parle pas.

Melony recula l'une des chaises pliantes et se laissa tomber lourdement dessus.

Je regardai ses yeux, cerclés d'un lourd trait de kohl noir. Elle s'était également mis du rouge à lèvres bleu foncé, sans doute dans l'intention d'être assortie à sa robe, mais elle ressemblait surtout à un cadavre, avec ça.

— Oui, je comprends, répliquai-je, étant donné que la dernière fois que nous nous sommes parlé, je me suis montrée plus rusée que toi et j'ai déjoué tes plans diaboliques. J'imagine que papi n'était pas très content, hein ?

— La ferme.

Elle tapa du pied sur le sol, comme un enfant à deux doigts de faire un caprice.

Je n'aurais sûrement pas dû la provoquer, mais j'étais toujours énervée par sa tentative de meurtre quelques jours auparavant.

— Pourquoi est-ce que tu veux travailler pour monsieur Grosmatou, d'ailleurs ? Parce que tu n'as pas réussi à récupérer de la magie de force, donc c'est ton plan de secours ?

— Je n'ai rien à te dire, fulmina-t-elle.

Elle n'avait pas la même attitude avec les autres. Me détestait-elle davantage à cause de mon statut de normale ? Je n'arrivais pas à déterminer s'il s'agissait d'un préjugé inédit pour moi ou si elle me détestait pour des raisons personnelles. Aucune des deux options n'était géniale, puisque j'étais coincée avec elle pour la journée.

— Tu sais, ton refus de répondre ne m'aide pas à te faire davantage confiance, constatai-je en haussant les épaules, comme si cela ne m'importait pas, alors que c'était tout le contraire.

Elle leva les yeux au ciel et sortit son portable de sa poche.

— Je n'ai pas besoin de ta confiance. Je veux juste que tu arrêtes de parler et que te concentres sur cette mission, histoire qu'on la finisse et qu'on n'ait plus jamais à se revoir.

— Qu'est-il arrivé à ton papi, au fait ?

Je regrettais d'avoir été trop peu réveillée ce matin-là pour penser à prendre mon portable. Ça m'aurait permis de me concentrer sur autre chose que notre animosité mutuelle.

Melony poussa un gros soupir.

— Je ne sais pas.

— Et donc, tu as trop peur de continuer seule ?

Je haussai un sourcil interrogateur qu'elle ne remarqua pas, puisqu'elle ne quitta pas son écran des yeux.

— Tu préfères changer de camp plutôt que de te retrouver sans chef pour te dire quoi faire ?

— Je ne te dois aucune explication, répéta-t-elle, avant d'enfoncer des écouteurs dans ses oreilles.

Je soupirai.

— La journée va être longue.

Elle me jeta un bref coup d'œil et retira un écouteur.

— Elle se finira plus vite si…

— Je me tais. J'ai saisi.

Oui, j'allais déménager de Beech Grove le plus tôt possible pour éviter d'autres petites sauteries de voisinage de la sorte. Il me suffisait de survivre à aujourd'hui, puis je pouvais faire mes bagages.

Et, avec un peu de chance, oublier l'existence de la magie.

12

Au début, je regardai autour de moi pour essayer de repérer le moindre comportement suspect dans le centre-ville. Au bout de quelques heures d'inactivité, cependant, je songeai que Grosmatou pouvait voir tout ce dont il avait besoin grâce à la caméra sur ma broche et je me contentai d'alterner entre regarder dans le vide et voir combien de temps j'étais capable d'attendre avant de jeter subrepticement des coups d'œil au portable de Melony pour savoir combien de temps s'était écoulé depuis la dernière fois que j'avais vérifié.

Aux environs de onze heures, des clients se dirigèrent enfin vers le poissonnier afin de trouver de bonne heure de quoi déjeuner. Et quinze minutes plus tard, nous eûmes le premier usager de nos services.

— Combien pour que vous me lisiez mon avenir ? demanda

un homme vêtu d'un pantalon cargo défraîchi, d'une chemise verte à motifs militaires et d'un tee-shirt de sport.

— Oh, bonjour !

Je donnai un coup de coude à Melony pour attirer son attention.

— Qu'est-ce que je t'ai dit à propos de...

Elle remarqua que nous avions de la compagnie et ses lèvres s'étirèrent alors en un énorme sourire faux.

— Vous êtes ici pour apercevoir ce que l'avenir vous réserve grâce à la Merveilleuse Miss Melony ?

— Oui. Combien ? répéta-t-il en agitant la tête.

— C'est gratuit, annonçai-je.

— Vingt dollars, affirma Melony au même moment.

L'homme se tourna vers moi, après avoir visiblement décidé qu'il préférait mes tarifs.

— Ne l'écoutez pas. Ce n'est qu'une assistante. C'est moi qui possède les pouvoirs psychiques les plus affûtés ici, protesta Melony.

Elle attrapa le jeu de cartes et les mélangea.

— Vous savez quoi ? On va faire un compromis. Dix dollars seulement, et croyez-moi, c'est une sacrée affaire.

Il hocha la tête et sortit l'argent de son portefeuille pour la payer.

Elle saisit le billet et le fourra dans l'étui de son portable.

— Maintenant, choisissez-en-une, l'encouragea-t-elle après avoir cessé de mélanger pour étaler les cartes sur la table devant lui.

Notre client obéit et en indiqua une au milieu de la pile.

Ma compagne médium opina, la ramassa et la cacha à nos regards.

— Bien, comment vous appelez-vous ?

— Tom, répondit-il avec un sourire qui révéla une dent tordue. Ravi de vous rencontrer. Je me disais que vous pourriez peut-être me dire si ma femme…

Melony retourna la carte sur la table, le coupant dans son élan.

— *La mort.* Je crois que ça veut tout dire. Bonne journée. Il ne vous en reste plus beaucoup à vivre.

— Melony ! m'écriai-je en lui jetant les cartes.

Plusieurs volèrent loin de la table.

Le client, morose, s'était déjà éloigné, les épaules basses, les pieds traînants. Pauvre homme.

— Tom, attendez ! le rappelai-je en me levant. Ne l'écoutez pas. C'était juste un petit numéro avant votre véritable prédiction. Venez, laissez-moi regarder dans ma boule de cristal.

Son visage tourmenté me brisa le cœur lorsqu'il pivota sur ses talons pour revenir vers notre table.

Je rapprochai la boule de cristal de moi. Elle était transparente et banale. Melony avait reporté son attention sur son portable, me laissant améliorer seule l'humeur de notre client.

Tiens-t'en à des trucs basiques et observe ta cible pour repérer des indices sur ce qu'ils pourraient vouloir entendre. C'était plus ou moins le conseil que m'avait donné Parker, alors, j'allais m'y fier.

Avant que Melony ne l'interrompe avec sa prédiction cruelle,

Tom avait commencé à poser des questions concernant sa femme. Je remarquai le simple anneau en or à son annulaire gauche. Il était un peu débraillé. Il exerçait d'après moi un boulot manuel sous-payé. Et comme il s'était approché de nous pour que nous lui lisions l'avenir, c'était qu'il était en quête de réponses.

J'agitai les deux mains au-dessus de la boule de cristal en gardant mon sérieux.

— Oui, oui. Tout est clair, maintenant, Tom.

— C'est vrai ? Vous voyez quoi ? s'exclama-t-il, un petit sourire au coin des lèvres.

Je fis appel à l'auteure de romans qui sommeillait en moi.

— Malgré quelques épreuves récentes, votre femme vous aime toujours beaucoup. Pour votre prochain anniversaire de mariage, évitez les cadeaux classiques et offrez-lui une escapade romantique. Passer du temps tous les deux loin de l'agitation de la vie quotidienne renforcera votre mariage comme jamais et vous fera du bien à tous les deux.

Son sourire disparut.

— Mais et la carte de mort que votre amie a sortie, alors ?

Argh. J'évitai de grimacer à ce terme « d'amie », puisque nous étions tout le contraire. Je m'y connaissais très peu en tarot, mais j'étais plutôt douée pour baratiner afin de me sortir des ennuis, alors je décidai de tenter le coup plutôt que de lui rappeler que Melony cherchait juste à s'amuser avec sa fausse prédiction.

Non pas que la mienne soit plus authentique, mais quand même…

— La carte *Mort*, oui.

Je posai les doigts sur mes tempes et les frottai, comme si j'étais plongée dans une profonde réflexion.

— C'est une carte très puissante, mais elle ne prédit pas littéralement la mort. Plutôt la fin d'une époque. Vos ennuis seront bientôt terminés. Continuez comme ça, et vous verrez très vite.

Aussi impossible que ça puisse paraître, il eut l'air encore plus triste que quand Melony lui avait annoncé qu'il mourrait prochainement.

— Je vais perdre mon boulot, c'est ça ? C'est ce que je craignais.

— Non, non, non ! m'écriai-je. Il s'agit d'un changement positif. Pas négatif.

— Mais vous avez dit...

— Vous prenez les choses trop au pied de la lettre, balbutiai-je. Rentrez chez vous et réfléchissez à ce que j'ai dit. Ça deviendra bientôt plus clair.

— D'accord, merci. Enfin, je crois.

Il baissa la tête et s'éloigna d'un pas traînant.

Je le regardai s'en aller en me demandant comment j'aurais pu agir autrement. J'espérais que nous ne lui avions pas trop gâché la journée.

À ce moment-là, un éclair noir flou attira mon attention.

Il se déplaçait rapidement et venait droit sur nous...

13

Alors que la tache floue se rapprochait, deux choses se produisirent. D'abord, je compris que j'avais sans doute besoin de consulter un ophtalmo... et ensuite, la silhouette noire se précisa.

Il s'agissait d'un chat à poils longs dégingandé, gris foncé avec quelques rayures noires. Il tourna à toute allure dans la ruelle d'à côté, et je me levai immédiatement pour le suivre.

Si Melony remarqua mon départ soudain, rien ne l'indiquait. Et elle ne fit pas mine de me suivre. C'était mieux ainsi.

— Hé, toi ! m'écriai-je en entrant dans la ruelle.

Le Maine coon hirsute était, comme je m'y attendais, près de la poubelle et s'apprêtait à plonger dedans. Quand il me remarqua, il se redressa et attendit.

— Est-ce qu'on peut parler ?

Il agita la queue sans un mot.

— Tu es un agent de terrain, n'est-ce pas ?

Il remua les moustaches, puis miaula d'une voix rauque.

Hmm. Il me fallait une approche différente. Je détachai la broche que m'avait remise monsieur Grosmatou et la présentai au chat.

— Je travaille pour la PTA, moi aussi. Regarde, c'est monsieur Grosmatou qui m'a donné ça. Je suis là pour essayer de comprendre pourquoi des agents de terrain disparaissent.

Il me fixa d'un regard froid, toujours déterminé à ne pas me parler.

J'étais sur le point de lâcher l'affaire quand un second chat bondit hors de la poubelle et atterrit sur le bord avec des gestes empotés. Le chat tricolore potelé mit un peu de temps à se stabiliser, puis elle me regarda.

— Pourquoi est-ce que le patron t'envoie? demanda-t-elle d'une voix suraiguë qui m'agressa les oreilles.

— Arrête, Mungo, feula le silencieux Maine coon. Elle était sur le point de partir et de nous laisser à nos victuailles.

— Hé, je viens en paix.

Je levai les deux mains et m'approchai lentement.

— Je veux juste découvrir ce qu'il se passe ici afin que les agents arrêtent de disparaître. Et comme ça, je pourrai rentrer chez moi et retrouver ma vie.

Le poil de Mungo se hérissa.

— Attends, Lester. Et ceux qui ont déjà disparu ? Elle ne veut pas les retrouver ?

Sa voix me transperça le crâne, me filant une migraine instantanée.

Il me fallut un moment pour reprendre mes esprits.

— Si, si, bien sûr. J'ai aussi envie de faire ça.

— Alors, pourquoi tu ne l'as pas dit? demanda le Maine coon argenté en levant le nez en l'air.

— J'imagine que j'ai été découragée parce que tu ne voulais pas me parler... Tu veux que je te dise? Ça n'a pas d'importance. Je veux la même chose que vous. Vous n'avez pas envie d'être en sécurité quand vous bossez?

— La sécurité d'un agent de terrain n'est pas garantie. On le savait quand on a signé, rétorqua Lester, impassible.

Mungo dressa les oreilles et avança lentement sur le bord de la poubelle pour se rapprocher de son compagnon.

— Mais, Les, et la fois où...

— Ça suffit! miaula-t-il sur le ton de l'avertissement.

— Tu te souviens? Tu patrouillais avec Percy quand il s'est fait enlever et... Aaaaah!

Un énorme cri remplaça ses mots quand Lester lui donna un coup de patte, qui la renvoya dans la poubelle.

Comme par hasard, j'étais sur le point d'abandonner ces deux-là au moment où ils me révélaient que cette petite conversation de fond de ruelle n'était pas une perte de temps, en fin de compte. Lester ne voulait pas me parler, c'était assez évident, mais si j'insistais, l'autre chat me répondrait à sa place.

— Que disait-elle à propos de Percy? Il a été enlevé? Tu as remarqué quelque chose qui pourrait nous conduire au coupable ? demandai-je en veillant à parler d'une voix calme, et non comme si je mourais d'envie de connaître la réponse afin de terminer cette mission au plus vite pour rentrer chez moi retrouver ma pauvre cabine de douche négligée.

Lester plaqua les oreilles contre son crâne.

— Cette conversation est terminée.

Au même moment, Mungo sortit de la poubelle en soufflant.

— Mais, Les, peut-être que cette humaine peut nous aider ? Je n'ai pas envie de me faire catnapper comme Percy.

— Personne ne te prendra. Tu n'intéresses personne, cracha-t-il.

— Oh, comme si une journée avec toi était une partie de plaisir !

Elle se redressa et tenta de frapper Lester, mais elle perdit l'équilibre et retomba dans la benne.

— Vraiment, je veux juste vous aider, insistai-je.

La voix de Lester devint plus grave, son ton plus menaçant.

— Alors, va-t'en et laisse les chats gérer leurs affaires !

— Mais c'est monsieur Grosmatou qui l'envoie, s'écria Mungo depuis l'intérieur de la poubelle. Il va s'énerver si on ne lui dit pas ce qu'on sait, non ?

Une fois son argument prononcé, la chatte tricolore potelée sortit de la benne d'un bond, évita le rebord et sauta sur l'asphalte à côté de moi.

Le Maine coone argenté grogna.

— Une pendule cassée a raison deux fois par jour, alors j'imagine que toi aussi, ça peut t'arriver, Mungo.

— Oui !

La chatte se tenait droite et fière, le nez en l'air, et elle sautillait sur ses pattes avant.

— Maintenant, parle-lui de Percy.

— Pas si vite.

Lester descendit de son perchoir pour nous rejoindre, une étincelle malicieuse dans le regard m'informant que j'allais devoir trimer plus dur pour obtenir une réponse directe de ces deux-là.

Le matou s'allongea sur le côté et gémit.

— Si tu veux que je te raconte ces souvenirs horribles et douloureux, ça va te coûter cher, très cher.

14

Lester se remit sur ses pattes, en leva une et sortit les griffes avec un bruit perturbant.

— Si tu nous aides, on pourra envisager de t'aider en retour.

— Mais on a déjà dit qu'on l'aiderait, signala Mungo, ce qui lui valut un nouveau grognement d'avertissement de la part de son camarade.

— Hé, ça suffit ! m'exclamai-je, au bord de la panique.

J'étais sans doute capable de les vaincre si on en arrivait là, mais je n'avais pas envie de frapper deux pauvres petits chats de gouttière, aussi malfaisants qu'ils soient.

— Comme je vous l'ai dit, je veux la même chose que vous.

— J'aimerais bien que le vieux McCaverty jette les produits qui expirent aujourd'hui histoire qu'on puisse manger, répondit Mungo en ronronnant.

Elle agita pensivement sa queue peu fournie.

— Ce n'était pas ça que j'allais demander, s'énerva Lester en montrant les canines.

— Ne sois pas insolent avec moi, Les, le prévint-elle, la queue gonflée.

Cette position lui donnait l'air d'un raton laveur à présent.

— Si tu savais ce que tu voulais, tu l'aurais déjà demandé.

Je commençais à comprendre pourquoi monsieur Grosmatou était le chat qui avait été promu hors du terrain. Malgré tous ses défauts, il était largement plus intelligent que ces deux-là.

— Vous n'êtes pas obligés de manger des restes avariés. Je peux vous acheter du poisson frais, si vous voulez, proposai-je en espérant que cela suffirait à mettre fin à la bagarre qui s'annonçait.

J'avais l'impression que ces deux-là avaient plusieurs comptes à régler.

Mungo se dégonfla, retrouvant sa taille normale, et pencha la tête pour réfléchir à mes paroles.

— Oooh, ronronna-t-elle. Tu entends ça, Lester ? Elle va nous acheter de la nourriture fraîche. On n'a rien eu d'aussi bon depuis des siècles.

— On devait faire une pause rapide, puis reprendre le travail, grogna Lester, mais lui aussi semblait tenté.

Je saisis ma chance.

— Restez ici et réfléchissez à ma proposition. Moi, je vais aller dans la boutique et acheter du poisson frais, juste au cas où. À mon retour, vous me direz ce que j'en fais.

— Marché conclu ! couina Mungo avec enthousiasme.

Lester leva les yeux au ciel, mais ne protesta pas verbalement.

— OK, attendez là, je reviens tout de suite.

Je partis en marche arrière, me cognai le talon contre un carton qui traînait et trébuchai, puis me retournai et repartis en trottinant vers notre stand de voyance.

— Donne-moi les dix dollars que tu as soutirés à Tom.

Je gratifiai Melony d'un coup d'épaule et tendis la main.

— Hé, ils sont à moi. Toi, tu ne voulais rien lui faire payer, tu t'en souviens ?

Elle se détourna, rentra la tête dans les épaules et se plongea à nouveau dans son portable.

Je tapai du pied.

— Donne-les-moi.

— Non, marmonna-t-elle.

Je n'avais pas envie de lui parler, mais lui confier un soupçon d'information valait mieux que de lui soutirer physiquement l'argent.

— Mais j'ai une piste pour notre affaire.

Elle me regarda, les yeux écarquillés.

— De quel genre ?

— Il y a deux agents de terrain qui m'attendent dans la ruelle. Je pense qu'ils accepteront de me parler si je leur offre du poisson frais.

C'était suffisant. Elle n'avait pas besoin d'en savoir plus. Elle n'avait plus qu'à me passer l'argent.

Elle haussa les épaules et reporta son attention sur son téléphone.

— Alors, apporte-leur du poisson.

Nous en étions arrivées au point où même si elle n'avait pas tenté de me tuer auparavant, je ne l'aurais pas appréciée. Était-ce une attitude typique d'ado ou de méchant contrecarré ? Tout à coup, je me réjouis de n'avoir jamais eu d'enfant.

Je posai la main sur son épaule.

— Je n'ai pas d'argent sur moi et je ne vais pas voler un poissonnier alors que tu as un joli billet de dix dollars dans un coin.

— D'accord, très bien. Mais dégage, s'il te plaît.

Elle soupira, sortit le billet de l'étui de son téléphone, le roula en boule et le jeta sur ma poitrine.

Bien sûr, je peinai à le rattraper, donc Melony ricana et je me sentis rougir. Je ne cherchais pas à l'impressionner, mais je n'aimais pas pour autant qu'elle se moque de moi.

Une fois que j'eus le billet dans la main, je me précipitai vers BAR À VOUS en espérant que les chats seraient patients puisqu'un repas tout frais les attendait. Évidemment, une queue s'était déjà formée devant le vieil homme qui servait seul tous les clients.

— Allez, allez, marmonnai-je tout bas.

Avec la veine que j'avais, Mungo et Lester seraient partis le temps que je retourne dans la ruelle.

15

Après avoir acheté un filet de tilapia ridiculement petit, je retournai dans la rue, prête à épater mes témoins. Euh, à condition qu'ils soient encore là.

En sortant du magasin, la première chose que je remarquai, ce fut le globe qui brillait d'un jaune lumineux rivalisant avec la clarté du soleil. La deuxième, ce fut l'absence de Melony.

En réalité, je savais où elle avait disparu. Elle était partie bousculer mes témoins et s'attribuer tout le mérite, certainement.

Eh bien, non, pas de ça avec moi, gamine.

J'accélérai l'allure et tournai dans la ruelle. Le spectacle qui m'accueillit me fit lâcher mon tout nouveau pot-de-vin.

— Melony ! m'exclamai-je en chuchotant, pour ne pas attirer l'attention sur nous. Arrête ça tout de suite !

Elle éclata de rire tandis que Mungo, Lester et un autre chat que je n'avais encore jamais vu étaient suspendus en l'air, à quelques mètres de la poubelle, incapables de bouger autre chose que leurs yeux agrandis de terreur. Elle avait usé du même sort avec Greta et moi lors de notre première rencontre, mais c'était dans une résidence privée. À l'heure actuelle, n'importe qui pouvait passer devant la ruelle et la voir utiliser sa magie.

— Laisse-les partir, répétai-je en la poussant fort dans le dos. Ils n'ont rien fait de mal.

— Alors pourquoi tu les interroges? répliqua-t-elle, sans perdre sa concentration.

Son sort était puissant. J'hésitai un instant à me précipiter vers les chats pour les arracher à leur prison d'air. Mais j'étais prête à parier que, en plus d'avoir de la magie, Melony devait se déplacer bien plus vite que moi. Le seul moyen de parvenir à quelque chose, c'était soit de la distraire, soit d'être plus maligne qu'elle. J'avais réussi à faire les deux lors de notre précédente rencontre. Je pouvais la vaincre à nouveau, d'autant plus que c'était ma seule option pour le moment.

— Je les questionnais pour savoir ce que je pouvais apprendre concernant les agents disparus, expliquai-je sans trahir mes pensées. C'est tout. Ce ne sont pas des suspects.

— D'accord, je crois que je vais plutôt faire les choses à ma manière, merci.

Elle lâcha un petit rire grinçant et, pour la deuxième fois de la journée, je sentis que je n'avais jamais eu aussi envie de frapper quelqu'un de toute ma vie. Mais si elle se défendait, j'étais fichue. Merci beaucoup de ne pas m'avoir donné de magie pour me protéger, monsieur Grosmatou, pensai-je avec amertume.

Grosmatou ! Voilà la solution !

Je sortis en courant de la ruelle et faillis percuter la table dans ma précipitation. Je tapotai deux fois la tête d'Odette, comme Parker me l'avait appris.

— Melony est devenue folle ! criai-je à l'intention du crâne parlant.

Je lançai un sourire gêné au couple qui sortait de l'un des magasins dans la rue.

— Je répète pour ma prochaine représentation de *Hamlet*, expliquai-je en saisissant la tête d'Odette pour la rapprocher de mon visage. Être ou ne pas être, haha.

Ils secouèrent la leur et poursuivirent leur route.

— Grosmatou, grommelai-je.

Il ne répondit pas, et le jaune vif de la boule de cristal se transforma en tourbillons de vert.

Vert. Qu'est-ce que ça signifiait ? C'était soit très bon, soit très mauvais. Mais lequel ?

— Monsieur Grosmatou, répétai-je entre mes dents. Répondez-moi.

Il ne dit rien.

Je frappai deux fois de plus la tête d'Odette, par frustration, songeant que magie et technologie ne devraient peut-être pas se mélanger. Toute cette mission était sûrement vouée à l'échec depuis le début.

— *Qu'y a-t-il ?* répondit enfin le chat via notre communicateur peu fiable.

— C'est Melony, m'empressai-je d'expliquer avant qu'il ne

raccroche d'impatience. Elle a coincé trois agents et les a immobilisés avec sa magie. Je n'ai pas réussi à lui faire entendre raison. Tout le monde peut la voir. Elle va griller notre couverture. Et la vôtre, à tous.

Mon chat noir préféré lâcha une bordée de jurons félins explicites.

— *Ne jamais envoyer une normale effectuer un travail de magick*, grommela-t-il.

Je lançai un regard énervé au crâne.

— Hé, je ne suis pas responsable ! C'est la faute de Melony.

— *Mais vous ne savez clairement pas comment l'arrêter, sinon, vous l'auriez déjà fait*, rétorqua la tête d'Odette.

J'imaginais très bien Grosmatou secouer la sienne à l'autre bout de la ligne.

— Eh bien, si vous m'aviez donné ma magie…

Les mots moururent sur mes lèvres quand je remarquai le même couple curieux qu'auparavant, qui s'était retourné pour me regarder.

J'agitai le crâne à leur intention.

— Je ne vous avais pas dit que c'était un mix entre *Hamlet* et *Hocus Pocus* ? lançai-je sans conviction. Arrête ça, Thackery Binx. Tu es fou. Ahhhh !

— *J'arrive*, annonça monsieur Grosmatou.

Les mâchoires de la tête d'Odette se refermèrent dans un claquement.

J'avais envie de retourner dans la ruelle en vitesse pour attendre mon patron, mais ce couple de fouineurs continuait à me dévisager comme si j'étais folle. On dirait qu'ils n'avaient jamais vu de crâne parlant avant !

De plus en plus agitée, je récitai les soliloques que j'avais appris il y a longtemps pour mon cours facultatif de théâtre à la fac. Comme ils ne bougeaient toujours pas, je leur criai :

— Revenez le week-end prochain pour la représentation ! Ce n'était que la répétition générale, aujourd'hui.

Ils échangèrent un regard, puis me gratifièrent d'applaudissements polis. Mais ils ne s'en allaient toujours pas.

— C'est tout pour aujourd'hui. Je vais m'accorder une heure d'entracte !

Enfin – enfin ! – ils partirent. Une fois certaine qu'ils ne se retourneraient pas une deuxième fois, je me levai et me dirigeai calmement vers la ruelle, même si je mourais d'envie de m'y précipiter en courant.

Avec un peu de chance, il n'était pas trop tard pour que j'agisse.

16

Il s'avéra que si, il était trop tard.

Là où il y avait autrefois Melony qui maintenait en l'air les trois poupées en forme de chats, la ruelle était désormais vide et sans vie.

— Melony ? appelai-je avec hésitation, en avançant vers la poubelle sur la pointe des pieds.

Je craignais ce que j'y trouverais.

— Mungo ? Lester ? Quelqu'un ?

Il n'y avait rien dans l'énorme benne à part des déchets classiques et d'autres qui auraient sans doute eu davantage leur place dans un bac de recyclage.

— Oh hé ?

Oui, j'avais quand même envie de rentrer chez moi, mais comment le pouvais-je étant donné que tout ceci s'était produit sous ma surveillance ? J'étais le personnage principal involontaire de cette histoire, mais il s'agissait bien de la mienne, et je ne supportais pas de laisser une histoire sans fin.

Quelque chose fila au-dessus de ma tête, et je me retournai juste à temps pour voir Grosmatou tomber du ciel dans une bouffée de magie rose.

— Que se passe-t-il, ici ? demanda-t-il en bondissant de son nuage.

Ce dernier s'évapora dès que le chat coupa tout contact.

— Vous n'aviez pas dit qu'il y avait une urgence ?

— Je ne sais pas où ils… ils… sont a-allés, balbutiai-je, en regardant à droite, à gauche, avant de lever les mains en signe d'impuissance.

Grosmatou me dévisagea un long moment, puis quitta la ruelle pour rejoindre la rue. Il s'immobilisa brusquement et se retourna vers moi, énervé. Apparemment, tout occupée à ma sidération, j'avais oublié de le suivre.

— Pourquoi vous ne m'avez pas dit que nous avions un code vert ? cria-t-il.

— Quoi ?

Il me rejoignit à mi-chemin de la ruelle.

— La boule. Elle est verte !

Oh, oui. J'avais oublié ça, dans ma hâte à contacter Grosmatou et à me débarrasser du couple trop curieux.

— Vert, ça veut dire que ça va, c'est ça ? demandai-je d'une voix nerveuse.

— Non, vert signifie que nous avons un gros problème sur les pattes !

— Je… Je sais.

Je me tordis les mains.

— Melony a pris trois agents de terrain et elle a disparu.

Grosmatou secoua la tête et prit une grande inspiration pour se calmer.

— Non. C’est bien pire que ça. Celui qui enlève les agents de terrain a aussi pris Melony.

Je le fixai du regard, puis secouai la tête. Je ne comprenais pas ce qu’il voulait que je fasse.

— Elle les menaçait. Elle les a figés sous sa magie et…

— Les a transformés eux et elle en proie facile, compléta le chat noir.

Ce n’était pas ce que je comptais dire, mais je présumais qu’il en savait plus que moi.

— Oh.

Ce fut tout ce qui me vint devant cette interprétation révisée des événements.

— Suivez-moi, grogna-t-il en me conduisant vers un espace étroit à côté de la benne. Accroupissez-vous.

Je m’exécutai, avec un mouvement de recul à cause de la puanteur. Je plaquai une main sur ma bouche et parlai entre mes doigts.

— Qu’est-ce qui se passe ?

Monsieur Grosmatou enroula sa queue autour de ses pattes et baissa les oreilles.

— Je ne pensais pas que le kidnappeur agirait pendant que vous vous exhibiez.

— Attendez, je croyais qu'on était sous couverture.

Je regrettai aussitôt d'avoir libéré ma bouche pour parler.

Mon compagnon d'infortune attendit que je cesse de tousser avant de poursuivre.

— Hmm, en réalité, vous serviez de diversion pour faire gagner du temps aux véritables enquêteurs. Il ou elle a frappé pendant que vous étiez juste là et s'est enfui avec une stagiaire ainsi que plusieurs agents de terrain. Le message est clair.

J'ignorais ce qui me vexait le plus entre sa ruse ou l'échec de celle-ci, alors je décidai de me concentrer sur les faits.

— Quel message ? marmonnai-je.

Il bomba le torse, attirant mon attention sur la tache blanche à cet endroit. Il retint son souffle quelques instants, puis il le relâcha pour répondre à ma question.

— Ils n'arrêteront pas tant qu'ils n'auront pas obtenu ce qu'ils veulent.

— Et que veulent-ils ? me demandai-je tout haut.

Grosmatou haussa les épaules.

— Aucune idée, ils ne nous l'ont pas dit.

— Oh.

Je me sentais de plus en plus inutile au fur et à mesure de cette conversation. Je n'avais pas de grandes idées à apporter, et Grosmatou m'avait suppliée de l'aider simplement pour m'utiliser comme diversion. Même si je ne voulais pas de ce travail, c'était blessant de voir qu'il ne m'en pensait pas capable.

— Il y a une chose que je peux faire, annonça-t-il après quelques instants de silence. Quand Melony a postulé pour l'agence, je l'ai naturellement dotée d'un traceur magique.

J'en restai bouche bée.

— Donc vous vous attendiez à ce qu'elle vous trahisse ?

— C'est quoi, ce vieux dicton que vous avez ? Toujours espérer le meilleur, mais se préparer au pire. En plus, elle ne m'a pas trahi.

Il semblait si sûr de lui, si calme, alors que j'étais encore plus en colère contre lui. Il m'avait intentionnellement collé un boulet. Si j'étais morte en accomplissant cette mission grotesque, s'en soucierait-il ? Juste une normale de plus qui s'était retrouvée mêlée par erreur à des affaires magiques…

— On fait quoi, maintenant ? Vous la traquez et je rentre chez moi ? demandai-je, hésitante.

Bien que blessée par la manière dont il gérait notre relation jusqu'à présent, j'avais toujours envie d'aider. Et si des chats mouraient parce que je tournais le dos à tout ça ? Et si Melony mourait ? Oui, je la détestais, mais pas assez pour souhaiter sa mort. J'avais un sens moral, après tout.

— Non. On y va tous les deux, décréta-t-il.

— Mais je n'étais qu'une diversion.

— Oui, et j'en aurai peut-être besoin d'une autre.

Il me lança un clin d'œil, puis leva le menton en l'air et dit :

— Conduis-nous à Melony Haberdash.

La magie rose scintillante descendit du ciel et nous enveloppa.

Elle était chaude et apaisante comme un bon bain, et je me prélassai dedans.

La magie. Je devrais toujours en avoir, et pas juste en temps de crise. Cela me paraissait si juste… Comme si c'était mon destin…

17

Le brouillard de magie rose se dissipa quelques secondes plus tard, et bien que cela n'ait pas duré longtemps, je me sentis presque nue sans elle.

Dans un premier temps, je fus rongée par son absence, puis je perçus un froid intense. La température avait dû baisser de quinze degrés. L'odeur de poisson et de poubelles avait aussi disparu, ne laissant plus que celle de l'air frais.

J'en inspirai une grande goulée et regardai autour de moi pour essayer de comprendre ce que je voyais. Nous étions dans une sorte de parc avec de grandes étendues de verdure et un ensemble de rampes, de tunnels et de podiums aux couleurs vives sur un côté.

Un border collie franchit la course d'obstacles, puis sauta dans les bras de son propriétaire. Le long de la clôture, deux chiens plus petits se tournaient autour, la queue agitée, et se reniflaient l'arrière-train.

Grosmatou chancela un peu, puis me regarda par-dessus son épaule.

— Où sommes-nous ?

— Quoi ? Pourquoi vous me posez la question ? C'est vous qui nous avez emmenés ici.

— Ce n'est pas moi, c'est la magie du monde et tu le sais, feula-t-il.

Apparemment, il était tellement occupé à séparer les normaux des magicks qu'il avait oublié la séparation tout aussi périlleuse entre les chats et les chiens.

Je plaçai mon index devant mes lèvres pour lui indiquer de se taire, puis murmurai :

— Oui, eh bien, je ne vois ni Melony ni les autres nulle part. Je croyais qu'elle était censée nous conduire à son emplacement.

— Il doit y avoir une sorte de mur magique qui nous empêche d'aller plus loin.

— Et maintenant, qu'est-ce qu'on fait ? On retourne à Beech Grove ?

Il grogna et agita la queue.

— C'est quoi cette manie que vous avez de toujours vouloir abandonner et rentrer chez vous ?

— Vous n'avez même pas besoin de moi, grinçai-je, toujours blessée par son précédent aveu. Pourquoi je risquerais ma vie alors que je ne sers à rien dans cette histoire ?

Le chat noir me transperça du regard et ses moustaches s'agitèrent, comme s'il réfléchissait intensément.

— Qu'est-ce que vous me cachez ? demandai-je en tendant la main vers lui.

Il m'avait déjà laissé le caresser un jour, afin de me montrer un aperçu du passé. S'il ne voulait pas me dire pourquoi il m'avait mêlée à ça, peut-être qu'il voudrait bien me le montrer. Ou alors, je pouvais faire juste un petit saut dans ses souvenirs pour le découvrir moi-même.

Il bondit en arrière, le poil agité.

— Ne me touchez pas sans y avoir été invitée !

De l'autre côté du terrain, un beagle dressa les oreilles, se figea, se tourna vers nous et arriva en courant.

Je m'apprêtais à saisir Grosmatou pour son bien, quand il effectua un cercle rapide près de mes pieds. Le chien jappa et se précipita vers son maître.

Je secouai la tête. Je ne devais pas me laisser distraire.

— Vous me cachez quelque chose. Comment puis-je être en sécurité si je ne sais pas…

— Si je ne vous le dis pas, c'est justement pour votre sécurité, alors arrêtez d'insister !

— Je devrais avoir mon mot à dire !

Grosmatou ouvrit la bouche, sa queue s'agita, il sembla sur le point de dire quelque chose.

Mais quelqu'un parla le premier.

— Belle journée, n'est-ce pas ?

Je me relevai et souris à un homme qui s'approchait, avec un chien en laisse. D'après la grosse tête, les courtes pattes et l'air débile, c'était un corgi. Repérant mon compagnon félin, le chien aboya joyeusement et tira sur sa laisse.

— Très belle, confirmai-je, parlant d'une voix forte pour être entendue par-dessus les bruits de l'animal.

Son propriétaire hocha la tête et poursuivit sa route.

— Attendez, le rappelai-je. Nous ne sommes pas d'ici. Nous sommes juste venus pour nous dégourdir les pattes avant de reprendre la route. Pourriez-vous nous dire où nous sommes ?

Il parut légèrement sidéré.

— Où nous sommes ? Vous n'avez pas regardé la direction en montant dans le ferry ?

Je me frappai le front.

— J'ai déjà oublié.

— Vous êtes sur l'île Carvi. Ce n'est pas vraiment le genre d'endroit où on se rend par hasard. La seule façon d'y arriver depuis le continent, c'est grâce au ferry, m'informa-t-il, les sourcils froncés.

— Oh.

J'agitai les yeux pour montrer ma perplexité. Je savais que j'avais l'air d'une imbécile, mais j'avais encore besoin d'informations.

— Et à quel endroit du continent ?

— Le Maine, répondit-il sur un ton détaché.

— Le Maine ?

— Le Maine. Le Maine. Vous ne connaissez pas l'État du

Maine ? Dites, vous allez bien ? Je devrais peut-être vous emmener à l'hôpital voir un médecin.

Je ris et balayai son inquiétude d'un geste de la main.

— Non, tout va bien, l'air frais m'aide à me vider la tête.

— Je ne pensais pas qu'on pouvait la vider plus, marmonna-t-il, avant de partir en entraînant de force son corgi, qui protesta.

— C'était très discret, Tawny, se moqua le chat avec un petit rire étranglé, comme s'il avait une boule de poils dans la gorge.

Je haussai les épaules.

— Hé, j'ai eu des réponses, moi, au moins.

— Très bien, et donc si vous avez toutes les réponses, que faisons-nous à présent, madame la Normale maligne ?

Il cilla sous la luminosité du soleil, avec une expression suffisante que j'avais très envie d'effacer.

— Hé, ne m'appelez pas madame, grommelai-je en observant le parc à la recherche de… quelque chose.

Par chance, je trouvai justement quelque chose.

— Allons parler à votre jumeau, annonçai-je avec un sourire triomphant en indiquant le chat noir qui traînait sous un banc à l'autre bout du parc.

Et si c'était l'un des agents de terrain catnappés ?

18

Grosmatou trottina devant moi et rejoignit l'autre chat noir sous le banc, tandis que je m'en approchais avec nonchalance. Après tout, mieux valait éviter que l'homme au corgi soit encore plus méfiant et appelle quelqu'un. La magie que mon compagnon félin avait employée avec le beagle semblait fonctionner avec tous les chiens. Même le corgi s'était rapidement désintéressé de nous.

Quand j'arrivai enfin au banc, je m'assis et posai le doigt contre mon oreille, comme si j'avais caché une oreillette Bluetooth.

— L'un de vos agents de terrain, monsieur G ? demandai-je en raccourcissant son nom de chat trop flagrant pour le cas où d'autres personnes surprendraient notre conversation.

— C'est un animal de compagnie, grommela-t-il sous moi.

— Je suis un familier, rétorqua son comparse, agacé.

Apparemment, notre nouvel ami était un mâle. Son accent de Boston prononcé indiquait qu'il était aussi peu à sa place ici dans le Maine que Grosmatou et moi.

— Bonnet blanc et blanc bonnet, répliqua Grosmatou.

— Ce n'est pas du tout la même chose ! feula l'autre.

— Tu travailles pour les humains, alors qu'eux travaillent pour moi. Tu es pire qu'un animal de compagnie. Tu es un esclave.

J'imaginais très bien l'expression suffisante que devait arborer le Diplomate de la PTA tandis qu'il exhibait sa supériorité.

— Hé, m'exclamai-je, couvrant de ma voix la réponse plutôt fleurie de l'autre chat.

Je baissai la tête et croisai le regard du chat noir inconnu à travers les lattes du banc.

— Désolée pour lui. Il n'est pas si méchant, quand on apprend à le connaître.

Il plissa les yeux.

— Je n'ai aucune intention d'apprendre à le connaître. Maintenant, barrez-vous, vous compromettez ma planque.

— Votre planque ? Vous parlez comme un flic, commentai-je, pensive et amusée.

— Je *suis* un flic.

— Je croyais que tu étais un familier ? le corrigea Grosmatou.

— On ne peut pas être les deux ?

Le chat policier noir se plaqua au sol, me quittant des yeux.

— Maintenant, allez-vous-en avant que Scavo ne se rende compte de quelque chose. Ça mettrait en danger toute l'opération.

Grosmatou inspira, stupéfait.

— Scavo ?

— Oui, Scavo, et alors ?

Tout ce que je voyais pour ma part, c'était un corps noir poilu d'un côté et un autre corps noir poilu de l'autre. J'avais vraiment besoin d'un ophtalmo.

Monsieur Grosmatou adopta le même ton pédant que chaque fois qu'il m'expliquait quelque chose de magique.

— La PTA le traque depuis des décennies. C'est un truand normal qui a découvert l'existence de la magie et a commencé à l'utiliser à des fins personnelles. Il a créé tout un marché noir.

— Et encore, vous ne savez pas tout. Maintenant, retourne à ta litière et « Pars Tenter Ailleurs » ta chance, si c'est ça que signifie ton PTA.

— Ton manque de respect est dûment noté et sera sévèrement puni, lui promit Grosmatou d'une voix basse et rauque. Je suis le Diplomate de la *Paranormal Temp Agency*, donc j'en ai les moyens, tu sais.

— Eh bien, va être diplomate plus loin et laisse cette affaire à la Division Paranormale de Blueberry, répliqua notre nouvelle connaissance.

— C'est une histoire d'agence nationale VS agence locale ? intervins-je.

Les deux chats me feulèrent dessus, je décidai donc de continuer à observer la conversation en silence.

Monsieur Grosmatou reprit la parole.

— Scavo est mort il y a quelques années, alors, à moins qu'il ne se promène sous la forme d'un cadavre ambulant, votre mission est inutile.

— Attendez, les zombies existent aussi ? m'exclamai-je d'une voix suraiguë.

Une froide rafale souffla. Saisie d'un frisson, je serrai les bras autour de moi.

Les deux chats ignorèrent ma question.

— Ça prouve toute l'étendue de tes connaissances, cracha le chat policier. Il est de retour et a repris ses anciennes habitudes.

— Impossible, s'entêta Grosmatou.

— Oui, je parie que tu ne pensais pas non plus qu'un type qui a passé cinquante ans dans une tombe puisse revenir sous la forme d'un chat magique qui parle, et pourtant me voilà.

— Très bien, si Scavo est de retour, alors où est-il ? Parce qu'on est loin de Boston, au cas où ça t'aurait échappé.

— Si je savais où il était, je ne serais pas en planque, tête de lard. Mais il n'est pas là.

— Celui-là, c'est un vrai cinglé, me dit monsieur Grosmatou en sautant sur le banc à mes côtés.

J'étais plutôt d'accord avec lui, mais malgré tout, une piste minable valait mieux que pas de piste du tout.

— Arrêtez de l'embêter. Il peut peut-être nous aider, suggérai-je gentiment.

Je me mis à quatre pattes pour m'adresser directement à l'autre chat. Maintenant que je le voyais d'un peu plus près, je constatai qu'il n'était pas la réplique exacte de monsieur Grosmatou. D'une part, il n'avait pas de tache blanche sur la poitrine.

D'autre part, il portait un collier à boucle épaisse avec un étrange symbole en forme d'étoile.

— Je m'excuse une nouvelle fois à sa place, dis-je, un sourire poli aux lèvres. Je m'appelle Tawny, et vous ?

— Blackjack, maintenant, m'apprit-il, amusé.

— Nous sommes loin de chez nous pour mener notre propre enquête. Des chats ont disparu des rues de Beech Grove, notre petite ville d'origine en Géorgie, et nous avons des raisons de penser qu'ils ont atterri ici, sur l'île Carvi. Vous sauriez comment nous pourrions les retrouver ?

Il eut un mouvement de recul.

— Tout ça, c'est pour une histoire de chats ? Je croyais que vous traquiez Scavo ?

— C'est exact. On essaie de retrouver plusieurs agents de terrain disparus. Une fille humaine s'est aussi fait enlever, je crois.

Je ne pouvais même pas lui dire combien de chats manquaient à l'appel, puisque monsieur Grosmatou ne m'avait donné qu'un minimum d'informations lors de notre briefing.

Blackjack pencha la tête sur le côté, puis opina.

— Vous auriez pu commencer par ça. Viens avec moi, petite. Je connais quelqu'un qui pourrait t'indiquer la bonne direction.

19

Je me levai et suivis Blackjack jusqu'à un trou dans la clôture. Il s'y faufila, puis se tourna vers moi et attendit.

— Hum.

Je me trémoussai d'un pied sur l'autre. Je n'arriverais jamais à passer là, et grimper pardessus la clôture alors qu'il existait déjà deux sorties parfaitement exploitables ne ferait qu'éveiller la méfiance des autres humains du parc.

— Je vais faire le tour. On se retrouve de l'autre côté.

— Comme tu veux, répliqua Blackjack en ricanant. On sera dans le parking ouest.

— Couvre-moi, lança Grosmatou.

Il disparut et réapparut de l'autre côté de la clôture.

— Joli tour de passe-passe, commenta Blackjack qui agita la queue. Tu as appris ça dans ton école de diplomates ?

— Oui, c'était juste après avoir enlevé les R dans les dialogues du *1, rue Sesame* pour que les Bostoniens puissent les comprendre.

Qui était ce nouveau Grosmatou ? Lui qui arborait toujours un air supérieur semblait détester ce chat à un niveau jamais égalé par personne, y compris les Haberdash.

Blackjack, évidemment, n'était pas en reste :

— Je n'ai pas vu cet épisode-là. J'étais occupé chez ta mère…

Heureusement, le volume de leur voix diminua alors que je m'éloignais le long de la clôture, jusqu'à la sortie. Je l'empruntai, puis m'empressai de retourner d'où je venais. Je trouvai le trou, mais pas les chats.

L'homme au corgi, qui se penchait pour ramasser une balle de tennis miteuse, me lança un regard interrogateur.

Je lui adressai un signe de la main, puis me retournai et avançai sur la pelouse non tondue de ce côté-là, à la recherche d'un parking ou des chats, selon ce que je trouverais en premier.

Je regrettais deux absences, à ce stade de ma journée : une veste chaude et mon portable. Oui, si les mots ne me posaient aucun problème, distinguer l'est de l'ouest sans l'aide de la technologie m'était impossible. Je regardai du côté du soleil, ce qui eut pour seul effet de me brûler la rétine. Ça ne m'indiqua pas par où il s'était levé.

Fichus chats ! Ils n'auraient pas pu prendre la sortie normale avec moi ?

Une femme aux cheveux bleus lumineux, vêtue d'un jean déchiré et d'une veste de moto en cuir s'approcha de moi.

— Tawny ? me lança-t-elle.

Nerveuse, je calai une de mes mèches roses derrière mon oreille et je déglutis.

— Oui. Bonjour.

Elle me sourit gentiment.

— Je m'appelle Val. Votre familier m'a dit que vous seriez sans doute perdue.

— Oh, je ne suis pas… Hum.

Je me retournai, mais ne vis ni l'homme au corgi ni aucun des autres promeneurs du parc, grâce à la petite pente.

— Vous êtes une sorcière, n'est-ce pas ? insista Val en observant mon visage et ma tenue gothique.

À vrai dire, qui sait ? Je ne possédais plus de magie, mais je ne croyais plus être encore une simple « normale », désormais.

Je ne savais pas quoi répondre à Val.

— Non. Oui. Enfin, j'en étais une, mais plus maintenant.

Elle pencha la tête sur le côté et un sourire de sympathie étira ses lèvres.

— Vous allez bien ?

Génial. Aussi bien les normaux que les magicks pensaient que j'avais besoin de consulter. Ils avaient peut-être raison. Je devais sûrement l'ajouter à ma liste de choses à faire à mon retour chez moi. Trouver un ophtalmo, puis un psy.

— Je vais bien, répondis-je enfin. Grosmatou et moi enquêtons sur une série d'enlèvements.

— C'est ce qu'il m'a expliqué. Venez avec moi.

Un badge brillant, assorti à l'étoile qui pendait autour du cou de Blackjack, scintillait à la ceinture de Val, prouvant au monde entier qu'ils étaient partenaires. Mais Grosmatou et moi? Si quelque chose nous liait, il me l'avait bien caché.

— Parlez-moi de ces enlèvements, reprit-elle sur un ton insistant, me prouvant qu'elle avait bien plus d'expérience que moi en interrogatoires.

Elle n'eut même pas besoin de me tendre une carotte pour me pousser à parler. Malheureusement pour elle, mes connaissances étaient limitées.

— Je ne sais pas grand-chose, répondis-je, afin qu'elle comprenne que je n'étais pas vraiment en mesure de les aider. Plusieurs chats ont été enlevés, ainsi qu'une jeune sorcière du nom de Melony Haberdash.

Val s'immobilisa tout à coup et se tourna face à moi.

— Vous avez dit Haberdash ?

Je hochai la tête avec emphase.

— Oui. Drôle de nom, hein ?

Elle se mordit la lèvre.

— C'est sans doute une simple coïncidence, mais... Oui, je vais devoir réfléchir...

Sa voix mourut sur ses lèvres, elle secoua la tête et se remit à marcher.

Un parking presque vide apparut à quelques mètres de nous, mais je ne voyais toujours aucune trace de Grosmatou ou de Blackjack. Je me demandais à quoi il servait. Il était trop loin pour une balade au parc pour animaux et je ne voyais aucun commerce dans le coin.

— Val, attendez, qu'est-ce qu'il y a ?

J'accélérai l'allure pour qu'elle ne me distance pas. Peut-être qu'elle me conduisait vers mon futur trépas. Je devais arrêter de faire confiance aux gens si facilement. Après tout, c'est ce qui m'avait conduit dans tout ce bazar magique en premier lieu.

Val avançait de plus en plus vite, et je regrettais de ne pas porter mes chaussures de course à la place de ces sabots noirs inutiles que Connie m'avait forcée à mettre.

Cette nana était-elle vraiment en train de s'enfuir ?

Pour ce qui était de la gentillesse des inconnus, on repassera.

20

Blackjack trottina vers nous et nous rejoignit à l'endroit où l'herbe trop haute rencontrait le goudron.

— Il est parti ! annonça-t-il, en parvenant à miauler avec un accent de Boston.

Val devint blanche comme les murs nus de ma maison.

— Comment ça, il est parti ? Qui est parti ? demanda-t-elle à son partenaire.

Blackjack leva la queue en l'air. Seule la pointe s'agita.

— Ce gamin. Comment il s'appelait, déjà ? Matou ? Il a disparu, *pouf*.

— Tu n'étais pas avec lui ? m'étonnai-je, les mains sur les hanches pour essayer d'avoir l'air effrayante et culottée.

S'ils tentaient de me la faire à l'envers, j'étais cuite. Grosmatou et moi aurions mieux fait d'éviter de nous associer à ce duo problématique.

— Si ! Tout le temps. J'ai cligné des yeux, et il avait disparu, plus vite qu'une nonne dans le quartier chaud de Boston.

Il leva la patte et regarda ses coussinets comme s'ils l'avaient gravement déçu.

— Je pensais qu'il avait encore fait son truc de téléportation, mais non, il a juste… *pouf*… disparu comme ça.

D'accord, mon dernier lien avec la maison s'était envolé, mais cela ne signifiait pas qu'il m'avait abandonnée. Il s'était peut-être téléporté chez nous pour discuter avec Parker ou un autre membre du conseil.

Oui, c'était sans doute ça. Après tout, alors que je pensais que Melony était partie de sa propre volonté, Grosmatou était persuadé qu'elle avait été enlevée.

Une minute…

— Tu as vu un tourbillon de magie rose ? demandai-je au chat de Boston, le suppliant presque de confirmer.

Même si ce n'était pas vrai, j'avais besoin de bonnes nouvelles.

— Rien, m'informa-t-il, les yeux grands ouverts, comme s'il craignait que je disparaisse à mon tour s'il les clignait.

Tout à coup, j'eus l'impression d'être submergée, et pas de façon agréable et paisible comme quand j'étais enveloppée par la magie rose. Non, j'avais le sentiment horrible et terrifiant d'être coincée sous l'eau à contre-courant, sans espoir de remonter à la surface.

— Les gars, annonçai-je malgré la panique qui montait en moi, il n'est pas parti, il a été enlevé. La personne qui catnappe les agents a aussi pris monsieur Grosmatou.

Cette déclaration concrétisa mes pensées. Grosmatou ne m'aurait jamais laissée seule sans argent, sans papiers ou sans moyen de joindre la PTA. Il avait beau être une sacrée épine dans mon pied, il n'était pas diabolique. Pas totalement, en tout cas.

— Qu'est-ce qu'on doit faire ? m'écriai-je, désespérée.

Val posa la main sur mon épaule pour me calmer, en vain.

— Nous allons continuer à travailler sur cette affaire de notre côté et voir ce qu'on déniche. Peut-être que nous trouverons votre familier, au passage. Mais on ne peut pas cesser notre enquête pour partir à sa recherche.

— Mais je n'ai pas de téléphone, pas d'argent, personne pour m'aider. Comment suis-je censée le retrouver ?

La panique m'enveloppait de plus en plus, m'étouffant presque.

— J'aimerais pouvoir faire davantage, mais... Tenez.

Val sortit des billets de sa poche et me les donna.

— En sortant du parking, tournez à droite sur Main Street. À l'angle de Main et Yarrow, vous trouverez un motel crasseux, le *Nuit Blanche.* Il ne paie pas de mine, mais il est très propre, en réalité, et la propriétaire est l'une des nôtres. Dormez là-bas cette nuit, et demain matin, prenez le ferry pour Glendale. Le premier part à sept heures trente.

Je hochai la tête pendant toute sa tirade, soulagée que Val ait un plan, vu comme j'étais perdue.

— D'accord, d'accord. Et ensuite ?

— Il y a là-bas une femme qui peut parler aux animaux. Elle s'appelle Angie Russo. Elle n'a pas une seule cellule magique en elle, mais Blackjack est tombé sur elle par hasard à notre arrivée ici. On s'est renseignés sur elle et elle a l'air clean. Elle se targue d'être un peu détective à ses heures, donc jouez sur cette corde-là et elle vous aidera à retrouver votre familier.

— Merci, dis-je, plutôt que de la corriger sur la véritable nature de ma relation avec monsieur Grosmatou. Je ferai ça.

Comme ils ne disaient rien tous les deux, j'en profitai pour poser ma question.

— Comment puis-je vous contacter si j'ai besoin de quelque chose ?

— Vous ne pouvez pas. On se recroisera peut-être un jour, mais je n'espère pas, pour votre bien, répliqua Val d'un air sombre.

— Allez, pars. On a perdu assez de temps à papoter alors qu'on a un escroc à attraper, intervint Blackjack en me faisant signe de m'en aller avec ses pattes.

Je pris une grande inspiration et me dirigeai vers le fond du parking. Lorsque je me retournai, Val et son familier avaient tous les deux disparu.

21

Comme promis, le *Nuit Blanche* avait l'air horrible de l'extérieur, mais il était plutôt correct à l'intérieur. En voyant les briques abîmées qui avaient bien besoin d'un coup de Kärscher, je me retins de tourner le dos à cet endroit, consciente que c'était soit ça, soit dormir dans la rue.

Ma chambre avait une odeur puissante de javel et de savon noir. C'était plutôt bon signe. La première chose que je fis après m'être assurée qu'il n'y avait pas de cadavres cachés, de préservatifs usagés ou de sachets de drogue dans les coins, ce fut de prendre une longue douche chaude. Tandis que l'eau se déversait sur moi, je résistai à la tentation de me prélasser dessous, préférant réfléchir aux problèmes survenus dans la journée afin de les résoudre.

Même si j'étais reconnaissante à Val pour son argent et ses conseils, j'avais le sentiment qu'elle avait profité de la disparition de Grosmatou pour éviter de me dire ce qu'elle savait à propos des Haberdash. Je me reprochai de ne pas m'en être rendu compte plus tôt. Si ça se trouvait, elle était de mèche avec les kidnappeurs. Après tout, le traceur magique nous avait menés tout droit à son familier. Ce dernier était également resté seul avec Grosmatou suffisamment longtemps pour avoir pu le cacher quelque part. Pourquoi leur avais-je fait confiance, à Val et lui ?

Autre question qui me turlupinait : pourquoi n'avais-je jamais récupéré le numéro de Parker ? OK, je n'avais pas beaucoup de chemin à faire pour lui rendre visite, et vice-versa. Et nous ne nous connaissions que depuis quelques jours. Mais quand même.

Si je l'avais appelé maintenant, il m'aurait aidée. Au lieu de ça, j'étais désespérément seule et loin de chez nous, avec à ma disposition seulement la moitié de l'argent que Val m'avait donné. Je devais trouver le moyen de me sortir de là, et vite, parce que je ne pourrais jamais me payer une deuxième nuit ici.

Je me raccrochai à ce que je pouvais et je saisis le combiné du téléphone de l'hôtel pour contacter les renseignements.

— BAR À VOUS à Beech Grove, en Géorgie, je vous prie, demandai-je quand l'opératrice décrocha.

Elle me mit en relation tout de suite, mais la tonalité résonna en vain. Soit le propriétaire était trop occupé pour décrocher, soit il avait fermé pour la journée. C'était bien ma veine.

Je rappelai les renseignements et donnai à l'opératrice les noms d'autres magasins du centre-ville. Cette fois-ci, elle me confia une série de numéros, que je notai sur le carnet de l'hôtel. Je les contactai un à un, demandant à toutes les personnes que j'eus au bout du fil si elles connaissaient Parker Barnes, mais personne ne répondit par l'affirmative.

Étrange. Comment avait-il pu vivre à Beech Grove toute sa vie sans que personne ne se souvienne de lui ? On aurait dit qu'il était un fantôme.

Je me sentais en définitive encore plus mal qu'avant mes appels, parce que je commençais à perdre le mince espoir auquel je me raccrochais.

Je déchirai la page sur laquelle j'avais noté les numéros et la jetai à la poubelle, puis en pris une nouvelle et me lançai dans une autre liste. Celle-ci concernait les indices et incohérences que j'avais repérés jusqu'à présent.

Je commençai par marquer les personnes disparues. J'ignorais toujours le nombre de chats qui manquaient à l'appel, mais je me souvenais que Mungo et Lester avaient parlé de Percy, dans la ruelle. Je notai leurs noms, et ajoutai ceux de Melony et Grosmatou. Nous en étions à cinq personnes… euh, créatures… disparues.

Ensuite, je répertoriai les lieux. Il n'y avait, pour le moment, que BAR À VOUS et le parc animalier de l'Île Carvi. Oui, j'allais me rendre sur le continent le lendemain matin, mais je ne savais pas encore si c'était pertinent.

Les suspects incluaient Melony – je n'avais pas l'intention de l'épargner sous prétexte qu'elle avait disparu à son tour –, Val et Blackjack, ce Scavo dont ils parlaient, et même le grand-père de Melony. Après tout, Val avait fortement réagi à leur nom de famille.

C'était tout. Tout ce que je savais était condensé sur un seul bout de papier. *Soupir.*

Je fixai la feuille un long moment, espérant que les mots se réarrangent d'eux-mêmes et qu'il en jaillirait une sorte de révélation qui expliquerait tout. Rien de tel ne se produisit.

Frustrée, je pliai la liste et la fourrai dans ma poche.

À court de pistes, je me rendis dans le fast-food que j'avais croisé en me rendant au motel et je mangeai à en avoir mal au ventre. Je rapportai quelques cheeseburgers avec moi pour plus tard, puis je me couchai tôt afin d'être pleine d'énergie et d'attaque pour le lendemain matin.

22

Cette Angie Russo semblait être une institution, dans cette région pittoresque du bord de mer appelée Blueberry Bay. Je n'eus aucun problème à trouver quelqu'un, sur le ferry, en mesure de m'indiquer sa maison à Glendale. Et moi qui pensais que Beech Grove était une petite ville !

Même si la plupart des gens pensaient que la « Chuchoteuse, Détective Privée » autoproclamée était un peu perchée, ils l'aimaient bien.

— Sa grand-mère et elle ont organisé un grand gala de charité pour aider le refuge. Pas plus tard qu'hier soir, d'ailleurs, m'apprit une femme d'une dizaine d'années de plus que moi, lorsqu'elle m'entendit demander où je pouvais trouver madame Russo.

Quelques minutes plus tard, l'une de mes nouvelles amies du ferry m'annonça qu'elle se rendait dans la même direction que moi et qu'elle pouvait donc me déposer. Voilà comment je me retrouvai sous le porche d'un imposant manoir de la côte Est, peu après huit heures du matin.

Je frappai à la porte, et un aboiement aigu retentit des profondeurs de la maison. Il se rapprocha de plus en plus, accompagné d'un bruit de griffes, jusqu'à ce que la porte s'ouvre et qu'un minuscule animal en jaillisse pour m'accueillir.

Les aboiements se transformèrent en gémissements tandis que le chihuahua, presque entièrement noir, se dressait sur ses pattes arrière pour me donner des petits coups sur le tibia.

— Elle veut que vous la preniez dans vos bras, ma chère, déclara une femme de l'autre côté de l'embrasure.

Je saisis le chien agité et me redressai.

— Vous êtes Angie ? lui demandai-je.

Elle devait avoir au moins soixante-dix ans et portait un jogging moulant en velours rose.

Elle éclata de rire comme si je venais de raconter la meilleure blague du monde.

— Oh, Seigneur, non ! Moi, c'est sa grand-mère, et cette jeune fille dans vos bras, c'est ma Paisley. Angie dort toujours, elle s'est couchée tard, hier soir. Nous avons fait une sacrée fête. Souhaitez-vous repasser dans l'après-midi ?

Je caressai sans réfléchir la tête de la petite chienne qui tremblait dans mes bras.

— Hum. J'ai un gros problème, et plus j'attends, plus il s'aggrave, tentai-je d'expliquer maladroitement.

Qu'allais-je faire si elle me refoulait ? Où irais-je ensuite ?

La grand-mère pinça les lèvres.

— Je vois.

Je décidai d'aller droit au but, dans l'espoir de gagner sa sympathie, plutôt que de la mettre en colère et risquer qu'elle me renvoie.

— Est-ce vrai qu'elle sait parler aux animaux ?

La vieille femme acquiesça d'abord, puis se figea. Son visage se décomposa.

— Euh, je ne suis plus vraiment censée en parler.

Elle se mordit la lèvre. Nous restâmes un moment en silence, l'une en face de l'autre.

Le chihuahua continuait à frémir d'excitation.

— Que diriez-vous de patienter autour d'un thé ? me proposa-t-elle finalement.

Je hochai la tête et la suivis dans le salon. Un gros matou tigré se trouvait sur le canapé et me regardait avec scepticisme. Était-il capable de parler, comme les autres chats que j'avais rencontrés au cours de la semaine ? Était-il lui aussi une sorte de flic, d'espion ou de diplomate ? Difficile de voir en lui autre chose qu'un chat d'intérieur, vu son air décontracté et sa bedaine mal dissimulée.

Quand elle me vit dévisager le minou, elle rit.

— Oh, ne vous occupez pas d'Octo-Chat. Il est né énervé. Suivez-moi à la cuisine. Vous avez faim ? J'ai mis des scones à la vanille à cuire.

Mon ventre gargouilla à la perspective de me gaver de pâtisseries fraîches, et j'opinai avec enthousiasme.

La mamie d'Angie contourna une petite table pliante couverte de serviettes de table en boule et d'autres déchets.

— Désolée pour le bazar. Nous avons organisé un grand gala de charité hier soir et n'avons pas fini de nettoyer. Nous comptions nous en charger, puis il y a eu un cadavre et…

— Un cadavre? m'écriai-je, en reculant d'un pas pour mettre un peu de distance entre nous.

Je serrai la petite chienne dans mes bras en guise de bouclier. Cette vieille folle ne me ferait sans doute pas de mal tant que je tenais son animal de compagnie, n'est-ce pas?

Elle opina comme si de rien n'était.

— Oh, ne me regardez pas comme ça, ce n'est pas moi qui l'ai tué.

— Ce n'était peut-être pas une bonne idée, me plaignis-je, à deux doigts de quitter cette maison et de retourner en Géorgie en stop.

Je pouvais sans doute m'arrêter à New York chez mon éditrice et lui demander de m'aider à faire le reste du trajet.

Des pas retentirent derrière moi. Je me retournai et vis une grande femme aux cheveux blond foncé, vêtue d'un pyjama à pois.

— Bonjour, m'accueillit-elle avec un sourire amical. Qui est-ce, mamie?

— Elle ne m'a pas encore donné son nom, mais elle est venue pour toi, ma chérie, répondit la vieille femme en haussant les épaules.

— Pourquoi donne-t-elle l'impression d'avoir vu un fantôme ? *Mamie.*

Il y avait une pointe d'avertissement dans sa voix.

L'intéressée haussa à nouveau les épaules.

— Je la mettais juste au courant des événements d'hier soir, c'est tout.

— Combien de fois vais-je devoir te le dire ? Le meurtre, ce n'est pas un bon moyen pour briser la glace.

Sa grand-mère pouffa et alluma la bouilloire.

— Vous êtes Angie ? demandai-je.

Au moins, je me sentais un peu plus en sécurité, maintenant que je n'étais plus seule avec la grand-mère.

— Il paraît que vous pourriez m'aider. Je m'appelle Tawny. Je ne suis pas du coin.

Elle me décocha un grand sourire et écarta les bras en signe d'invitation.

— Oui, c'est moi. Allons nous installer dans le salon. Vous allez tout me raconter.

23

Angie se mit sur le canapé, à côté du chat. Il ne me resta plus que la bergère à oreilles non loin. Bien qu'un peu rigide, c'était plutôt confortable.

Je posai le chihuahua agité sur le sol, mais la chienne sauta sans tarder sur le fauteuil et se blottit contre ma cuisse.

— Vous avez une affaire pour moi ? demanda Angie, légèrement penchée en avant, intéressée.

Je hochai la tête tout en me demandant ce que je pouvais lui révéler.

— Oui. Ça concerne un chat disparu. Plusieurs, en réalité.

— C'est dans mes cordes, se vanta-t-elle, les yeux écarquillés sous l'effet de l'excitation. J'ai déjà retrouvé un chien. Celui du maire, à vrai dire. Et aussi mon chat. Qui est de retour, comme vous pouvez le voir.

Elle effleura le dos du chat tigré, qui tressaillit. Elle écarta sa main en vitesse comme si elle s'était brûlée et reporta son attention sur moi.

C'était peut-être mon imagination, mais Angie me paraissait un peu trop pressée de m'aider.

— C'est Val qui m'envoie. Elle m'a dit que vous parliez aux animaux, ajoutai-je en l'observant de près, afin de déterminer si la rumeur était vraie.

Elle ne me fit pas attendre longtemps. Elle rit si fort que son visage devint rouge.

— Quelle blagueuse, cette Val. D'ailleurs, je ne connais aucune Val.

Elle haussa les épaules et leva les yeux au ciel, surjouant tellement que j'eus la confirmation que la policière ne s'était pas trompée.

— Tout va bien, je ne raconterai votre secret à personne, lui promis-je, espérant la rassurer.

Je n'avais pas toute la journée pour la convaincre de m'aider.

— J'ai désespérément besoin de retrouver un chat en particulier. Il s'appelle monsieur Grosmatou.

Angie inclina tout à coup la tête et me dévisagea avec une intensité qui me mit mal à l'aise.

— C'est un nom peu commun.

J'opinai.

— Oui, c'est vrai. Pouvez-vous m'aider ?

Sa grand-mère apporta un plateau contenant les scones à la vanille susmentionnés et trois tasses de thé English Breakfast.

Le petit chihuahua câlin me quitta pour la rejoindre tout de suite.

— Qu'est-ce que j'ai manqué? demanda-t-elle en s'asseyant à côté de sa petite-fille. Une bonne nouvelle?

Angie semblait plus calme, maintenant que sa grand-mère s'était jointe à nous.

— Tawny essaie de localiser son chat qui a disparu. Monsieur Grosmatou, lui expliqua-t-elle.

Les yeux de sa mamie s'écarquillèrent.

— Ce n'est pas le chat qui t'a dit hier soir que...

— Mamie, tu sais bien que toute cette histoire de parler aux animaux, c'est juste une rumeur, la coupa sa petite-fille avec un sourire idiot en levant les yeux au ciel de manière exagérée.

Elle soutint le regard de sa grand-mère jusqu'à ce que celle-ci se détourne et avale une grande gorgée de thé.

— Nous avons organisé une soirée, hier soir, le Gala du Chat noir, poursuivit-elle. Notre but était de trouver des foyers aux chats noirs du refuge du coin et de lever des fonds. Il y avait bien un minou du nom de monsieur Grosmatou, qui se trouvait parmi les animaux à adopter.

— Mais comment?

Je plaçai mes deux mains autour de la tasse de thé et la serrai fort.

— Il a été enlevé hier après-midi. Et à Caraway Isand, en plus.

Cette information ne parut pas la perturber.

— Nous formons une seule petite communauté, tout autour de la baie. Il est tout à fait possible que le refuge de Glendale ait apporté quelques chats noirs provenant d'autres refuges de la région.

Je me levai.

— Ça veut donc dire qu'il est au refuge ? Je devrais y aller, non ?

Elle soupira et m'indiqua de me rasseoir.

— Non, il a été adopté.

— Adopté ! explosai-je. Non, non, non. Ce n'est pas possible. C'est mon chat, je dois vraiment le retrouver !

— Tout ira bien. S'il est à vous, je suis persuadée que les nouveaux propriétaires vous le rendront. Il faudra juste leur rembourser les frais d'adoption.

Angie attrapa un scone chaud et en avala une grosse bouchée.

— Il n'y a pas mort d'homme, approuva sa grand-mère.

— Mais où se trouvent les nouveaux propriétaires ?

Les refuges n'étaient-ils pas censés se renseigner sur les *anciens* avant de donner un chat ? Ils auraient au moins dû lui faire passer quelques examens de santé et étudier son tempérament. Quelque chose clochait.

— Je vais envoyer un petit message au refuge pour voir s'ils peuvent nous donner ça. Je suis sûre qu'étant donné les circonstances…

Elle sortit son portable de sa poche et tapa dessus bien plus vite que je n'en aurais été capable. Quelques instants plus tard, elle leva les yeux vers moi avec un sourire satisfait.

— Voilà. Nous devrions avoir des nouvelles bientôt.

— Buvez votre thé, en attendant, m'encouragea sa mamie en indiquant ma tasse que je serrais toujours avec force.

J'avalai une gorgée avec hésitation, puis une autre. Très vite, j'avais tout vidé.

— Oh, c'est bon ! s'exclama Angie en agitant son portable au-dessus de sa tête. Le refuge vient de répondre.

Je posai ma tasse sur le plateau et la vis se rembrunir.

— Oh, dit-elle simplement.

— Qu'y a-t-il, ma chérie ? demanda sa grand-mère avec insistance, m'épargnant la peine de poser la question.

— Monsieur Grosmatou a été placé dans un foyer sur Caraway Island, expliqua-t-elle, avec une expression curieuse sur le visage.

Évidemment.

On dirait que mon étrange voyage au pays de la magie venait de basculer dans le fantastique, et plus précisément dans *L'histoire sans fin* de Michael Ende.

24

Angie me reconduisit au ferry et se gara pour l'attendre avec moi.

— Ce n'est pas vrai, vous savez.

— Hmm ? demandai-je, les yeux fixés sur l'horizon.

— Que je peux parler aux animaux. C'est de la folie, n'est-ce pas ?

Elle me transperçait du regard. J'en sentais l'intensité même si je n'étais pas tournée vers elle.

— Oui, totalement, confirmai-je avec un faux sourire aux lèvres.

— Je comprends très bien leur langage corporel, voilà tout. Apparemment, ça fait de moi la femme qui murmure à l'oreille des animaux.

Elle lâcha un rire gêné, et je me joignis à elle par politesse. L'attente allait être longue. J'ignorais les fréquences de passage du ferry. Avec la chance que j'avais, nous allions nous retrouver à poireauter toute la journée. Je regrettais pour la énième fois ce jour-là de ne pas avoir Grosmatou sous la main et sa capacité à nous transporter d'un endroit à l'autre à une vitesse record.

— Bon, quelle est votre histoire, Tawny? Les cheveux roses et les vêtements noirs font forte impression. Qu'essayez-vous de dire au monde?

Sérieux, comme si elle pouvait me juger. Avant de partir, elle avait troqué son pyjama à pois contre un legging et un pull au col lâche. Même sans être une grande fashionista, je savais dans quelle décennie nous vivions, moi, au moins.

— Ma robe est violet foncé, plutôt comme les mûres que véritablement noire, rectifiai-je, en gardant le reste de mes pensées pour moi.

— Mais quand même, pourquoi portez-vous autant de bijoux? Ça ressemble à un costume.

Elle m'adressa un sourire niais pour atténuer la pique.

Elle avait au moins raison sur un point. J'avais longtemps hésité à laisser les tonnes de bijoux au motel. J'avais finalement décidé de les prendre avec moi, pour m'éviter la colère de Connie. Elle avait beau affirmer qu'elle se nourrissait d'argent et non de sang, je ne voulais courir aucun risque.

Cela dit, si Angie s'en tenait à sa couverture pourrie, je pouvais faire de même. J'en avais trop dit à Blackjack et Val, mais je n'allais pas commettre la même erreur deux fois.

— Je suis voyante, expliquai-je en lui décochant un grand sourire de mon cru.

Elle parut un peu surprise.

— C'est cool. Vous pouvez prédire l'avenir et tout ça ?

Je secouai la tête.

— Pas vraiment. Je suis juste douée pour déduire les indices d'après le langage corporel des gens et leur dire ce qu'ils veulent entendre.

— Oh, donc on est un peu pareilles ? s'étonna-t-elle, avec un rire puéril.

— Oui.

Toutes les deux des menteuses aux couvertures merdiques.

— Je savais que vous ne pouviez pas *vraiment* prédire l'avenir, commenta-t-elle au bout d'un moment.

J'acquiesçai en silence.

Le ferry arriva peu après, me libérant de ses tentatives maladroites pour engager la conversation.

Le soulagement m'envahit, jusqu'à ce qu'un événement terrible et inattendu se produise…

— Je vous accompagne, m'informa-t-elle alors que je tendais la main vers la poignée.

Avant que je puisse protester, elle gara sa voiture dans la file d'attente pour l'embarquement. Bon. Mon enquête avancerait plus vite avec une escorte à roulettes. Et puis, Angie ne pouvait pas rendre la situation plus gênante qu'elle ne l'était déjà… n'est-ce pas ?

— Alors comme ça, vous aimez résoudre des mystères, c'est ça ? demandai-je.

J'avais décidé de lui faire confiance, malgré mes hésitations. C'était dire l'ampleur de mon désespoir.

Elle me décocha son plus grand sourire.

— Oui, c'est vrai. C'est mon métier. Vous voulez m'engager officiellement pour travailler sur votre affaire ?

— Je n'ai pas d'argent pour le moment. Je pourrais vous en donner une fois que nous aurons résolu cette histoire, mais...

Je haussai les épaules.

— Je ne peux pas vous demander de travailler gratuitement.

— Oh, si, si, vous pouvez. Je travaille gratuitement quasiment tout le temps. Le fonds fiduciaire de mon chat paie toutes nos factures, et même plus. Et puis, j'ai besoin d'expérience pour ne pas rouiller.

Eh bien, voilà qui était bizarre.

— Donc, vous voulez m'aider ? demandai-je, surprise, en haussant les sourcils.

Elle agita la tête de haut en bas.

— Si vous me le permettez.

— Dans ce cas...

Je sortis de ma poche la liste que j'avais réalisée la veille et la lui tendis.

— Voilà toutes les informations dont je dispose à l'heure actuelle.

Angie étudia le papier, les sourcils froncés, plongée dans ses pensées.

— Tant de gens ont disparu et vous enquêtez avec votre chat ?

— Oh, non. Juste une personne. Melony.

J'indiquai son nom pour étayer mon propos.

— Les autres, ce sont des chats.

— Et c'est quoi le reste ?

— Des suspects et des lieux importants.

— BAR À VOUS ? demanda-t-elle, amusée.

— C'est le nom d'un poissonnier de ma commune. En Géorgie.

— En Géorgie ? s'exclama-t-elle en me rendant ma liste. Qu'est-ce que vous faites si loin ? Vous pensez vraiment que quelqu'un a kidnappé vos chats et les a transportés à vingt heures de route jusqu'ici ?

Je la contemplai, admirative. Elle n'était peut-être pas aussi incapable qu'elle en avait l'air.

— Comment vous avez fait pour estimer si vite la durée du trajet ? Même moi, je ne le savais pas.

— Mon cousin habite en Géorgie, répondit-elle avec un sourire distrait. Dans la région de Peach Plains. Vous connaissez ?

— Euh, oui, c'est aussi là que je vis.

Une nouvelle lueur s'alluma dans ses yeux.

— À Larkhaven ?

— Non, à Beech Grove.

Et l'étincelle fut soufflée en un instant.

— Oh, murmura-t-elle.

— Oh, répétai-je.

Angie ne me parla plus pendant le reste du trajet, prouvant que, si, elle pouvait rendre la situation encore plus gênante qu'elle ne l'était déjà.

25

Dès que le ferry eut accosté, Angie se rendit tout droit à l'adresse des adoptants que le refuge lui avait envoyée par e-mail.

Ou du moins, elle essaya.

— Hum, j'ai dû la rater. Regardez bien les numéros et cherchez le 748, marmonna-t-elle en roulant lentement dans la rue bordée de maisons.

Nous observâmes toutes les deux avec attention, mais les numéros passaient du 743 au 752 directement. Ce n'était pas bon signe.

— Quelqu'un a donné une fausse adresse ? Qui ferait ce genre de chose ? fulmina-t-elle en frappant son volant.

— Quelqu'un qui ne veut pas qu'on le trouve.

Elle se gara contre le trottoir et grogna de frustration.

Il se passait quelque chose, ici. Quelque chose d'énorme. Ma nouvelle acolyte à moitié énervée et moi serions-nous de taille à y mettre un terme ?

— Attendez ici, lança-t-elle en détachant sa ceinture. Je reviens tout de suite.

Elle se dirigea vers un jardin à quelques maisons de là et se pencha pour discuter avec un corgi qui prenait le soleil dans l'herbe. Cela ne pouvait pas être le même corgi que la veille au parc… n'est-ce pas ?

Elle s'accroupit près de lui, dos à moi. Malgré tout, il était évident qu'elle était en train de lui parler.

Ils discutèrent plusieurs minutes, puis la porte de la maison s'ouvrit et sous le porche apparut une silhouette familière. C'était l'homme du parc qui pensait que j'avais besoin de consulter un psy.

Je bondis hors de la voiture et me précipitai vers eux pour excuser notre impolitesse.

— Encore vous, lança le propriétaire du corgi en me repérant.

— Oui. Bonjour. Vous vous souvenez du chat qui était avec moi hier ? Il a disparu, et mon amie m'aide à le chercher.

Il croisa les bras et nous regarda de haut.

— En pénétrant illégalement dans mon jardin ?

— N… Non, balbutiai-je, en reculant d'un pas. Désolée. Elle adore les animaux, voilà tout. Elle a vu votre adorable chien et voulait juste le saluer.

Angie prit enfin conscience de la situation et décida de m'aider. Elle se releva.

— J'adore les corgis et leur petite tête en forme de cœur. J'envisageais d'en adopter un, mais je voulais me renseigner un peu plus avant. Vous recommanderiez cette race à un ami ?

— Je vous recommanderais surtout de sortir de chez moi ! grommela l'homme en la fusillant du regard. Viens, Baron. On rentre !

Le chien courait étonnamment vite, pour un animal aussi court sur pattes. Il se précipita à l'intérieur, et l'homme claqua la porte.

— Malpoli, commenta Angie, une moue aux lèvres, tandis que nous revenions à la voiture.

— Qu'est-ce que Baron vous a dit ? demandai-je une fois que nous fûmes de retour à l'intérieur. Avec son langage corporel, bien sûr.

— Oh, c'est vrai.

Elle se laissa tomber contre l'appuie-tête et ferma les yeux. Je crus pendant un moment qu'elle ne me répondrait pas.

— Il a vu beaucoup de personnes étranges dans le coin, ces derniers jours. D'abord un homme grand, puis un chat, puis nous.

Grosmatou ! Peut-être que l'adresse incorrecte n'était qu'une bourde et qu'il était toujours dans le coin.

— C'était un chat noir avec une tache blanche ? demandai-je avec empressement, en me redressant.

— Non, je crois qu'il a parlé d'un chat écaille de tortue. Euh… c'est en tout cas comme ça que je l'ai interprété.

Pas étonnant que tant de rumeurs circulent sur cette nana. Elle était très nulle pour cacher son secret.

Mais ça, c'était son problème. J'avais bien d'autres sujets d'inquiétude plus urgents et importants. Oh oui, j'étais inquiète.

— Est-ce qu'on peut tourner un peu dans le coin ?

Mon moral chutait plus vite que... eh bien... quelque chose qui chute incroyablement vite.

— Oui, bien sûr.

Elle ralluma la voiture et effectua des tours dans le quartier, prenant soin d'éviter la maison du méchant propriétaire du corgi.

Elle entreprit ensuite de serpenter dans les rues avoisinantes, et nous ne parlions toujours pas. J'étais sur le point de perdre tout espoir quand...

— Angie, arrêtez la voiture ! hurlai-je à pleins poumons.

Nous nous immobilisâmes d'un coup, et ma ceinture se tendit, s'enfonçant dans ma cage thoracique.

— Qu'est-ce qui se passe ? demanda-t-elle en regardant autour d'elle pour trouver la réponse.

Mais j'étais déjà sortie de la voiture en courant.

26

Je sautai droit dans les bras de Parker, et nous trébuchâmes à cause de la collision à grande vitesse.

— Tu m'as trouvée ! m'écriai-je – sanglotai-je, plutôt – sous l'effet du soulagement.

— Tu es une femme difficile à trouver, Tawny Bigford, murmura-t-il.

Il essuya une larme sur ma joue.

— Je suis tellement content que tu ailles bien.

— Comment as-tu su que j'étais là ?

Je plongeai mon regard dans ses magnifiques yeux gris en me demandant si c'était le bon moment pour ce premier baiser que nous attendions tous les deux.

— Quand j'ai compris que Melony, Grosmatou et toi aviez disparu, j'ai paniqué. Je ne l'ai su qu'en passant dans l'après-midi prendre de tes nouvelles. Je n'arrivais pas à te trouver, ni Melony, donc j'ai tenté de joindre monsieur Grosmatou, mais il n'était nulle part lui aussi et personne ne savait rien. Alors, j'ai passé tous les papiers du patron au peigne fin, puisqu'il note tout, et j'ai trouvé la signature magique du traceur de Melony. Ça m'a conduit à une sorte de…

— Parc pour animaux, terminai-je à sa place.

— Oui.

Il m'adressa un sourire faible, puis trébucha. Je le retins par le bras.

— Hé, qu'est-ce qui ne va pas ?

Il bâilla et chancela.

— Je me sens éreinté. Comme si je n'avais pas dormi depuis des jours. C'est bizarre.

— Tu es blessé ?

Je le scrutai à la recherche de sang. La téléportation était peut-être plus dangereuse que Grosmatou ne l'avait laissé supposer.

— Je crois…

Il se tut et prit une grande inspiration.

— Je crois que comme je suis le sorcier communal, je ne peux pas rester loin de la ville. Ma magie…

Il leva la main et, d'un geste du poignet, fit apparaître une petite flamme au bout de ses doigts, qui crépita et disparut.

— Je crois que c'était la dernière étincelle de magie, déclara-t-il, avant de s'affaler contre moi.

— Il faut qu'on te ramène là-bas !

Je posai son bras sur mon épaule et me dirigeai vers la voiture. Angie se tenait devant, les yeux écarquillés.

— On doit l'aider, lui criai-je en tentant de faire avancer Parker, qui résista.

— Je ne peux pas partir sans Grosmatou. Sans le Diplomate, l'agence n'existe plus.

Angie fronça les sourcils et secoua la tête.

— De quoi est-ce qu'il parle, Tawny ? C'est quoi ce tour de passe-passe qu'il a fait avec la lumière ?

— C'est une de tes amies ? me demanda Parker d'une voix sifflante en tournant la tête d'un geste brusque, presque douloureux.

— En quelque sorte, murmurai-je, pour qu'il soit le seul à m'entendre. Elle m'aide à retrouver Grosmatou.

— Pourquoi est-ce que vous parliez de magie, tous les deux ? nous interpella-t-elle avec un rire gêné. Enfin, ça n'existe pas.

J'échangeai un regard inquiet avec Parker.

— N'est-ce pas ? ajouta Angie en couinant.

Elle posa la main sur sa poitrine, comme pour s'assurer que son cœur battait toujours dedans.

— On doit effacer sa mémoire, déclara Parker d'une voix rauque.

Il lâcha mon épaule, leva les deux bras au ciel et grogna.

Angie recula.

— Bon, les gars, je ne sais pas à quoi vous jouez, mais ce n'est pas drôle.

— Ça ne fonctionne pas, se plaignit Parker, dont les genoux cédèrent sous l'effet de l'épuisement. Je n'ai plus de carburant.

— On va retrouver Grosmatou, il se chargera de tout, décidai-je tout haut en l'aidant à se relever.

Angie ouvrit sa portière.

— Eh bien, il est temps que j'y aille. Ne vous en faites pas pour mes honoraires. Byyyyye !

Je saisis ma chance. Je lâchai Parker, espérant qu'il pouvait rester debout tout seul, et bondis vers la portière passager. Je me jetai sur le siège.

— N'importe quoi, nous aurons bientôt votre argent. Encore un peu de patience.

Parker se dirigea en titubant vers la voiture, comme une sorte de vieux zombie à la peau rose, et je laissai ma portière ouverte, afin qu'Angie soit moins encline à partir sans lui.

Elle poussa un long soupir et posa le front sur le volant.

— Je croise des meurtriers, des escrocs et tout un tas de malfaiteurs sans arrêt, mais je n'ai jamais été aussi effrayée. S'il vous plaît, laissez-moi rentrer chez moi et faites comme si je n'avais rien vu ni entendu. Je ne le dirai à personne, je vous le jure.

— Aidez-nous, je vous en prie, la suppliai-je, consciente du service que je lui demandais. Vous avez un chat, vous aussi. À ma place, vous feriez tout pour le récupérer, non ?

Elle leva la tête et m'observa avec circonspection. Des larmes brillaient dans ses yeux. Je m'en voulais de l'entraîner là-dedans. Après tout, j'avais été à sa place quelques jours plus tôt à peine. Mais nous avions besoin d'elle. J'étais incapable d'avancer vite avec Parker, et je ne pouvais pas le laisser sur place alors qu'il était venu jusqu'ici pour me retrouver.

— On vous protégera, je vous le promets, lui assurai-je, espérant plus que tout qu'elle me croie. Tout ira bien, et vous obtiendrez un gros chèque à la fin pour le dérangement.

Elle soupira et alors que je pensais qu'elle allait me chasser de sa voiture et faire comme si je ne l'avais jamais rencontrée, elle sourit, attrapa le volant à deux mains et se tourna vers moi.

— D'accord, allons-y.

27

Dès que Parker eut rejoint tant bien que mal la banquette arrière, nous parcourûmes une fois de plus les quartiers et différentes rues de l'Île Carvi. Même si je n'aimais pas le fait d'être si loin de chez moi, au moins, la zone de recherches était limitée, sur cette petite île.

Pendant qu'Angie conduisait, je tendis à Parker la liste que j'avais rédigée à l'hôtel afin de l'aider à rattraper le temps perdu, bien qu'il n'y ait pas grand-chose à rattraper.

— Je peux ajouter quelques éléments, déclara-t-il après l'avoir étudiée un moment. Sans magie et quasi sans force, je ne suis pas un atout pour cette mission, mais mon cerveau fonctionne encore plutôt bien. Pour commencer, je ne connais pas cette Val ni ce Blackjack, mais ils ont raison, Scavo est de retour.

Je secouai la tête, incrédule, tandis que le paysage défilait lentement sous nos yeux.

— Mais monsieur Grosmatou a dit qu'il était mort il y a quelques années, lui rappelai-je.

— Son corps est mort, oui, mais Scavo s'est enfoncé dans une magie tellement noire et profonde qu'il a déjà réussi à arranger son retour avant de « mourir paisiblement dans son sommeil », conclut-il en mimant les guillemets.

Angie écrasa la pédale de frein et nous fîmes une embardée.

— D-d-désolée, balbutia-t-elle. Continuez.

— Donc, il est de retour, mais avec une apparence différente ? demandai-je afin de revenir sur le sujet qui nous préoccupait.

— C'est notre théorie. Nous pensons qu'il a pris un nouveau nom, mais conservé de vieux contacts.

Hmm. Tout comme Angie, cette nouvelle révélation sur les prouesses de la magie me filait les chocottes.

— Pourquoi n'est-il pas simplement devenu un vampire ? m'étonnai-je, en me souvenant de ma conversation avec Connie.

— D'une, parce qu'il n'était pas un être magick, et parce qu'aucun Diplomate sain d'esprit ne lui offrirait une telle dose de pouvoir. On dirait que tu as bien discuté avec Connie pendant ton relooking.

Parker lâcha un rire faible. Est-ce que son état empirait tant qu'il restait loin de Beech Grove ? Bon sang, je ne l'espérais pas.

Je devais le faire parler, pour le cas où cette disparition de magie fonctionnait comme une commotion cérébrale. Je ne voulais pas courir le risque qu'il s'endorme et ne se réveille jamais.

— OK, donc Scavo est de retour et peut-être mêlé à tout ça. Mais comment as-tu su pour son retour et pas Grosmatou ?

Comme il mettait du temps à répondre, je me retournai et le vis la tête en arrière sur son siège, les yeux fermés.

— Parker ! criai-je en secouant son genou.

Ses paupières papillotèrent et il tenta de se redresser sur la banquette.

— Exact. Grosmatou n'est pas au courant, parce que c'est très récent. On l'a appris juste avant que je quitte mon poste d'agent de liaison des forces de l'ordre et que j'endosse le rôle de Sorcier communal.

Je me retournai vers l'avant et cherchai son regard via le rétroviseur.

— Mais tu n'aurais pas dû en informer Grosmatou ? Puisque c'est ton patron ? insistai-je.

Ce Scavo était une vraie bonne piste, mais nous ne savions pas à quoi il ressemblait de nos jours et je n'avais aucun moyen de contacter Val ou Blackjack pour leur demander leur aide.

— Je lui ai fait un rapport, mais il n'a pas encore dû le lire. Il y a trop de paperasse, tout le temps. La bureaucratie dans toute sa splendeur.

Bien qu'à peine visible, son sourire avait au moins le mérite d'être présent.

— Je ne savais pas qu'il était actif à Blueberry Bay et non à Boston, mais c'est logique.

— Qu'est-ce que tu peux me dire d'autre ?

Cette nouvelle information s'emboîtait bien dans le puzzle,

sans résoudre entièrement celui-ci. Entre Parker malade et Angie effrayée, nous étions en plus mauvaise posture qu'au début de cette enquête.

— Parker ? insistai-je, comme il mettait du temps à répondre.

— Je réfléchis. Je veux faire les choses comme il faut.

— D'accord.

J'attendis de longues minutes qu'il mette de l'ordre dans ses pensées. Pendant tout ce temps, je ne le quittai pas des yeux dans le rétroviseur pour m'assurer qu'il ne se rendormait pas.

Quand il reprit la parole, il bafouillait un peu.

— Cinq agents de terrain ont été enlevés avant les derniers événements. L'un d'eux était Percy, comme tu l'as noté. Les autres s'appelaient Cricket, Harry, Darjeeling et Bill.

À ma grande surprise, Angie prit part à la conversation.

— Est-ce qu'il y avait un chat tricolore dans le lot ?

— Oui, répondit Parker. Percy. Pourquoi ?

Elle ralentit la voiture, se gara et se tourna vers lui.

— On a rencontré un corgi tout à l'heure qui m'a parlé de plusieurs inconnus qui étaient récemment passés dans le coin. Je présume que vous êtes l'homme qu'il a mentionné, puis il y a nous, et en dehors de ça, il a parlé d'un chat écaille de tortue. Comme celui devant lequel nous venons de passer.

— Vous pouvez parler aux animaux ? s'étonna Parker, qui leva un sourcil avec effort.

— Après tout ce que vous avez raconté sur les réseaux criminels magiques et les conspirations, mon secret ne paraît plus si étrange que ça, avoua-t-elle lentement, comme s'il fallait lui arracher les mots tout de même.

— Il vient par ici, annonçai-je en voyant le chat en question s'approcher de notre voiture. Parker, baisse-toi.

Il s'écroula sur le côté, visiblement soulagé de ne plus avoir d'effort à faire pour rester droit.

J'attendis que le chat se soit éloigné, évitant soigneusement son regard pour ne pas éveiller ses soupçons.

— Maintenant, regarde, murmurai-je à l'intention de Parker. C'est Percy ?

Il se redressa avec peine, réussit enfin à attraper l'arrière de mon siège avec le peu de force qu'il lui restait dans les bras.

— Oui, aucun doute, confirma-t-il après un rapide coup d'œil par la fenêtre.

Bingo ! Enfin une piste solide.

— Suivez le chat ! ordonnai-je à Angie.

L'excitation montait en moi. Nous n'arrivions pas trop tard pour arranger les choses, et si mon intuition était bonne, Percy nous conduirait à nos disparus… félins et humaine.

28

Parker nous mena à une maison en briques de style colonial, avec un panneau dans le jardin annonçant une procédure de saisie. J'ignorais comment il avait pu ne pas remarquer que nous le suivions. Peut-être était-il trop concentré sur la route pour prendre la peine de regarder derrière lui.

Il disparut à l'intérieur du bâtiment, Angie se gara le long du trottoir et nous sortîmes sans un bruit. Je me dirigeai vers la porte d'entrée et me retournai. Je constatai que j'étais seule.

— Les gars, grommelai-je en les rejoignant à la limite de la propriété. Qu'est-ce que vous faites? On doit voir ce qu'il y a dedans!

— On ne peut pas entrer. C'est protégé contre la magie, m'expliqua Parker, comme si c'était normal et banal.

Peut-être que ça l'était, pour lui.

— Mais je n'ai pas de pouvoir magique, et je ne peux pas franchir cette ligne non plus, argumenta Angie, qui tenta de franchir, en vain, le mur invisible.

— Vous pouvez parler aux animaux. Ce n'est pas un pouvoir magique, ça ? souligna Parker en s'asseyant par terre.

Elle se rembrunit.

— Oh.

— On dirait que tu es toute seule, sur ce coup-là, me dit Parker, qui leva les pouces sans grande conviction depuis son trottoir. Tu vas t'en sortir ?

— Pas le choix, répliquai-je en rassemblant mon courage. Je suis notre dernier espoir.

— Tu peux le faire ! m'encouragea Angie avec un petit cri. Tu as fait tout ce chemin depuis la Géorgie. Tu ne peux pas échouer si près du but.

J'acquiesçai et me dirigeai à nouveau vers la porte. À ma grande surprise, elle n'était pas fermée à clé. Il n'y avait plus le moindre meuble ni électroménager au rez-de-chaussée. Rien de particulier ne me sauta aux yeux, mais les protections à l'extérieur étaient une preuve suffisante que j'allais trouver quelque chose, tant que je ne cessais pas mes recherches.

Après avoir exploré le salon, la cuisine et des w.c., je repérai deux escaliers, un montant et un descendant. Je choisis de commencer par l'étage supérieur. Lentement, je gravis les marches en priant pour passer inaperçue.

En haut, je débouchai dans un petit couloir avec deux portes de chaque côté. La première menait à une salle de bains. Contrairement au rez-de-chaussée, cet étage semblait totalement habitable. La douche possédait même un rideau au motif de smiley souriant jaune vif.

La deuxième porte révéla une petite bibliothèque. Ensuite, je trouvai une pièce vide. La dernière ne l'était pas du tout. Dans cette petite chambre aux murs roses et aux draps de princesse, une jeune femme aux cheveux noirs et maquillage prononcé dormait, dans un sommeil agité.

Je la reconnus tout de suite et me précipitai vers elle pour la réveiller.

— Melony ! Melony ! murmurai-je avec insistance.

Elle se frotta les yeux mollement, puis remarqua ma présence et se redressa d'un coup, comme sous l'effet de la peur.

— Qu'est-ce que tu fais là ?

— Et toi, qu'est-ce que tu fais là ? rétorquai-je en tirant sur les couvertures pour l'aider à sortir du lit.

— Je suis retenue en otage, qu'est-ce que tu crois ?

— Donc tu n'as pas kidnappé les chats ?

Même si Grosmatou me l'avait assuré, je n'avais pas vraiment cru en son innocence avant cet instant précis.

Elle se rembrunit, l'air offensée.

— Pourquoi j'aurais fait ça ?

— Tu disais que tu étais une otage ? Pourquoi ?

— C'est en rapport avec mon grand-père. Comme il n'a pas réussi à s'emparer du conseil, son patron s'est énervé. Il m'a enlevée pour être sûr que papi n'échoue pas, cette fois-ci.

— Échoue à quoi ?

Une crainte toute nouvelle me remontait l'échine.

— Il veut Grosmatou pour accomplir une sorte de rituel. Il a enlevé les autres chats pour l'attirer ici. Apparemment, il a juste saisi sa chance quand il m'a capturée, ce n'était pas prévu à l'origine.

J'ignorais d'où elle tenait toutes ces réponses, mais j'étais contente qu'elle les ait.

— Pourquoi est-ce qu'il a tant besoin de Grosmatou ?

Elle me dévisagea comme si la réponse était évidente.

— C'est l'un des plus puissants Diplomates au monde.

— Comment tu sais tout ça ?

Elle haussa les épaules.

— Les méchants aiment toujours révéler leurs plans ignobles avant de tuer tout le monde, non ? Donc ça doit être ça, je présume.

Je tirai à nouveau sur les couvertures, mais elle me les arracha des mains.

— On doit te sortir d'ici.

— Je ne peux pas quitter cet étage, il est protégé, m'informa-t-elle sur un ton monotone.

Avait-elle renoncé si peu de temps après sa capture ?

— Et comment on brise le sortilège ?

Melony grogna, agacée.

— Tu ne peux pas, tu ne possèdes pas de magie, tu t'en souviens ?

— Oui, c'est bien pour ça que j'ai pu rentrer et pas les autres.

— Intéressant. Eh bien, si tu es d'humeur pour une mission

suicide, Grosmatou est retenu au sous-sol jusqu'à ce que les préparatifs pour le rituel soient terminés.

— Quel rituel ? Non, ne me dis rien, je ne veux pas le savoir, tout compte fait. Mais est-ce que tu sais où sont les autres chats ?

Soit je restais à papoter toute la journée avec elle, soit je passais à l'action. J'avais perdu suffisamment de temps à parcourir Blueberry Bay d'un bout à l'autre.

— La plupart ont été placés dans des refuges du coin, puisqu'ils n'étaient plus d'aucune utilité. Un des hommes de main idiots a confié Grosmatou à un refuge par accident, lui aussi, sans se rendre compte de qui il était. D'après ce que j'en sais, ce type a été désintégré, depuis.

Elle rit avec amertume.

— Et Percy ? On vient de le voir dehors.

Son visage devint froid et tranchant.

— C'était leur infiltré. Il nous a tous trahis.

— Nous ? Ça veut dire que tu fais partie des gentils, désormais ?

Elle me lança un sourire diabolique.

— Je présume que oui. Mais je ne t'aime toujours pas. Même si on est du même côté, maintenant.

— Je ne t'aime pas non plus, répliquai-je, amusée.

— Oooh, trop de sentiments nunuches, commenta-t-elle en levant les yeux au ciel. Bon, arrête de me faire perdre mon temps et va au sous-sol. Tu vas soit sauver tout le monde, soit te faire tuer. Je parie sur la dernière hypothèse. Bonne chance quand même !

29

Voilà ce que je savais…

Melony était coincée à l'intérieur, et sans doute Grosmatou aussi, tandis que Parker et Angie étaient coincés à l'extérieur. J'étais la seule à pouvoir entrer et sortir de la maison, et c'était à mon statut de normale que je le devais. Ha, ils allaient pouvoir ravaler leur condescendance à mon égard, après ça !

Saisie d'une nouvelle assurance, je descendis au sous-sol. Il était miteux, en matériaux bruts et rempli de cartons. Je ne vis personne, et pas grand-chose non plus puisque l'endroit n'était éclairé que par une toute petite fenêtre.

— Il y a quelqu'un ? lançai-je dans l'obscurité.

Un *miaou* de douleur me répondit. Je me précipitai en direction du son et découvris une minuscule caisse noire entourée de boîtes empilées au-dessus et de chaque côté.

Je tentai d'ajuster ma vision pour confirmer ce que, ou plutôt qui j'avais devant moi.

— Monsieur Grosmatou ! m'écriai-je, oubliant un instant d'être discrète.

Il poussa un nouveau miaulement pitoyable juste au moment où un chat maigre tricolore bondissait vers moi. Percy !

Il feula et enfonça ses griffes dans mon flanc.

— Miaou ! Miaou ! s'exclama Grosmatou, paniqué.

Percy se redressa et me donna un autre coup de griffe. Une douleur aiguë me traversa la poitrine. Qu'est-ce que j'étais censée faire ? Pouvais-je réellement me battre contre un chat ? D'accord, il était clair que c'était un chat méchant, mais il restait plus petit que moi et…

AÏE !

Alors que je méditais certaines considérations éthiques, Percy m'avait donné un autre coup et il se préparait à m'attaquer à nouveau. Il allait me griffer à mort si je n'agissais pas vite.

— Miaou ! Miaou ! m'appela Grosmatou.

Je me tournai vers lui, et il leva les yeux vers les cartons au-dessus de sa caisse.

Oui ! D'accord !

J'en attrapai un et le vidai de son contenu. Cette fois-ci, quand Percy s'approcha de moi, je plaquai le carton sur lui et coinçai le chat dedans.

Il feula, cracha et se débattit contre sa prison, mais il ne parvint pas à se libérer. Sans cesser d'appuyer sur sa cage de fortune, je le poussai vers une pile de boîtes et les empilai au-dessus de la sienne. Avec un peu de chance, le grand méchant le relâcherait avant qu'il ne manque d'oxygène là-dedans... mais pas avant que je parvienne à délivrer les membres de mon équipe qu'il avait capturés. Qui aurait cru que je me démènerais pour sauver la vie de Melony quatre jours à peine après qu'elle avait tenté de mettre un terme à la mienne ?

Parfois, la vie était vraiment plus bizarre que la fiction. Surtout quand la magie s'en mêlait.

J'observai le piège pour m'assurer que Percy ne pouvait pas en sortir, puis je retournai vers Grosmatou et le libérai de sa prison.

— Venez, on doit faire vite.

Il miaula et secoua la tête.

— Arrêtez de faire des manières ! insistai-je.

Il grogna et se plaqua contre l'entrée de sa cage, et je compris qu'il y avait une nouvelle barrière magique. Pas étonnant qu'il ne se soit pas enfui plus tôt. Il ne pouvait pas se servir de sa magie dans sa prison ni en sortir. Cela expliquait aussi pourquoi il ne me parlait pas.

Toute cette installation avait pour vocation de tenir les magicks à distance, mais comme j'étais dépourvue de pouvoir, je devais pouvoir franchir la barrière sans problème. Et si j'essayais ?

Saisissant ma chance, je tendis la main dans la cage et saisis Grosmatou. Il se retrouva tout de suite dans mes bras. *Oui !*

Lors de notre vol de la veille, le fait de le tenir m'avait brièvement donné de sa magie. Donc, en le tenant à présent, j'avais pu lui transférer ma non-magie. Il était intéressant de constater que l'absence d'une chose était aussi une chose. Il fallait que je me penche là-dessus plus tard.

Je serrai Grosmatou contre moi et je courus pour sortir de la maison.

En me voyant arriver, Angie tapa dans ses mains avec excitation et sautilla sur place.

— Tu as réussi ! Tawny, tu as réussi ! dit Parker, encore trop faible pour m'offrir davantage que quelques mots et un sourire.

Je posai Grosmatou dans la rue et il s'empressa de se laver à grands coups de langue pour se débarrasser de mon contact.

Parker lui donna un petit coup de pied.

— Je n'en reviens pas d'avoir été sauvé par une intérimaire, cracha le chat autoritaire.

Parker lui lança un regard noir. Grosmatou ne le remarqua pas ou n'en avait royalement rien à cirer.

— C'est bon, ça va !

Je m'accordai quelques instants pour reprendre mon souffle. La suite n'allait pas être aussi facile.

— Je retourne chercher Melony.

Je me précipitai à l'intérieur de la maison et la découvris qui m'attendait en haut de l'escalier.

— Donc, tu n'es pas morte, à ce que je vois, commenta-t-elle, l'air légèrement amusée.

— Non. On va te sortir de là, maintenant.

Je me plaçai derrière elle et l'enlaçai à la taille.

— Hé, qu'est-ce que tu fais ? protesta-t-elle en tapant sur mes mains et mes bras.

— Je te sauve. Je dois te transférer ma non-magie par le toucher. Il n'y a que comme ça que tu pourras franchir la barrière, lui expliquai-je, le souffle coupé.

— Non, merci, je préfère rester prisonnière.

— Tu veux bien la fermer et m'accompagner ? lui criai-je dans l'oreille.

Elle soupira, frémit, mais ne se débattit pas quand j'enroulai une nouvelle fois mes bras autour d'elle.

C'est ainsi que nous entamâmes notre descente maladroite, trébuchant à plusieurs reprises alors que nous nous efforcions de bouger nos pieds en tandem.

— Je te déteste, me rappela Melony.

— Non, ce n'est pas vrai, répliquai-je, et elle ne prit pas la peine de protester.

30

Quand nous sortîmes de la maison toutes les deux, Grosmatou était toujours assis sur le trottoir à se laver soigneusement.

— Nous devrions partir avant que Percy se libère ou qu'un autre méchant revienne ici, suggérai-je, agacée.

— Percy? Se libérer? demanda Parker en haussant les sourcils.

— Oui, je l'ai coincé sous un carton. Mais il m'a donné une sacrée raclée avant.

Je soulevai mon tee-shirt pour montrer les marques rouges profondes et je grimaçai. Elles me faisaient encore plus mal, ainsi exposées à l'air libre.

— Grosmatou, appelle Greta, ordonna Parker d'une voix plus forte que depuis son arrivée.

— Je n'ai pas fini de me laver, rétorqua son patron en grognant.

Parker ne céda pas, cette fois-ci.

— Je m'en fiche. Tawny est blessée et a besoin de Greta.

— Euh, vous pourriez convoquer Connie, aussi ? demandai-je, ce qui me valut la colère du chat.

Grosmatou protesta d'un grognement imposant, mais il soupira ensuite et disparut dans un nuage rose scintillant.

— Waouh, commenta Angie, qui battait furieusement des paupières en observant l'endroit où se trouvait monsieur Grosmatou juste avant.

Et elle était toujours dans la même position, bouche bée, quand il revint avec l'ange et la vampire.

— Qui c'est ? demanda-t-il, ne remarquant apparemment sa présence que maintenant. Pas la peine de répondre, je m'en fiche.

Il tourna sur lui-même et tendit la patte vers elle.

— Mémoire effacée. Boum !

Angie chancela comme si elle avait bu un verre de trop. Ce qui était d'ailleurs la façon non magique d'effacer la mémoire de quelqu'un, maintenant que j'y pensais.

— Connie, donne-moi de l'argent, ordonnai-je, en pariant sur le fait qu'elle en avait sur elle, puisque c'était ainsi qu'elle se nourrissait.

— Je ne veux pas, annonça-t-elle sans ambages.

Les yeux de l'ange s'enflammèrent devant le refus de Connie.

— Mais tu vas le faire quand même, intervint-elle, contraignant la vampire à obéir.

Par chance, Angie semblait encore trop étourdie pour se rendre compte de quoi que ce soit. Elle avait besoin de dormir, comme je l'avais fait.

— Bien, grommela Connie, qui sortit une liasse de billets de son sac à main et me les tendit.

Sans prendre la peine de les compter, je les donnai tous à Angie.

— Je vous remercie de m'avoir aidée à retrouver mon chat perdu. Voilà votre argent, comme promis.

Elle l'accepta et retint son souffle.

— Mais il y a plus de mille dollars !

— Vous avez fait un super boulot, lui assurai-je en lui tapotant le dos. Maintenant que nous avons retrouvé monsieur Grosmatou, nous allons pouvoir tous rentrer chez nous.

— Oh, d'accord. Ravie d'avoir terminé.

Elle me serra la main, jeta un coup d'œil aux autres, puis rejoignit sa voiture.

Nous lui adressâmes de grands gestes jusqu'à ce qu'elle disparaisse.

— S'il vous plaît, faites ce qu'il faut pour qu'elle rentre chez elle saine et sauve, marmonnai-je, les dents serrées sans cesser de sourire et d'agiter le bras.

— C'est déjà fait, déclara Greta en me décochant un clin d'œil.

C'était bien évidemment l'ange qui jouait les protectrices de notre complice humaine, même si elle venait juste d'arriver sur place.

— Tawny est blessée, annonça tout à coup Parker.

Je soulevai mon haut, et Greta fronça les sourcils en examinant les entailles.

— Oh, par les cieux, marmonna-t-elle.

Elle posa sa main chaude dessus.

La chaleur s'amplifia sous sa paume. La lumière incandescente de son armure d'ange partit de son cœur, descendit le long de son bras et pénétra dans mon flanc. Greta y resta un moment, puis arrêta la lumière et enleva sa main.

Les coupures avaient disparu et elles avaient été remplacées par de la peau propre et lisse.

— Qu'est-ce qu'on fait pour Scavo ? demandai-je. On ne peut pas le laisser s'en tirer.

— Qui est Scavo ? intervint Melony.

Cela me coupa dans mon élan.

— Ce n'est pas lui qui t'a enlevée ?

Elle haussa les épaules.

— Aucune idée. Il ne m'a jamais dit son nom.

— Eh bien, si c'est bien lui, je présume que Val et Blackjack s'en occuperont tôt ou tard, dis-je aux autres.

— Et sinon ? voulut savoir Melony.

— Dans ce cas, nous reviendrons, déclara monsieur Grosmatou, qui faisait les cent pas sur le trottoir. Ce n'est pas encore fini.

Melony opina.

— Mon papi est toujours dans la nature. Il ne renoncera pas facilement.

Je frémis sous l'effet d'une bourrasque fraîche.

— Rentrons à la maison, lança Parker en me tendant la main.

Je la pris, Greta saisit mon autre main, et Connie celle de l'ange.

— Retour au QG, ordonna Grosmatou, et le nuage rose scintillant nous enveloppa.

Je fermai les yeux et savourai cette magie. Quand je les rouvris, j'étais de retour dans la salle du conseil.

Grosmatou se tenait en bout de table, à sa place habituelle pour asseoir son pouvoir.

— Voilà qui résout l'affaire des chats disparus. Tawny, vous êtes renvoyée.

— Mais attendez, je…

— Renvoyée ! répéta-t-il plus fort.

Waouh, même pas un petit remerciement.

Je secouai la tête et sortis du bureau. Je ne m'étais jamais sentie aussi peu respectée auparavant.

— Tawny, attends ! me rappela Parker.

Je me tournai et l'attendis. Quand il me rattrapa, il m'enlaça entre ses bras puissants. Maintenant que nous étions de retour à Beech Grove, il avait retrouvé sa forme.

— Monsieur Grosmatou n'est pas doué pour les au revoir, mais moi, si.

Sur ces mots, il posa ses lèvres sur les miennes. Je me rendis soudain compte que ce moment partagé avec lui comportait une magie spéciale. De chauds bourdonnements me traversèrent et j'en eus le vertige.

Je pouffai.

— Si c'est de la part de Grosmatou, tu peux le reprendre.

— D'accord.

Il recommença à m'embrasser. Et encore une fois.

— Les phéromones ! cria Grosmatou au loin, mais nous ne lui accordâmes aucune attention, perdus dans cet instant tant attendu.

Même si j'ignorais toujours quoi penser de ce qui s'était passé ces derniers jours, j'aimais bien la personne que j'étais en train de devenir.

Intérimaire n'était peut-être pas le pire boulot au monde…

Et je voulais sans doute autre chose en plus.

VAMPIRE À LOUER

Il se passe quelque chose à la Paranormal Temp Agency, et je vais découvrir ce que c'est.

Pour mes deux dernières missions d'intérimaire, le patron félin, monsieur Grosmatou, a dû me forcer. Cette fois, je suis bien plus disposée à jouer à leur petit jeu. Il est grand temps que j'apprenne pourquoi ils m'ont tirée de ma vie ordinaire pour me jeter dans ce nouveau monde insensé rempli de dangers et de magie.

Mais ça ne va pas être facile. D'autant plus que la PTA m'ordonne d'aider la vampire de service Connie à enquêter sur un nouveau clan qui vient d'apparaître dans notre petite ville paisible de Beech Grove. Pour cette mission, ils m'accordent un statut de vampire temporaire... et tous les avantages et terribles inconvénients qui vont avec.

Et le pire ? C'est que si je ne résous pas vite ce problème, je pourrais bien rester coincée dans ce rôle de monstre immortel pour toujours...

Mais c'est ce qui arrive quand on est vampire à mi-temps.

1

Je m'appelle Tawny Bigford. J'ai longtemps eu tendance à croire que la chose la plus intéressante à mon sujet, c'est que j'écris des romances à mi-temps qui me rapportent un maigre revenu… Mais ensuite, j'ai rencontré un petit chat noir qui a tout changé.

Son nom ? Monsieur Grosmatou.

Son rôle ? Diplomate à la tête de la PTA du coin. C'est le sigle de la *Paranormal Temp Agency*, au fait, et non d'une toute autre organisation qui aurait malheureusement le même acronyme. Du genre, les parents d'élèves. Croyez-moi, j'ai une histoire sordide avec ces gens-là.

Tousse, tousse. Un ex infidèle.

Bref…

Alors que Grosmatou et moi venions juste de nous rencontrer et que je n'avais rien demandé, il m'a engagée comme intérimaire et forcée à travailler sur deux affaires au cours de la semaine écoulée. La dernière concernait plusieurs enlèvements qui nous avaient conduits jusqu'à une petite île dans le Maine, État très froid et pittoresque.

J'ai failli mourir au moins une fois, et sans doute plus, je vais donc vous paraître bizarre quand je vous dirai qu'il me tarde la prochaine mission.

Laissez-moi faire un petit récapitulatif pour que vous compreniez mieux les choix que j'ai faits.

La première chose que vous devez savoir, c'est que la magie existe. Pour de vrai !

Nous sommes tous nés avec, mais nous l'avons pour la plupart perdue en cours de route. J'ai eu un bref avant-goût de ce pouvoir spécial lors de ma première affaire, et depuis, je rêve de le retrouver.

Cela dit, bien que j'aie connaissance de la magie, je n'appartiens pas à leur communauté. Je suis une étrangère, une femme que les autres qualifient de « normale » sur un ton railleur. Les gens véritablement doués de magie sont appelés tout simplement des magicks. Et la PTA susmentionnée est une agence gouvernementale spéciale qui protège les intérêts du territoire de Peach Plains, dans l'État de Géorgie. Ce n'est que l'un des nombreux comités de ce genre de par le monde.

Sept membres permanents siègent au conseil. Toute autre personne dont ils ont besoin ne les rejoint que temporairement, sous le statut d'intérimaire.

Moi, par exemple.

En général, ils effacent la mémoire des intérimaires une fois que ceux-ci ont accompli leur mission, mais moi, je me souvenais de tout, pour le meilleur ou pour le pire.

Le grand patron, c'est Grosmatou, un chat noir bureaucrate. Il est accompagné du sorcier communal, rôle actuellement rempli par Parker Barnes, mon très sexy voisin. Je crois que nous sortons ensemble à présent, mais comme nous ne nous sommes plus embrassés depuis notre première fois une semaine plus tôt, qui sait…

Bref, en dehors de lui et de Grosmatou, il reste les cinq agents de liaison. Greta est un ange authentique qui supervise les Écoles. Connie est la vampire grincheuse en charge du Commerce. Il y a également Buckley à l'Agriculture et un vieux type en costume pour les Cimetières. Je ne sais presque rien sur eux deux.

Nous sommes censés avoir aussi un agent de liaison avec la police, mais ce poste est pour l'heure vacant, suite à une succession d'événements qu'il serait trop long d'expliquer ici…

Alors, à la place, nous avons une stagiaire qui a postulé elle-même pour être ce fameux agent, à condition qu'elle prouve qu'elle mérite ce boulot. Je ne nourris pas de grands espoirs à son sujet, étant donné qu'elle a tenté de me tuer… et failli réussir.

Oui, je ne suis pas sa plus grande fan, et le sentiment est réciproque.

Si vous m'aviez posé la question il y a une semaine, je vous aurais dit que je déteste la PTA et que je ne veux rien avoir à faire avec eux. Mais notre dernière affaire m'a fait prendre un virage à cent quatre-vingts.

Les autres me cachent quelque chose, quelque chose d'important, à mon sujet. Je n'arrêterai pas de chercher tant que je n'aurai pas obtenu quelques réponses.

La dernière fois, ils m'ont traînée jusqu'au quartier général de l'agence d'intérim paranormale contre mon gré. Cette fois, je vais me pointer sur leur perron et exiger leur attention.

Nos deux premières aventures m'avaient également appris une vérité bien plus prosaïque, à savoir qu'il était difficile de survivre dans ce monde sans voiture. Alors, envoyant mon empreinte carbone aux orties, j'avais utilisé mon dernier chèque de droits d'auteur pour m'acheter une berline âgée de dix ans afin de m'aider à aller d'un point A à un point B.

Lors des deux occasions où je m'étais rendue à la PTA, monsieur Grosmatou m'avait fait voler grâce à sa magie, mais j'aimais l'idée d'être seule responsable de mon moyen de transport cette fois-ci.

Et j'arrivai presque juste après avoir démarré, puisque les vieux bâtiments abritant le quartier général de l'agence ne se trouvaient qu'à quelques kilomètres du centre-ville de Beech Grove.

On ne distinguait rien à travers les vitres, une ruse pour éloigner les curieux. Que j'aie de la magie ou non, je faisais partie de leur monde, à présent. C'était du moins ce que je me répétai alors que je récupérais mes affaires soigneusement emballées et me dirigeais vers la porte d'entrée.

Comme elle était fermée, je frappai.

Personne ne me répondit, donc je pris un caillou et le lançai à travers la vitre. De minuscules éclats atterrirent partout, mais je m'en fichais. Je devais entrer, et en plus, ce n'était pas comme s'ils ne pouvaient pas réparer ma petite bêtise avec un peu de magie bien placée.

Ce que j'avais à dire était trop important pour que j'attende à l'extérieur. Avec un peu de chance, je trouverais quelqu'un disposé non seulement à écouter, mais aussi à parler.

Jusqu'à présent, j'étais leur pion. Désormais, j'étais prête à être une joueuse plus importante dans la partie…

Appelez-moi Tawny Parker.

2

Personne ne se précipita pour confondre l'auteure de cette violente intrusion. J'eus beau attendre de longues minutes inconfortables près de la porte, personne ne vint.

Hum. Je ne m'attendais pas à ça.

Je secouai la tête, pris une grande inspiration et m'enfonçai dans le bâtiment obscur. Tout d'abord, je vérifiai dans la salle de réunion au plafond vitré dans laquelle les membres du comité discutaient d'affaires importantes. Constatant qu'il n'y avait personne, je laissai le panier que j'avais préparé pour ma visite sur un coin de table et poursuivis mon exploration du bâtiment.

En passant devant le bureau de Connie, je ne parvins pas à retenir le frisson qui me parcourut l'échine. Même si par hasard elle était là, je n'avais pas envie de déranger la vampire à la tête du

Commerce. Elle avait affirmé qu'elle n'avait pas l'intention de me manger, d'accord, mais mieux valait ne prendre aucun risque.

J'accélérai l'allure dans le long couloir jusqu'à rejoindre la grande salle aux airs d'entrepôt dans laquelle monsieur Grosmatou m'avait emmenée pour démarrer mes deux précédentes missions. C'était là qu'il m'avait envoyé des éclairs de magie mortels pour tester mon instinct, lorsque j'avais été temporairement nommée sorcière communale. C'était aussi là qu'il m'avait confié la broche en argent spéciale qui m'avait conféré de la magie pour ma première mission et avait servi d'équipement de surveillance au cours de la deuxième.

— Ohé ? appelai-je avec hésitation avant d'entrer dans la pièce.

Seul le faible écho de ma voix me répondit, je décidai donc de m'enfoncer davantage.

Chaque fois que j'étais venue ici auparavant, Grosmatou m'avait placée au milieu de l'espace, puis il avait bondi jusqu'au plafond pour attraper la broche. Est-ce que ça voulait dire que c'était là que se trouvaient les autres objets magiques ?

Il n'y avait qu'une seule façon de le découvrir.

Avant que vous ne vous énerviez de me voir fouiner, je voudrais vous rappeler que c'était cette agence-là qui m'avait déjà mise en danger à deux reprises. Pour une raison que j'ignorais, ils m'avaient convaincue de les aider avec leur micmac magique, et maintenant, je voulais savoir pourquoi.

D'accord, la première fois que j'étais venue, c'était parce que j'étais tombée sur une scène de crime par inadvertance. C'était logique de me garder auprès d'eux le temps de démêler la situation.

Mais la seconde fois qu'ils m'avaient obligée à bosser pour eux? Il n'y avait aucune raison évidente expliquant qu'ils avaient besoin de moi spécifiquement. Pas au début. Ensuite, cependant, monsieur Grosmatou avait par accident laissé échapper quelques indices sous-entendant qu'il y aurait quelque chose de spécial chez moi. J'attendais encore que lui et les autres m'en parlent davantage.

D'une part, le patron félin avait été incapable de défaire le seul sort que j'avais réussi à lancer lors de mon bref passage en tant que sorcière communale. Il avait tenté de redonner à mes cheveux couleur chewing-gum leur teinte naturelle, mais il n'avait pas pu. Puis, alors que nous avions atterri dans le Maine au milieu de nulle part, il s'apprêtait à me dire quelque chose quand notre enquête était passée au premier plan.

J'avais accepté ce délai sans sourciller et m'étais concentrée sur notre mission, persuadée que quelqu'un nous expliquerait tout une fois que nous aurions sauvé la situation et ramené tout le monde sain et sauf à la maison.

Pas de chance.

Il ne s'était même pas passé trois jours entre ma première affectation et la deuxième.

Maintenant, cependant, près d'une semaine s'était écoulée depuis le boulot numéro deux, et personne ne s'était donné la peine de me contacter. Pas même Parker, qui vivait à quelques mètres de chez moi et se pointait autrefois sans prévenir.

Donc, que cachaient-ils tous ? Et, sans doute le plus important : pourquoi le cachaient-ils ?

Je cherchai dans l'entrepôt un objet assez solide pour supporter mon poids, mais assez léger pour le déplacer toute seule. *Rien.*

Pas du genre à me décourager, je retournai dans la salle du conseil et saisis un fauteuil. Cette solution ne me permettrait pas de regarder le plafond de très près, mais si je tendais les bras assez haut et que je balayais la zone avec la caméra de mon portable et sa lampe de poche, j'apercevrais peut-être quelque chose.

Satisfaite de mon plan, je positionnai la chaise à roulettes sous le panneau de plafond manquant au centre de l'entrepôt et montai lentement dessus, afin qu'elle ne roule pas plus loin. Perchée sur la pointe des pieds, j'aurais peut-être pu jeter un coup d'œil directement, mais je n'avais pas assez confiance en ma coordination pour tenter cette acrobatie. Surtout que j'étais seule, si par hasard je me faisais une commotion cérébrale.

Alors, je levai un bras, le téléphone à la main et le mode vidéo déjà enclenché, et tendis l'autre sur le côté pour m'aider à garder l'équilibre.

Avec une foule de précautions, je tournai lentement mon poignet pour être sûre de filmer autant que possible la zone sans pivoter la chaise, puis je baissai le portable et regardai l'enregistrement.

Dix secondes plus tard, je repérai un éclat d'argent. *Ma broche !*

Je n'eus pas le temps de terminer mon visionnage, quelque chose de lourd tomba d'en haut, me faisant basculer de la chaise et heurter le béton froid.

Aïe...

3

— Une intruse ! feula Grosmatou en me fusillant du regard depuis la chaise.

La condamnation était claire dans ses yeux dorés.

— Je suis désolée.

Je tentai de m'asseoir et gémis. J'avais tellement mal partout que je me contentai de rester allongée par terre, bras et jambes écartés.

— Personne ne m'a contactée la semaine dernière pour ma prochaine mission. Et personne n'a répondu quand j'ai frappé, alors…

Le chat remua sur la chaise et grogna tout bas.

— Donc vous avez cru pouvoir nous cambrioler ?

— N-n-non, balbutiai-je. Je cherchais juste des réponses, je vous le jure !

Monsieur Grosmatou leva le museau et souffla d'indignation.

— Vous n'étiez qu'une intérimaire, Tawny. Au passé. Il est temps de laisser tomber.

— Je sais que je suis différente.

J'aurais voulu paraître sérieuse, éclairée, voire un peu intimidante. Au lieu de ça, mes paroles sortirent dans un gémissement de douleur.

— Je sais que je suis différente, répétai-je, d'une voix un peu plus forte, cette fois. Et je sais que vous êtes au courant.

Le chat noir tressaillit, mais ce fut le seul signe trahissant l'impact de ma déclaration.

— Je me fiche de ce que vous pensez savoir. Vous n'avez pas été invitée et vous ne devriez pas être ici.

— Oh, c'est bon, j'ai saisi.

Je parvins enfin à rouler sur le flanc malgré ma douleur.

— Vous ne me voulez que quand vous avez besoin de moi.

Il rit sèchement.

— Vous n'y connaissez vraiment pas grand-chose au monde du travail, n'est-ce pas ? Ou aux chats.

— Ça n'a pas d'importance, rétorquai-je sèchement. Vous m'avez mise en danger deux fois et sans même me payer. La moindre des choses serait de me révéler ce que je suis.

Le chat agita la queue, agacé.

— Si vous pensez pouvoir me provoquer pour me faire dire ce que je n'ai pas envie de révéler, vous vous trompez.

Il était clair que je ne pouvais pas faire appel à la compassion du chat bureaucrate, donc je devais user du dernier tour dans ma manche.

— J'ai apporté du steak, annonçai-je avec un sourire fourbe.

Grosmatou renifla l'air.

— Du steak, vous avez dit ?

— Oui, et un bon morceau, en plus.

Je m'interrompis pour faire grimper son impatience.

— Du filet mignon, ça vous tente ?

Le chat noir tourna sur lui-même, excité, puis sauta de la chaise pour s'approcher de moi.

— Où est ce steak et pourquoi n'est-il toujours pas dans mon ventre ?

Un pot-de-vin bien placé était plus efficace qu'un peu de gentillesse. Intérieurement, je soupirai de soulagement. Extérieurement, je gardai un visage neutre.

— J'irai vous le chercher si vous acceptez de me dire ce que je veux savoir.

— Ou alors, je peux aller le récupérer moi-même, rétorqua-t-il avec mépris en soupesant ses options. Réfléchissez-y, vous êtes déjà coincée au sol. Tout ce qu'il me reste à faire, c'est trouver ce délicieux, délicieux steak tout seul.

Il renifla à nouveau l'air, les moustaches frémissantes, tandis qu'il se dirigeait vers la sortie.

— Attendez ! le rappelai-je avant qu'il me laisse seule. Bien mal acquis ne profite jamais, vous savez. Il n'aura pas aussi bon goût.

Le chat s'en décrocha la mâchoire.

— Est-ce vrai ?

Je haussai un sourcil.

— Vous êtes prêt à prendre le risque ?

Monsieur Grosmatou poussa un énorme soupir, avant d'agiter la patte dans ma direction. En un instant, ma douleur disparut comme si elle n'avait jamais été là.

Je m'appuyai à deux mains contre le béton et me relevai, puis j'indiquai au chat autoritaire de me suivre jusqu'à la salle de réunion, où j'avais laissé mon colis soigneusement emballé. À l'intérieur se trouvaient sept boîtes Tupperware remplies de filets mignons frais. Oui, je m'étais surpassée, pour le cas où j'étais tombée sur le conseil en pleine réunion et que j'avais dû les convaincre tous. D'accord, j'ignorais ce que mangeait Connie étant donné que c'était une vampire. Et je n'avais pas compté Melony dans les personnes à soudoyer, puisque son statut était à peine préférable à celui d'intérimaire.

Comme je n'avais que Grosmatou à convaincre, ça en faisait un pot-de-vin très cher par rapport au nombre de personnes concernées, mais je n'avais pas voulu prendre le risque de manquer cette information capitale. Si ce n'était pas une question de vie ou de mort, pourquoi se donnerait-il tant de peine pour garder le secret ?

— Les réponses d'abord, le steak ensuite, dis-je au chat qui bavait presque sur la table de réunion où il s'était perché.

— Le steak d'abord, les réponses ensuite, contra-t-il, en articulant encore plus mal que d'habitude, tant il était concentré sur sa gourmandise.

Bon, à cheval donné, on ne regardait pas les dents, n'est-ce pas ? Je soupirai.

— Promis ?

— Oui, oui, et c'est une promesse liée par la magie. Maintenant, filez-moi la bonne viande.

J'acquiesçai, ouvris la première boîte et la poussai vers lui. Heureusement que j'avais déjà prédécoupé les filets, sinon, je serais restée beaucoup plus longtemps à le regarder dévorer ces morceaux de choix achetés grâce à mes derniers droits d'auteur.

Lorsque monsieur Grosmatou eut terminé, il se lécha les babines et ferma les paupières, ravi.

— Alors? lançai-je, comme rien n'indiquait qu'il allait respecter sa part du marché. C'est votre tour. Dites-moi en quoi je suis différente.

— Ah oui, ça, répondit-il en me décochant un clin d'œil. J'ai promis de vous donner des réponses après le steak, mais je n'ai pas dit sous quelle échéance. Vous allez devoir attendre.

Il descendit de la table et s'éloigna dans le couloir au petit trot, en se moquant ouvertement de moi au passage.

4

Je filai à la poursuite de cet escroc de chat bon à rien. Quand je l'aurai rattrapé, je le plaquerai au sol et exigerai qu'il me signe un contrat. J'étais prête à me servir des autres morceaux de filet mignon pour le soudoyer. J'espérais que ça fonctionnerait, parce que c'était ma dernière idée en réserve.

Maintenant que je savais qu'il y avait quelque chose de spécial chez moi, comment poursuivre ma vie dans l'ignorance ?

Je rattrapai le chat dans l'entrée du bâtiment abandonné. Il s'immobilisa devant la porte en verre cassée. Alors que je pensais qu'il allait me reprocher la destruction du bâtiment de l'agence, il agita simplement la patte, et les bouts de verre se remirent en place comme s'ils n'avaient jamais été séparés.

Peu après, la porte s'ouvrit et Connie, le membre du conseil que je redoutais le plus, entra. Elle portait ce jour-là un chemisier en velours froissé rouge, une jupe crayon de marque et des talons de créateur. Ses lèvres étaient très pâles en comparaison de ses yeux au maquillage *smoky*.

— Qu'est-ce qu'elle fait là ? demanda la vampire plantureuse, la mine sévère. Je croyais qu'on avait décidé de l'oublier, celle-là.

Grosmatou grogna de colère, presque comme s'il s'offusquait de la manière dont sa collègue parlait de moi. *Presque.*

— Connie, tu as oublié ton sermon. Interdiction de discuter des affaires du conseil avec des inconnus.

— Je n'ai pas oublié, répliqua-t-elle avec un reniflement de mépris. Je te rappelais simplement le tien. Nous avons déjà rompu le protocole en l'engageant pour deux missions distinctes. Alors, que fait-elle là de nouveau ? Pourquoi sa mémoire n'a-t-elle pas été effacée ?

Les deux êtres surnaturels se livraient à un concours de regards qu'ils étaient tous deux déterminés à gagner.

Connie serait sans doute plus prompte à m'aider que son chef, si je renouvelais ma demande.

— Je sais que je suis différente. Que je ne suis pas seulement une normale, je veux dire. Et j'ai envie de découvrir en quoi. J'ai passé un marché avec le chat, mais il n'a pas l'air pressé de respecter sa part.

Connie plissa les yeux et lança un regard assassin à monsieur Grosmatou.

— Tu as passé un marché avec elle ?

Il haussa ses petites épaules félines.

— Les termes étaient variables.

— Tu as quand même conclu un pacte avec une normale. Tu sais que c'est interdit.

— Elle n'est pas...

Il s'interrompit tout seul, feula et lâcha une bordée de jurons de chat.

— Je veux savoir ce que vous savez, intervins-je, ferme et résolue.

Je posai même une main sur ma hanche pour le cas où ça me donnerait l'air plus retorse ou sérieuse. Des fois que ça marche...

— Si tu ne lui effaces pas la mémoire tout de suite, c'est moi qui m'en charge, menaça Connie, les dents serrées.

Elle paraissait à deux doigts de mordre, et je préférais ne pas m'attarder dans le coin. Malgré tout...

— Mais il m'a promis ! m'écriai-je en reculant d'un grand pas.

— Tu as bien de la chance que je n'aie aucun désir de diriger le conseil, sinon, tu serais au chômage ! grogna la vampire en retroussant sa lèvre, dévoilant ses canines dérangeantes.

— Dites-le-moi tout de suite ! exigeai-je en tapant du pied.

— Permettez-moi d'ajouter une clause à notre arrangement, s'écria Grosmatou, qui sentait visiblement que je lui avais forcé la patte. Du steak contre des réponses, comme vous l'avez dit.

— Maintenant ?

J'avais du mal à lui faire confiance, étant donné sa dernière duperie. Il secoua la tête.

— Après un dernier boulot. Avec Connie.

Il se tourna vers la responsable du Commerce.

— J'ai bien reçu ta requête pour l'embauche d'un intérimaire afin d'enquêter sur le nouveau clan au centre-ville. Tawny t'apportera son aide.

— C'est inacceptable, répliqua son interlocutrice, qui nous lançait un regard encore plus glacial.

— À vrai dire, rectifia Grosmatou, c'est parfaitement acceptable, étant donné que c'est moi qui dirige cette agence. Tu as besoin d'un intérimaire, et celle-là est prête à prendre ce travail. N'est-ce pas, Tawny ?

— Si je fais ça, vous me direz tout ? demandai-je, méfiante, les bras croisés.

Il acquiesça, mais c'était Connie qu'il regardait.

— Quand vous aurez accompli ce travail à la hauteur des attentes du conseil, je vous dirai ce que vous voulez savoir.

Il était hors de question que je me fasse avoir par une de ses entourloupes.

— Définissez « à la hauteur des attentes du conseil ».

Il plissa les yeux.

— Jusqu'à ce que le clan se soumette à la gestion de Connie ou quitte la ville, répondit-il en secouant légèrement la tête.

— Marché conclu, acceptai-je en acquiesçant.

L'intéressée poussa un cri de rage et leva les bras au ciel.

— Ce n'est pas ce que je demandais en remplissant cette demande et tu le sais. Je comprends ton désir de punir la normale, mais pourquoi moi ? J'ai toujours été…

Grosmatou décolla du sol et flotta devant les yeux de Connie pour être au même niveau qu'elle. Il tenait en l'air grâce à un tourbillon de magie rose scintillante.

— Je me fiche de ce que tu veux. C'est moi qui prends les décisions ici, et c'est ça que tu obtiendras. Comme tu le sais, je ne peux pas revenir sur un marché passé avec une normale. Tu accepteras l'aide de Tawny ou bien tu perdras ton siège à ce conseil. Me suis-je bien fait comprendre ?

Même si ce n'était pas à moi qu'il s'adressait, j'opinai avec véhémence. Connie me terrifiait, mais je pouvais survivre à une mission temporaire comme ce boulot. Mes deux dernières affectations avaient duré quelques jours à peine. Il en irait forcément de même pour celle-ci. Sinon, il n'est pas impossible que je m'enfuie en hurlant avant d'avoir mes réponses.

Sois courageuse, Tawny, sois courageuse.

5

— Pas si vite, Grosmatou, gronda Connie. Je sais que tu crois que ta parole fait loi, mais je refuse de travailler avec quelqu'un que je n'aime pas sous prétexte que tu as pris ta décision avec ton ventre plutôt que ton cerveau.

— J'ai déjà donné notre promesse. C'est réglé, répliqua-t-il avant de flotter jusqu'au sol, où il atterrit souplement.

— Je n'ai rien promis de tel à la mortelle, donc c'est moi qui lui effacerai la mémoire. Au moins, nous serons tous soulagés du fardeau de sa compagnie ensuite.

Elle attrapa ma tête et la tira vers elle. Le reste de mon corps suivit.

— Non, je t'en prie, la suppliai-je, la respiration sifflante.

Je ne pouvais pas me libérer. Avec sa force surhumaine, elle contrôlait ses muscles mieux que moi.

— Regarde-moi, grogna-t-elle.

Et bien que je n'en aie pas envie, je ne pouvais résister à cette consigne. Je levai les yeux et les plongeai dans ceux de Connie. Ils brillèrent d'un rose chaleureux et lumineux, une couleur plutôt jolie en temps normal, mais dans le regard de la vampire, elle me figea sur place.

Littéralement.

J'étais incapable de bouger. De cligner des yeux. À peine en mesure de penser.

Je ne pus que la regarder porter un doigt sur chacune de mes tempes, enfoncer ses ongles manucurés dans ma peau et marmonner des mots dans une langue inconnue.

Elle me relâcha tout aussi vite qu'elle m'avait attrapée et je m'écroulai au sol. Heureusement que Grosmatou avait déjà ramassé les morceaux de verre, sinon, je serais tombée dessus.

— Je vous en prie, marmonnai-je, d'une voix faible, épuisée, énervée. Je veux juste savoir la vérité sur qui je suis.

Connie retint son souffle et sembla sur le point de tomber dans les pommes à ma place.

— Elle se souvient ? Comment est-ce possible ?

Grosmatou sauta sur un bureau vide.

— Je lui ai vidé l'esprit une fois. Barnes l'a restauré ensuite.

— Mais ma magie est plus puissante que la sienne ! s'exclama Connie en tapant du pied. Que se passe-t-il ? Pourquoi ça ne marche pas sur elle ?

— C'est ce que je cherche à savoir, précisai-je en me relevant lentement. C'est la troisième fois qu'il m'arrive un truc de ce genre, j'ai envie de comprendre pourquoi.

Ce fut Grosmatou qui répondit.

— Le contrat est clair. D'abord, vous vous occupez du nouveau clan, et ensuite, je vous dirai à toutes les deux ce que j'ai découvert concernant notre chère Tawny.

Connie croisa les bras et tourna la tête sur le côté.

— Je vais demander ton renvoi, promit-elle au petit chat noir.

— Ça n'aboutira pas, comme les autres fois, répliqua-t-il sans la moindre trace d'émotion.

Connie souffla et tira sur ses cheveux par désespoir, pour le plus grand amusement du chat autoritaire, manifestement.

— Je serai dans mon bureau pendant que tu l'intégreras, annonça-t-elle avant de s'en aller.

— Bien, Tawny…

Grosmatou me regarda de la tête aux pieds avec ses yeux dorés qui brillaient.

— Êtes-vous prête à devenir une vampire ?

Mon souffle se coinça dans ma gorge.

— Euh… pardon ? Ça ne faisait pas partie du contrat.

Il s'esclaffa.

— En fait, si. Pour votre mission avec Connie, vous serez dotée de magie vampirique.

— Des canines et tout ?

Je me rebellai. Même si Connie ne suçait pas le sang, elle restait froide, cruelle et ignoble. Je survivrais probablement à ma mission à ses côtés, mais devenir comme elle ?

— Oui, vous allez recevoir toute la panoplie des vampires. Le pouvoir, le prestige…

Il remua la queue, même s'il n'avait pas encore fini sa phrase.

— La malédiction.

— La malédiction ! m'énervai-je. Personne n'a parlé d'une malédiction.

— Allez, venez, nous devons nous y mettre. Vous aurez quarante-huit heures pour mener cette mission à bien et pas une de plus. Il n'y a pas de temps à perdre.

— Et si je n'y parviens pas à temps ? m'inquiétai-je en le suivant jusqu'à l'entrepôt.

Il tourna la tête vers moi un instant et ses yeux pétillèrent de plaisir.

— Dans ce cas, le changement sera permanent.

Je compris alors. Si je me transformais en vampire pour de bon, il ne serait plus contraint de me dire pourquoi j'étais différente. Parce que la réponse serait évidente : *tu es une vampire, Tawny.*

C'était son ultime tentative pour conserver ce secret. Il savait que Connie ne me faciliterait pas la tâche. Il comptait là-dessus, même.

Mais moi, je comptais bien obtenir des réponses. J'avais survécu à deux missions de l'agence d'intérim paranormale jusqu'à présent, je survivrais à celle-ci aussi.

Ma mortalité en dépendait.

Le chat bureaucrate me donnait des envies de meurtre, mais je me contentai de retourner avec lui jusqu'à l'entrepôt. J'étais prête à tout risquer afin d'apprendre quelque chose à mon sujet que j'aurais dû savoir depuis longtemps.

S'il voulait une vampire, une vampire je serais.

Je serai la meilleure vampire de sa connaissance, même si ça ne devait durer que quarante-huit heures max. Ensuite, je redeviendrai moi-même et je saurai le fin mot de l'histoire.

Que la partie commence, monsieur Grosmatou.

6

L'entrepôt était tel que nous l'avions laissé quelques minutes plus tôt. J'éloignai du centre de la pièce la chaise que j'avais apportée et je m'assis dessus. J'avais encore mal de ma dernière chute due à Connie, mais je n'étais pas certaine que Grosmatou ait assez bon cœur pour me soigner deux fois.

À vrai dire, il me regardait plutôt d'un air déçu.

— Vous avez l'air épuisée.

— Je le suis, rétorquai-je. Et ce n'est pas très gentil de dire ça à une femme… ou à n'importe qui, d'ailleurs.

Un sourire étira ses moustaches. J'aurais préféré qu'il se mette au travail plus vite.

— Vous devriez être heureuse, commenta-t-il sèchement. Après tout, vous obtenez exactement ce que vous voulez. Vous êtes venue nous voler l'artefact, et moi, je m'apprête à vous en faire cadeau pour votre prochaine mission.

Je m'affalai sur la chaise et croisai les bras.

— Vous savez aussi bien que moi que ce n'était pas ce que je voulais.

Le sourire du chat s'élargit. Alors que je m'attendais à ce qu'il dise quelque chose de particulièrement mesquin, il se contenta de sauter jusqu'au plafond.

Il ne revint pas aussi vite que les deux premières fois qu'il était monté là-haut pour moi. Je l'attendis une éternité, si longtemps que même Connie vint voir où nous en étions. Elle repartit en grommelant à propos de « cet enquiquineur de chat bon à rien ».

Quand Grosmatou revint enfin, il avait la broche magique dans la bouche. Ensuite, il tourna et déplaça un second objet plus lourd grâce à un tourbillon de magie rose.

— Qu'est-ce que c'est ? demandai-je en indiquant du menton l'objet imprévu.

Il posa doucement la broche par terre avant de m'accorder son attention.

— C'est votre armure de vampire, répondit-il, l'air de rien.

Je penchai la tête, perplexe.

— Mon armure de vampire ? Comme l'armure d'ange de Greta ?

— Pas exactement. Ceci vous empêchera de vous faire transpercer le cœur.

Grosmatou s'assit et enroula la queue autour de ses pattes.

Mon cœur se serra à une telle éventualité.

— Mais je n'ai jamais vu Connie porter ça, commentai-je en observant le plastron décoré muni de sangles en cuir, sans doute pour le faire tenir.

— Pfff, répliqua le chat, moqueur. Connie n'a pas besoin de la porter à moins d'une situation dangereuse. C'est une vampire bien plus expérimentée que vous.

Je fus parcourue d'un frisson.

— Je ne suis pas une vampire.

— Pas encore, mais dans deux minutes environ, si.

— OK, donc je dois porter ça pendant toute la durée de ma mission ?

Je pris une grande inspiration pour me calmer. Manier de la magie vampirique était bien plus effrayant que tout ce que j'avais vécu aux mains de l'agence jusqu'à présent. Après tout, il y avait aussi bien des gentilles que des méchantes sorcières, mais les vampires n'étaient-ils pas toujours d'horribles monstres méchants ? Si je me basais sur l'exemple de Connie pour évaluer le reste de son espèce, alors oui.

Mon malaise amusait beaucoup Grosmatou, qui fit tout son possible pour en rajouter.

— Je vais vous l'attacher, dit-il en agitant la queue, puisque vous avez une certaine tendance à exposer la chair de votre poitrine. Nous devons protéger ça.

— Vous dites ça comme si j'avais pour habitude de courir partout les seins à l'air. J'ai juste un peu de décolleté, et encore, pas tout le temps. C'est un décolleté de bon goût, pas dévergondé.

Je remontai tout de même un peu plus mon tee-shirt en me demandant si je ne devais pas investir dans des cols roulés.

Grosmatou me regarda de la tête aux pieds et soupira.

— Oui, bon… Les sangles sont essentielles dans tous les cas. Nous ne pouvons pas courir le risque que vous mouriez avant la fin de votre mission.

— Oooh, Grosmatou, je ne savais pas que ça vous toucherait, répondis-je d'une voix douce et sirupeuse que je détestai tout de suite.

— Perdre un intérimaire avant la fin du contrat nécessite trop de paperasse, rétorqua-t-il sérieusement.

Je grognai et levai les yeux au ciel.

Il agita la patte pour attirer mon attention.

— Venez enfiler ça. Je pourrai ajuster la taille avec ma magie, si elle ne vous va pas.

Je me levai et je saisis avec hésitation l'armure de vampire flottante. Elle avait un épais col en cuir qui se refermait au niveau de la nuque et des lanières qui passaient sous mes bras et dans mon dos pour empêcher le plastron de glisser. Le dessin finement gravé dans le métal était hyper canon. Ça ne m'empêcha pas pour autant d'avoir l'impression de porter un collier de chat surdimensionné. Je soupçonnais que c'était justement le but de Grosmatou, et non de protéger mon cœur.

La taille était cependant parfaite.

Je tapai sur le plastron pour montrer qu'il tenait en place.

Le chat hocha la tête.

— Excellent. Ceci, maintenant.

Il me tendit la broche avec sa patte. Je ne savais pas trop où mettre l'objet magique qui était censé rester proche de mon cœur, lequel était couvert du plastron. Je me retrouvai finalement à l'accrocher à mon soutien-gorge en priant pour que le métal ne s'enfonce pas dans la chair sensible en dessous.

Dès que l'artefact fut posé, une lumière m'éclaira de l'intérieur. C'était du moins le sentiment que j'avais. Je ne crois pas que je brillai *vraiment.*

Je me sentais toutefois différente.

En tant qu'humains, nous étions habitués à expérimenter un certain niveau de douleur au quotidien, surtout ceux qui approchaient la quarantaine, comme moi. Nous connaissions l'inconfort, les petites souffrances qui devenaient habituelles. Une articulation un peu faible, une zone de peau qui démangeait, ce genre de choses.

La magie vampirique me débarrassa de tout ça.

Je n'éprouvais plus aucune douleur de ma chute précédente. Je ne sentais plus rien. Je n'étais plus éreintée, je n'avais plus envie d'une deuxième tasse de café. Rien.

Je retins même mon souffle un moment, et constatai que mes poumons n'avaient pas besoin d'oxygène.

Waouh. On aurait dit que j'avais perdu la sensation de *vivre*.

— Bon, comment vous sentez-vous ? me demanda le chat qui me tournait autour.

Je n'aurais su dire ce que je pensais de ce changement. D'un côté, c'était libérateur, mais d'un autre, c'était tellement différent de mon état normal que je ne me sentais plus humaine. Je ne l'étais plus, d'une certaine façon. J'étais une vampire. Est-ce que ça faisait de moi une mort-vivante ? Oui, sans doute. Pendant quelques jours, en tout cas.

Je passai les mains sur mon corps et secouai la tête.

— Je ne sens… rien.

— Oh, attendez, vous allez voir, répondit-il avec un sourire narquois.

— Quoi ?

— Venez avec moi. Il est temps de tester votre magie comme il faut.

Je déglutis, un geste inefficace pour apaiser mon angoisse grandissante. Je suivis le chat patron pour voir ce qu'il avait prévu pour la suite.

J'espérai que ce n'était pas ma mort.

7

Je suivis sans peine le rythme de Grosmatou quand il courut dans les différents couloirs de l'immeuble. C'était trop bizarre. Au moins, quand je possédais la magie de la sorcière communale, je me sentais encore moi-même.

Maintenant, en tant que vampire par intérim, je me sentais folle de joie et terrifiée. J'avançais sans peine. Ne ressentir aucune douleur, ça changeait la donne.

Mais en même temps, je me demandais quel usage Grosmatou et Connie attendaient que je fasse de mes nouveaux pouvoirs. J'ignorais les détails de cette mission, mais elle devait être assez dangereuse.

Au lieu de retourner dans la salle de réunion, Grosmatou me conduisit dans un petit bureau, au fond du bâtiment.

— Attendez ici, m'ordonna-t-il, avant de partir.

L'intérieur ressemblait à un salon démodé. L'absence de

fenêtre et le lourd papier peint à fleurs rapetissaient la pièce. Des napperons faits main occupaient toutes les surfaces disponibles, et un cabinet de curiosités présentait fièrement une collection dépareillée de tasses de thé et de soucoupes délicates.

Ignorant combien de temps j'aurais à attendre, je m'installai dans une grande bergère à oreilles en essayant de ne pas abîmer les napperons sur les accoudoirs épais.

La porte s'ouvrit quelques secondes plus tard.

— Tawny ? Salut, dit Parker avec un sourire timide. Qu'est-ce que tu fais dans mon bureau ?

— Ton bureau ?

Je croisai les jambes et m'enfonçai davantage dans le fauteuil. Sans éprouver le moindre confort sur l'assise rembourrée. Puisque je ne sentais rien du tout.

— Je ne savais pas du tout que c'était ton style.

Il s'esclaffa.

— Je n'ai pas eu le temps de refaire la déco après avoir repris le poste de sorcier communal. Et je ne suis pas sûr d'avoir envie de toucher au bureau de Lilah, c'est sympa de garder son souvenir.

— Tu m'évites, lui dis-je.

J'avais tenté d'attirer son attention toute la semaine, mais il m'évitait depuis le baiser impromptu à la fin de ma dernière mission. J'aurais dû être transportée de joie de le revoir, de lui parler. J'étais surtout curieuse de savoir pourquoi il avait changé d'avis.

Soupirant, il s'adossa contre la porte fermée.

— Depuis notre baiser, je sais. Je suis désolé.

— Pourquoi ?

J'agitai le pied avec impatience et comptai les secondes avant sa réponse.

Parker ferma les yeux un instant puis les leva vers le plafond.

— Je t'aime vraiment beaucoup, Tawny, mais c'est beaucoup demander à quelqu'un d'accepter tout ce qui concerne l'agence. En plus, c'est dangereux, comme tu l'as vu toi-même.

— Je sais déjà tout ça.

Hors de question qu'il s'en tire à si bon compte.

— Tu en sais un peu, mais il existe tellement plus de choses dont tu ne devrais pas avoir à t'inquiéter. C'est ma faute, c'est moi qui t'ai entraînée si loin là-dedans. C'était égoïste de raviver tes souvenirs. De t'embrasser.

Il grimaça comme si le mot lui causait une douleur physique.

— Je ne devrais pas avoir mon mot à dire, moi aussi ? me demandai-je tout haut.

Pourquoi était-il si mélodramatique ? Nous nous étions embrassés. D'accord, sur le moment, ça m'avait paru capital et bouleversant, mais maintenant ? Je ne savais pas ce que j'éprouvais. J'en avais marre de le voir me fuir et j'étais curieuse de savoir pourquoi.

— On n'a pas d'avenir ensemble, m'apprit-il, inquiet. Les magicks et les normaux ne se mélangent pas, et ce n'est pas pour rien.

Il n'y avait qu'une seule conclusion logique à en tirer. Il fallait faire le test.

— Embrasse-moi de nouveau. Si tu ne ressens rien pour moi, je laisserai tomber. Mais s'il y a vraiment quelque chose de spécial entre nous, ne devrait-on pas voir où ça nous mène ?

Il acquiesça et se lécha les lèvres. Je me levai de mon fauteuil et m'approchai de lui. Je posai la main sur son bras, rapprochai mon visage du sien. J'en avais eu envie toute la semaine.

Maintenant, le grand moment était arrivé et je ressentais…

Rien.

Pour être précise, depuis l'instant où il était entré dans la pièce, je n'avais éprouvé qu'une curiosité amusée. Oui, nous avions discuté des raisons pour lesquelles nous devrions ou non être ensemble. Mais ça n'avait été que ça, une discussion logique. Mon cœur n'avait pas battu la chamade quand nous nous étions rapprochés, mon souffle ne s'était pas coupé dans ma gorge. Son baiser n'avait déclenché aucun frisson d'excitation.

J'avais un coup de cœur pour lui depuis notre première rencontre, mais maintenant, il m'apparaissait comme une simple connaissance. Quelqu'un que j'aurais croisé, comme des millions d'autres personnes. Il aurait pu être n'importe qui.

Oui, je le connaissais, ainsi que l'histoire que nous partagions, mais ce n'était pas suffisant.

Parker s'écarta en souriant, mais quand il avisa mon expression, il fronça les sourcils, inquiet.

— Tawny ? Qu'est-ce qui ne va pas ?

Je baissai les yeux vers mon nouveau plastron et secouai la tête.

— C'est quoi, ça ? Qu'est-ce que tu portes ?

Il effleura mon armure.

— Monsieur Grosmatou vient de me donner un boulot, murmurai-je. Avec Connie.

Les yeux de Parker crépitèrent de rage. Il me repoussa gentiment et sortit du bureau comme une furie, sans explication.

Je ne tentai pas de l'arrêter, mais je le suivis, davantage curieuse que concernée par la suite.

— Tu lui as donné de la magie vampirique ? cria-t-il dès qu'il entra dans la salle de réunion où l'élégant chat noir était assis sur la longue table en face de Connie.

— Oui, Connie avait du boulot, répondit son patron en haussant les épaules.

— Mais tu sais à quel point c'est dangereux ! Et que parfois le changement est permanent !

— Où veux-tu en venir ? Nous avions besoin d'un intérimaire et elle voulait une nouvelle mission. N'oublie pas que c'est toi qui lui as rendu ses souvenirs après la première. Nous aurions tous pu reprendre nos vies d'avant si tu n'étais pas intervenu.

Connie souriait, narquoise, en étudiant ses ongles récemment manucurés. J'en sentais encore l'odeur chimique dans la pièce.

— Vous êtes prêt à nous briefer sur la mission ? intervins-je.

J'entrai dans la pièce et me rapprochai de Connie et Grosmatou.

— Tawny...

La voix de Parker se brisa. Je devinai son angoisse, mais n'en éprouvai aucune.

— Parker, répliquai-je froidement, prête à passer à la suite, j'ai un boulot à faire pour le moment, mais on pourra parler plus tard, d'accord ?

8

J'eus beau lui demander de s'en aller et de nous laisser à nos affaires, Parker ne bougea pas. J'avais quarante-huit heures maximum pour terminer ce boulot et lui, avec son entêtement, nous retardait. Si j'échouais, je resterais une vampire pour toujours, et il serait en partie responsable. Ne s'en rendait-il pas compte ?

— Tu lui as parlé de la malédiction ? demanda-t-il à monsieur Grosmatou d'une voix tonitruante.

Je ne l'avais jamais vu aussi enragé.

— Je suis temporairement dotée de magie de vampire, informai-je Parker en prenant le siège près de Connie. Avec tous les à-côtés que ça implique. Et oui, je suis au courant pour la malédiction.

— Et tu sais ce que c'est ? insista-t-il.

Pourquoi ne disait-il pas directement ce qu'il voulait me dire au lieu de poser toutes ces questions insensées ?

Je fis la moue plutôt que de répondre, et il reprit tout seul :

— Les vampires ne ressentent rien, Tawny.

Je le savais déjà, merci. C'était la première chose que j'avais remarquée quand j'avais acquis cette nouvelle magie. Et cette brutale absence de sentiments était de plus en plus perceptible à mesure que je m'accrochais à cette magie.

Parker tremblait à présent. Sa voix aussi.

— Ils sont incapables d'aimer ou d'avoir des relations longue durée. Pas d'amis, de famille, de romance. Rien de tout ça. Si tu restes dans cet état, tu seras peut-être immortelle, mais à quel prix ? Tu seras un monstre solitaire obligé de vivre seul dans l'ombre.

— Arrête d'être aussi mélodramatique, s'énerva Connie. J'ai cette malédiction et je m'en sors très bien. En plus, elle ne restera pas vampire. J'ai l'intention de finir le boulot et de me débarrasser d'elle au plus vite.

— Alors c'est pour ça que tu hais tout le monde, compris-je en lui jetant un bref coup d'œil.

Elle se redressa sur son siège et leva le menton.

— Non, la malédiction fait que je n'aime pas les gens. Les détester, c'est un choix personnel.

Grosmatou s'en mêla :

— Barnes, ton travail s'arrête ici. Merci de m'avoir aidé à vérifier que la magie de Tawny fonctionnait, avant que je l'envoie sur le terrain.

— Je veux aider. Je ne sais pas en quoi consiste cette mission, mais elle sera sans doute plus réussie avec trois personnes plutôt que deux.

— Non, c'est un travail pour des vampires uniquement. Pour le moment, en tout cas. Alors, dégage, le sorcier, ordonna Connie.

Parker semblait avoir désespérément envie d'ajouter quelque chose, mais à la place, il sortit et claqua la porte derrière lui.

— J'ai cru qu'il ne partirait jamais, commentai-je, pour le plus grand amusement de Connie.

Je ne voulais pas qu'il s'énerve, c'était si désagréable à voir. Je préférais que tout le monde garde ses émotions sous contrôle, afin que nous puissions nous mettre au travail.

— Ha! Je ne te déteste plus autant que les autres, marmonna-t-elle. Je suis quand même impatiente de me débarrasser de toi.

C'était logique. J'acquiesçai.

— Monsieur Grosmatou, sommes-nous prêts à commencer le briefing?

Il se mit à quatre pattes et déambula sur la table avec son habituel pas militaire.

— La boutique à vendre depuis longtemps au coin de Main et de Grand, au centre-ville, a récemment été achetée par Vanessa Vane. Une vampire.

— Juste une? Je ne vois pas où est le problème.

Je n'en revenais pas de tout ce grabuge pour une seule nouvelle vampire en ville.

— Quand un vampire s'installe, il y en a très vite d'autres, expliqua Connie avant de grogner.

Elle s'était manifestement déjà fait une opinion sur cette nouvelle résidente.

Grosmatou marcha dans notre direction en clignant lentement des yeux.

— Jusqu'à présent, Connie était la seule vampire de Beech Grove. Comme ils vivent longtemps et sont en excellente santé, les vampires sont assez territoriaux. Il est tout à fait possible que madame Vane ait acheté cette propriété sans savoir que la zone appartenait déjà à Connie, mais il est aussi possible qu'elle cherche la bagarre. Dans ce cas-là, le reste de son clan arrivera vite.

Je ne comprenais pas bien mon rôle dans cette histoire.

— Bien. Donc, que voulez-vous qu'on fasse?

— En tant que vampire solitaire, Connie paraît faible, mais avec votre aide, ce sera plus officiel. Il y a moins de chance que les nouveaux venus réclament ce territoire.

— Donc, on fait quoi? On rend visite à cette dame et on lui demande poliment de partir?

Cela me paraissait bien trop simple, et pourtant, les deux autres opinèrent avec emphase.

— Exactement, répondirent-ils en chœur.

Je tambourinai sur la table, de plus en plus agacée par eux deux.

— Et si ça ne fonctionne pas?

— Dans ce cas, tu auras un aperçu de tes nouveaux pouvoirs, répondit Connie avec un sourire sinistre.

Ma curiosité s'éveilla de nouveau. Il paraît que c'est un vilain défaut, mais être vilain convenait parfaitement à une vampire. J'avais soif non pas de sang, mais de connaissances, de savoirs. Et d'argent, sans doute, même si je n'avais pas encore éprouvé l'avarice.

Grosmatou ronronna de plaisir.

— Tout est clair pour cette mission ?

Oui, clair comme de la boue, mais bon...

Je me mordis la lèvre pour me taire. Plus par instinct de survie que par sentiment de respect pour le chat autoritaire. Il semblerait que ce travail ait deux issues possibles : soit c'était facile, soit je me retrouvais mêlée à une violente guerre entre vampires...

Et j'étais honnêtement incapable de dire quel dénouement je préférais.

9

Grosmatou nous vira de la salle du conseil, signe qu'il était temps que j'aille affronter Vanessa Vane, la nouvelle vampire, avec Connie.

— Tu es ridicule, habillée comme ça, m'informa cette dernière alors que nous avancions côte à côte dans le couloir. On dirait que tu vas te mettre à quatre pattes et être attachée à une laisse.

Je posai la main sur mon plastron et effleurai du doigt le dessin.

— C'est trop ?

— C'est un bon accessoire, mais pas avec cette tenue. Un détour rapide par mon placard te donnera une apparence de vampire plus respectable.

Je me souvenais qu'elle m'avait déguisée en fausse voyante lors de ma dernière mission. Son dressing était si grand que je n'en avais pas vu le bout. Cela dit, Connie donnait toujours l'impression de sortir tout droit d'un magazine de mode, entre sa démarche confiante et ses ensembles chics. J'avais reconnu de temps à autre des vêtements de créateur, aussi, ce qui me confirmait que tout ce qu'elle portait coûtait excessivement cher.

Elle allait me parer de ses plus beaux atours... À cette idée, mon excitation grandit. Oh, donc je sentais encore certaines choses. Les vampires aimaient le pouvoir et l'argent, et d'après ce que Connie et Grosmatou m'avaient dit, c'était aussi de ça qu'ils se nourrissaient à présent. Le baiser de Parker ne m'avait fait aucun effet, alors que je savais qu'il aurait dû, mais la perspective d'être bien habillée me rendait fébrile.

Quel monde étrange j'avais rejoint.

Ce changement était temporaire. Je devais m'en convaincre et ne pas me reprocher mon absence de sentiments pour Parker tant que j'étais dotée de magie de vampire. Mais honnêtement, le relooking qui m'attendait m'intéressait davantage. Quel genre de tenue hors de prix allait me confier Connie ? Elle allait sûrement valoir plus d'argent que toute ma garde-robe réunie. J'allais être tellement chic, que j'allais susciter l'admiration et le respect. J'étais si impatiente !

Sans perdre un instant, Connie sélectionna un chemisier en velours froissé rouge avec des manches papillon et un pantalon noir à rayures, et me les tendit.

— Si tu comptes porter cette armure ridicule, autant qu'elle aille avec le reste.

Elle plissa le nez de dégoût devant ma tenue.

— C'est mon armure de vampire, pour me protéger des coups en plein cœur, lui expliquai-je.

N'aurait-elle pas dû le savoir ?

Elle émit un rire sarcastique.

— C'est ce que Grosmatou t'a dit ?

— Euh, oui. Tu veux dire qu'il m'a menti ? Qu'est-ce que...

— On n'a pas le temps pour les questions. Habille-toi et on y va.

Elle retourna dans le dressing pour me donner un peu d'intimité, et en ressortit quelques minutes plus tard avec un corset en cuir noir.

Je le regardai – et elle – avec scepticisme.

— C'est pour compléter la tenue, dit-elle en m'aidant à l'enfiler.

Elle passa les bras autour de ma taille pour le mettre en place, et je me rendis compte que nous portions le même chemisier en velours froissé rouge.

— Tu m'expliques pourquoi nous sommes assorties ?

— Non, pas assorties, rectifia-t-elle avec un grognement dégoûté. Nous sommes coordonnées.

— D'accord.

Le travail avec elle allait être mentalement épuisant. Ça l'était déjà.

— Tu m'expliques pourquoi nous sommes *coordonnées* ?

Elle leva les yeux au ciel.

— Les couleurs du clan. Ça rend notre petite mascarade plus officielle. Maintenant, fini les questions. Avec un peu de chance, cette Vanessa Vane sera une trouillarde qui ne se doute de rien et elle filera la queue entre les jambes en nous voyant.

— Tu crois vraiment que ça va être aussi facile ? demandai-je tandis qu'elle tirait sur les attaches du corset pour le serrer au maximum.

— Non.

La brusquerie de sa réponse me surprit.

— Tu as déjà fait deux missions avec nous. Est-ce que l'une ou l'autre a été facile ?

— Très juste. Euh... comment on se rend au centre-ville ? la questionnai-je pendant qu'elle fermait le bureau.

— Eh bien, on se transforme en chauve-souris et on vole jusque là-bas, bien sûr.

— C'est vrai ? m'écriai-je d'une voix suraiguë.

— Non. Arrête de me poser des questions idiotes. On y va.

Elle longea les couloirs d'un pas rapide, mais je n'avais aucune peine à la suivre. Dehors, au lieu de nous diriger vers le parking, nous allâmes en direction de la forêt.

Dès que nous eûmes franchi l'orée du bois, Connie fila à toute allure. Nous avancions si vite à travers les arbres que nous volions presque. Ma nouvelle magie de vampire semblait effacer les limites de ce que mon corps pouvait accomplir. Même le vent ne nous opposait aucune résistance.

En un rien de temps, nous fûmes de l'autre côté de la vaste forêt, et Connie ralentit à un rythme plus convenable.

— C'est génial ! m'exclamai-je.

Je levai le poing en l'air en sautant sur place.

— On ne doit se déplacer ainsi que lorsque nous sommes hors de vue des humains, m'informa-t-elle.

Je me rendis compte pour la première fois de l'effort considérable que cela nous demandait de progresser à cette allure d'escargot, maintenant que je savais à quelle vitesse mon corps magique pouvait avancer.

— De quoi d'autre sommes-nous capables? demandai-je en marchant à ses côtés.

— Il n'y a pas de « nous », ne l'oublie pas.

— Les vampires, je voulais dire.

— Tu n'en es pas une. Tu as notre magie, c'est tout.

Je grognai de frustration.

— Tu sais où je veux en venir. Réponds-moi, allez.

Elle arrêta de marcher et se tourna vers moi avec une expression sévère.

— Je ne te dois rien du tout. Si tu as des questions, trouve les réponses toi-même. Nous sommes presque arrivées chez Vanessa Vane. À ce moment-là, je ne veux plus entendre un mot de ta part. À vrai dire, ce serait génial de ne plus en entendre aucun avant ça. Alors, ferme-la, aie l'air féroce et laisse-moi tout gérer.

Oh, c'était tout?

Je commençais à me dire que Connie serait un pire patron que monsieur Grosmatou.

Moins de quarante-huit heures à tenir. J'allais les compter une à une…

10

Je me tus pour éviter toute réprimande de Connie, tout en égrenant les minutes me séparant de la fin de cette mission. Non seulement parce que je préférais éviter de rester une vampire toute ma vie, mais aussi parce que je devais découvrir le grand secret que Grosmatou tentait si désespérément de me cacher. Et je pourrais avoir une nouvelle chance avec Parker. Sur un plan logique, je savais que j'en avais envie, même si je m'en fichais à l'heure actuelle.

Les vampires étaient vraiment des créatures étranges. Pas étonnant que les gens les craignent. S'ils savaient…

— On y est, annonça Connie, qui m'agrippa le poignet.

Nous nous tenions devant une vitrine qui était vide depuis mon arrivée en ville, et sans doute bien longtemps avant ça. Lorsque je l'avais vue une semaine plus tôt, elle était envahie de toiles d'araignées et de poussière. Désormais, l'intérieur était paré de tons lumineux et riches de rouge, jaune et violet. De fantastiques chandeliers ornés de perles pendaient au-dessus de chaque table, et un comptoir de service en métal poli complétait l'ensemble, au fond de la pièce.

— C'est un restaurant? m'exclamai-je, incrédule. Je croyais que les vam...

Elle me lança un regard d'avertissement.

— Euh, je croyais que les gens comme toi n'avaient pas besoin de manger.

La quittant des yeux, je repérai l'enseigne racée du magasin : *BOLLYZARRE.*

Connie la remarqua aussi et ricana.

— Nous ne sommes pas obligés de manger, mais nous pouvons. Étant donné nos sens renforcés, ça rend la tâche plus pénible qu'agréable. Je pense cela dit que cet établissement est à destination des normaux. Quel nom horrible pour un restaurant.

— Je présume qu'ils comptent servir de la nourriture indienne. Mais ça n'a pas d'importance, puisqu'on est là pour les faire plier bagage.

Connie resserra sa prise sur mon poignet et attendit que je la regarde.

— On y va. N'oublie pas ta place.

Oui, j'étais juste les renforts, je ne servais qu'à ajouter un peu d'autorité à Connie.

J'acquiesçai et elle me lâcha. J'ouvris la porte et elle me passa devant.

Une jeune femme entra dans la salle à manger en s'essuyant

les mains sur un torchon. Elle ne semblait pas avoir plus de la vingtaine, mais je savais très bien qu'elle pouvait être centenaire, étant donné l'immortalité des vampires.

— Bonjour, est-ce que je peux vous aider? demanda-t-elle avec un sourire professionnel.

Elle plissa cependant les yeux en apercevant Connie.

Celle-ci montra du menton la pièce d'où arrivait l'autre femme et haussa un sourcil.

— Oui, nous sommes seules, comprit cette dernière en croisant les bras, ce qui fit pendre le torchon. Qu'est-ce que vous voulez?

Aucun doute, c'était notre chère Vanessa Vane, et elle savait pertinemment qui était Connie et pourquoi elle était venue.

— Comme vous pouvez le voir, il y a déjà un clan installé dans cette ville, donc nous souhaitions vous demander de vous en aller et de trouver un autre endroit pour votre commerce.

Connie s'était exprimée d'une voix glaciale et sans se soucier de masquer son dédain.

— Une vampire, ça ne constitue pas un clan, répliqua Vanessa qui fit claquer sa langue.

— Je suis une vampire, moi aussi! m'exclamai-je d'une voix trop aiguë.

Les deux femmes me fusillèrent du regard. Je reculai nerveusement d'un pas.

— Quoi? Vous l'avez transformée pour l'occasion? demanda Vanessa avec un rire cruel. Elle n'a même pas encore de canines pointues.

— Je suis dans cette ville depuis longtemps, déclara Connie sans répondre à la question. Elle n'est pas assez grande pour nous deux, et vous le savez.

Tout à coup, j'eus l'impression d'être dans un vieux western. J'imaginai les deux vampires se préparer à l'affrontement, avec des chapeaux de cow-boy et des pistolets. Même si nous étions présentement dans *Bollyzarre*, ce moment avait tout du western spaghetti.

— Je ne vous dérangerai pas si vous ne me dérangez pas, proposa Vanessa avec un regard de défi. L'inauguration a lieu ce soir, je refuse de manquer mon propre événement.

— Vous savez aussi bien que moi que ce n'est pas vrai. Ce n'est pas ainsi que fonctionne notre espèce.

Vanessa soupira.

— *Hmm.* Peut-être que ça devrait.

Je ne pouvais nier que j'étais d'accord avec elle. Grosmatou et Connie avaient tous les deux insisté sur l'importance du départ de Vanessa, sans m'expliquer pourquoi. Et si cette dernière voulait simplement faire partager sa passion pour la cuisine sud asiatique au reste du monde ? Était-ce possible ? Et dans ce cas, étions-nous les méchants, ici ?

Je baissai la tête en regrettant de ne pas avoir posé plus de questions ou au moins obtenu plus de réponses avant de venir ici menacer une inconnue.

— C'est votre dernière chance, la prévint Connie, les dents serrées. Allez-vous-en.

Vanessa lui sourit, narquoise.

— Et sinon quoi ? Vous allez m'y obliger ?

Le combat de regards continua, aucune ne cédait. La tension grimpa en flèche et alourdit l'atmosphère tandis que les deux vampires se jaugeaient.

Je restai en retrait en me demandant ce que serait la suite. Allions-nous nous battre ou… ?

Connie poussa un rugissement animal et virevolta vers la porte. Si c'était la première bataille, nous venions de la perdre. Ça n'augurait rien de bon pour la suite des événements.

Elle se dirigea vers la sortie à grands pas, m'attrapant au passage.

— Viens, Tawny. On a une guerre à préparer !

Le rire amusé de Vanessa nous suivit jusque dans la rue. Elle n'avait pas peur. À vrai dire, elle espérait clairement cette escalade de la violence.

Ce qui signifiait qu'elle était bien mieux préparée que Connie ou moi.

Donc, nous avions de bonnes chances de perdre.

Merde.

11

Je suivis Connie dans les rues du centre-ville. Grâce à nos dons, nous marchions un peu trop vite, au point de nous attirer les regards inquiets de certains piétons, mais je tins ma langue et évitai de le mentionner à Connie.

J'attendis que nous soyons à l'abri de la forêt pour démarrer ma longue liste de questions.

— Pourquoi vous ne pouvez pas vivre ici toutes les deux, Vanessa et toi ? Pourquoi elle refuse de partir ? Faut-il vraiment déclarer la guerre ?

— Quelles interrogations inutiles ! s'exclama-t-elle sans ralentir pour discuter.

— Réponds-moi, exigeai-je.

C'étaient des questions tout à fait raisonnables à la lumière de la situation et de la vitesse à laquelle elle avait dégénéré.

— Pourquoi…

Connie se retourna si brusquement que je faillis lui rentrer dedans. Je parvins heureusement à m'immobiliser juste à temps pour éviter une collision gênante.

— Lors de notre première rencontre… commença-t-elle, les dents serrées.

Ses muscles tressaillaient à cause des efforts qu'elle faisait pour se contenir.

— Tu avais peur de moi. Pourquoi ?

Pour être honnête, j'avais toujours peur d'elle, mais ce n'était pas la question.

— Je croyais que tu allais me sucer le sang, répondis-je, docile.

Elle se redressa de toute sa hauteur et me toisa.

— Et qu'est-ce que je t'ai répondu ?

— Que les vampires ne se nourrissent plus comme ça, mais de richesse, désormais.

C'était facile. Si je n'avais pas toujours bonne mémoire en temps normal, pour ce qui était du monde paranormal, je m'assurais de ne rien oublier de ce que j'avais appris. Même les anecdotes les plus insignifiantes faisaient la différence entre un boulot accompli avec succès ou tellement raté que je perdais la vie au passage. J'avais retenu cette leçon à la dure, lorsque j'avais oublié la signification des différentes couleurs de la boule de cristal clignotante que m'avait passée Grosmatou lors de ma précédente mission.

Connie fronça les sourcils.

— Ce n'est pas tout à fait vrai.

Je poussai un petit cri et reculai d'un pas.

— Vous buvez toujours du sang?

En tant que femme nouvellement baptisée vampire, allais-je moi aussi bientôt me mettre à en consommer? Cette pensée me fit frémir.

Connie baissa la tête et observa les feuilles éparpillées sur le sol de la forêt.

— Moi, non, mais je le ferais si je n'avais pas d'autre choix.

Je me risquai à reprendre ma position initiale.

— Qu'est-ce qui t'enlèverait ce choix?

Elle riva ses yeux sur les miens.

— Si trop de vampires vivent dans la même zone réduite, et surtout s'il y a plusieurs clans, il n'y a pas assez de richesses autour. Ce qui nous obligera à chercher d'autres moyens, plus basiques, de satisfaire notre faim.

— Du sang.

Je sentis presque le goût du mot en le prononçant.

Connie montra les dents, dévoilant ses canines acérées.

— On a toujours l'équipement nécessaire.

Je me passai la langue sur les dents. Elles me paraissaient toujours comme avant.

— Tu n'en as pas encore, dit Connie, qui m'avait vue faire. Mais si le changement devient permanent, elles pousseront d'ici quelques mois. Ça donne à nos nouvelles recrues la chance d'apprendre nos méthodes pour nous nourrir et les aide à refréner une faim qui serait incontrôlable sinon.

— Waouh.

Je pris une grande inspiration, même si je savais que mes poumons n'en avaient pas besoin.

— Alors, on doit vraiment pousser cette Vanessa à quitter Beech Grove.

— Oui, et étant donné que mes tentatives de négociation pacifiques ont échoué, nous devons nous préparer à la guerre, maintenant, précisa-t-elle sur un ton impassible.

Elle soupira et secoua la tête. Elle semblait lasse et usée avant même que la bataille n'ait commencé. Avait-elle peur ? Et si oui, qu'est-ce que ça sous-entendait pour nous autres ?

— Tu as déjà connu une guerre de vampires ? demandai-je gentiment, espérant qu'elle se confierait à moi. Ça m'a l'air horrible.

Elle rit sèchement.

— La force d'une vampire mélangée à de la faiblesse humaine. Quelle blague !

— Alors ? insistai-je.

J'avais aperçu cet éclair de désespoir, de regret, de peur, de *quelque chose*, et je voulais savoir pourquoi.

— De nombreuses fois. Là où réside la faim réside aussi l'avidité. Certains vampires ne se satisfont pas de leurs ressources actuelles et essaient de s'emparer d'autres villes. Il faut les arrêter, rapidement et définitivement.

— Tu veux dire…

J'inspirai profondément et retins mon souffle.

La vampire saisit une petite branche sur le sol de la forêt et la pointa vers mon plastron.

— Un pieu en plein cœur. C'est la seule façon de nous tuer, après tout.

— Tu as dit *nous*.

Ça m'aurait réchauffé le cœur, s'il battait toujours.

— Je ne t'incluais pas. Je parlais des vrais vampires, rectifia-t-elle en grognant.

Oh, bien. Je l'avais vexée. Voilà qui allait faciliter notre travail.

— Dans ce cas, pourquoi Grosmatou m'a-t-il donné cette armure pour protéger mon cœur ? répliquai-je sur un ton de défi en tapotant le métal.

L'amusement illumina son visage.

— Je ne sais pas pourquoi il t'a donné ce collier ridicule, mais ce n'est pas pour les raisons qu'il a énoncées.

— Tu crois qu'il m'a menti ?

— Je sais qu'il t'a menti.

— Mais pourquoi ? Qu'est-ce qu'il cache ?

Et pourquoi tu ne me parles pas de ton passé ?

— Aucune idée. Je n'ai pas été très attentive, j'ignore ce qu'est ce grand secret dont vous parliez tous les deux. Et je m'en fiche beaucoup trop pour creuser la question.

Cela correspondait à tout ce que je savais d'elle jusqu'à présent. Elle ne m'avait jamais menti et ne le ferait jamais. Elle en était incapable. Telle était sa malédiction, et la mienne pour un moment.

Elle envoya le bâton si loin que je ne vis pas où il atterrit. Une fois le projectile hors de vue, elle me jeta un coup d'œil.

— Peut-on retourner à la base maintenant et nous préparer pour notre bataille? Je vais avoir besoin de renforts bien plus importants que toi.

Sans attendre ma réponse, elle fila entre les arbres, ne me laissant d'autre choix que de la suivre.

12

Monsieur Grosmatou nous attendait à l'orée de la forêt.

— Alors, quelle est la situation? demanda-t-il dès que nous posâmes un pied sur le terrain derrière le quartier général.

— Il est temps de passer à la phase deux, répondit Connie avant de pincer les lèvres.

Grosmatou se mit à quatre pattes.

— Je vais rassembler l'équipe.

— Laisse l'ange en dehors de ça, grogna la vampire, dont le visage s'assombrit en un instant. Elle n'a jamais aimé mes méthodes et n'hésite pas à le dire non plus. Pour former une équipe puissante, il ne faut pas de dissidents.

Le chat opina.

— Très bien.

— Qu'est-ce qui se passe maintenant ? demandai-je à Connie alors que monsieur Grosmatou retournait vers le quartier général en trottinant.

Elle le regarda s'éloigner, puis se tourna vers moi.

— Maintenant, nous mettons un plan au point et nous le répétons jusqu'à ce que je sois à peu près sûre que tu n'échoueras pas.

— « Comment combattre un vampire au corps à corps », c'est ça ?

Elle sourit, narquoise.

— En gros, oui.

Grosmatou étant efficace, les autres nous rejoignirent en un rien de temps près de la forêt. Parker se précipita sans tarder à mes côtés.

— Tawny, ça va ? Que se passe-t-il ?

Je haussai les épaules et secouai la tête. Je ne connaissais pas toutes les réponses à ses questions.

— On se concentre sur moi, je vous prie, cria Connie. Vous êtes ici pour apprendre comment vous débarrasser d'un clan indésirable. Je vais mettre un plan au point et vous apprendre ensuite comment l'exécuter.

Le vieux monsieur en costume s'assit par terre, à bout de souffle. Si sa longue barbe blanche n'avait pas suffi à trahir son âge, sa faiblesse physique l'aurait fait. Je ne connaissais toujours pas son nom, et à ce stade, il me paraissait impoli de le lui demander. Je savais qu'il était le dirigeant des Cimetières, le boulot le moins plaisant du lot. Mais sérieux, à quoi un vieux monsieur si frêle pouvait servir dans un violent combat au corps à corps ?

Connie se racla la gorge pour attirer l'attention de tout le monde et poursuivit.

— Nous sommes clairement dans une position désavantageuse avec notre groupe bigarré composé de surnaturels, d'une normale dotée d'une magie dont elle ne sait pas se servir et d'une adolescente.

— Hé ! nous récriâmes Melony et moi à l'unisson.

— Je saurais me servir de ma magie si tu m'apprenais à le faire, m'exclamai-je.

— Et j'ai dix-huit ans ! Ça veut dire que je suis adulte ! protesta Melony.

— Si tu le dis, marmonnai-je assez fort pour qu'elle m'entende.

— Au moins, je proviens d'une lignée de magicks puissants, moi !

— Au moins, je sauve des vies au lieu d'essayer d'en prendre, moi !

— Eh bien, moi, au moins, je...

— Ça suffit ! hurla si fort Connie que sa réprimande secoua les arbres.

Nous arrêtâmes notre prise de bec et croisâmes les bras. De nouveau, en harmonie parfaite.

On aurait pu croire que Melony serait de mon côté, puisque je lui avais sauvé la vie la semaine précédente, mais c'était faux. Elle était toujours en colère suite à notre première rencontre quelques jours avant ça, au cours de laquelle son grand-père et elle avaient tenté de me tuer, mais j'avais survécu et aidé à déjouer leurs plans diaboliques. Peu importait que je me sois rendue jusqu'au Maine pour la sauver de son étrange enlèvement magique. Elle me détestait toujours. Sale gosse.

— Les vampires sont plus forts, plus rapides et plus intelligents que vous tous réunis. Et beaucoup plus difficiles à tuer, aussi.

— Une minute. Pourquoi Greta n'est pas présente ? demanda Buckley, l'agent de liaison pour l'Agriculture.

— Tu sais ce que je pense de l'ange, expliqua froidement Connie.

La tension émanait d'elle par vagues épaisses et colériques. Nous évitâmes tous son regard pour ne pas l'énerver davantage.

— Donc, je disais que dans des circonstances normales, aucun de vous n'aurait la moindre chance contre un vampire. Voilà pourquoi nous devons nous assurer que les circonstances ne soient pas normales.

Elle s'interrompit pour nous laisser assimiler ses paroles.

— Avec l'intérimaire, je suis allée rencontrer Vanessa Vane ce matin. Elle nous a dit que son restaurant ouvrait ce soir. S'il y a d'autres membres dans son clan, ils viendront pour l'inauguration. Nous ignorons à combien de vampires étrangers nous avons à faire. Nous ne pouvons pas le savoir, il est donc d'autant plus important d'être bien préparés à tout.

Monsieur Grosmatou, qui était étrangement silencieux jusque-là, sauta sur une branche basse pour s'adresser au groupe.

— Pour cette mission, c'est Connie qui dirige les opérations. J'attends de vous que vous lui accordiez le même niveau de respect qu'à moi.

Je ricanai tout bas et masquai très vite ma réaction sous un toussotement.

— Pardon, marmonnai-je, en me couvrant la bouche pour cacher mon sourire persistant.

— Nous passerons à l'action ce soir pendant l'inauguration, annonça Connie en rivant son regard menaçant sur moi tandis qu'elle s'adressait à tout le groupe. Il me faut la moitié d'entre vous à l'intérieur et l'autre moitié dans la rue.

Parker leva la main.

— On peut se charger de l'intérieur avec Tawny. Ça ressemblera à un rencard.

— Parfait, approuva Connie, un sourire aux lèvres. Melony, tu seras avec Buckley pour faire pareil.

— Mais il a genre l'âge de mon père ! protesta la jeune fille de dix-huit ans.

Buckley lui adressa un clin d'œil, déclenchant l'hilarité de Parker, la mienne, et celle du vieux monsieur en costume.

— Je te promets de me comporter en parfait gentleman, dit-il.

Il remonta les manches de sa sempiternelle chemise écossaise comme s'il se préparait à passer à l'action tout de suite.

— Mais je vais sans doute devoir porter quelque chose de plus convenable.

— C'est aussi ce que je pensais, confirma la vampire.

— Je vais devoir mettre une tenue plus chic, moi aussi ? demandai-je.

Je ne savais pas si ma tenue de vampire convenait à l'inauguration d'un restaurant.

— On ne parle pas de vêtements, répliqua Buckley, un grand sourire aux lèvres.

Puis, *pouf*, il disparut sous mes yeux.

13

Un petit moineau apparut au milieu de nulle part et alla se percher sur la même branche que monsieur Grosmatou.

— Waouh ! Que s'est-il passé ? Où est Buckley ? m'écriai-je en tournant sur moi-même pour scruter la zone.

— Relax, je suis juste là, pépia l'oiseau. Tu ne savais pas que j'étais un métamorphe ?

— C'est pour ça qu'il se charge de l'Agriculture, m'expliqua Parker, dans mon dos. C'est facile pour lui de surveiller les champs, parce qu'il peut se transformer en n'importe quel animal, tant qu'il est présent dans cette zone géographique.

Je fixai des yeux le moineau, la bouche grande ouverte.

— Pourquoi une telle restriction ? La magie ne peut pas tout faire ?

— Elle n'est pas censée être flamboyante et attirer l'attention.

Elle ne peut exister que si elle est soigneusement dissimulée, répondit-il.

— Ça suffit, s'énerva la vampire. Nous ne sommes pas là pour faire une leçon sur les métamorphes à une normale. Nous sommes là pour parler de vampires et de la façon de les arrêter. Buckley, va étudier le bâtiment. C'est le nouveau restaurant indien à l'angle de Main et de Grand. Essaie de déterminer combien de vampires nous aurons à gérer. Ne reviens pas tant que tu n'as pas d'informations utiles.

L'oiseau hocha sa mignonne petite tête et s'envola. Je le perdis vite de vue entre les arbres sombres.

— Tu es une vampire, Connie, lança Parker avec un sourire espiègle. Alors, dis-nous, comment on te tue ?

Elle lui montra les dents et riva ses yeux de prédateur sur lui.

— Les règles sont différentes pour les morts-vivants, intervint le vieux monsieur en costume. Sinon, un *ziou* et un *youhou* suffiraient.

Il mima le geste de balancer quelque chose – une batte de baseball, peut-être ? – puis répéta son cri de joie.

Parker me donna un petit coup sur le bras pour attirer mon attention.

— C'est notre faucheur.

Un faucheur ! Oh !

Je me dressai sur la pointe des pieds pour lui parler dans l'oreille.

— Comment il s'appelle ?

Parker haussa les épaules.

— C'est ça, le truc. Personne ne le sait. Et je crois que lui aussi l'ignore.

— Comment peut-il ignorer son propre nom ? demandai-je, sans doute un peu trop fort.

— Appelez-moi F, ma chère. Et merci de poser la question… même si ce n'est pas à moi.

— Comment pouvez-vous ne pas…

— Cessez tous ces apartés ! s'énerva Connie, envoyant une nouvelle vibration dans la forêt.

La seconde suivante, elle se tenait derrière moi, son bras autour de mon cou.

— Les vampires sont rapides.

Elle mordit l'air juste à côté de mon oreille.

— Ils peuvent vous tuer en un clin d'œil.

Connie me lâcha et apparut derrière Melony, qu'elle fit mine d'étrangler à son tour.

— Dans ce cas, qu'est-ce que vous faites ?

Melony se trémoussa et se débattit, en vain.

Connie éclata de rire.

— Les vampires sont rapides, aussi. Tu penses pouvoir lutter et gagner contre l'un d'eux ? Réfléchis encore, princesse.

Elle lâcha Melony, et la jeune sorcière s'affala.

Ensuite, la vampire voulut s'en prendre à Parker, mais elle finit tête la première par terre. C'était arrivé si vite que j'ignorais comment il l'avait maîtrisée.

— Très bien, le félicita-t-elle.

Elle se releva et s'épousseta.

— Maintenant, dis aux autres comment tu as fait.

— Ne jamais perdre la cible de vue.

— Bien, approuva Connie. Quoi d'autre ?

— Utiliser sa force contre elle. Des mouvements rapides peuvent mener à des chutes brutales.

Connie fila vers F, qui fit un pas de côté. Elle le dépassa à toute allure, puisqu'elle bougeait trop vite pour changer de direction à la dernière seconde.

— Les tactiques d'évitement fonctionnent, annonça-t-elle avec un petit sourire. Jusqu'à un certain point.

Elle vola de nouveau vers F, qui esquiva une nouvelle fois. Elle continua à rebrousser chemin et se jeter sur lui jusqu'à ce qu'elle parvienne à le tacler.

— Vous voyez, commenta-t-elle en soufflant. Cette technique ne fait que repousser l'inévitable, elle ne vous permet pas de gagner.

— Oh, j'aurais pu continuer toute la journée, affirma F avec un clin d'œil. Mais je me suis dit que plus vite tu arrivais là où tu voulais en venir, plus vite nous pourrions reprendre le cours de notre journée.

Aucun doute, le vieil homme était rapide, quand il le voulait. Je commençais à me dire que notre faucheur maison était bien plus de choses qu'il n'y paraissait au premier regard.

Connie grogna de frustration, puis elle se jeta sur moi. Elle bougeait vite, mais moi aussi, maintenant. Je balançai mon poing.

Il atteignit sa cible.

— Aïe ! cria-t-elle, même si je savais qu'elle ne sentait pas la douleur.

Elle était peut-être tellement habituée à se faire passer pour une humaine que c'était devenu une réaction machinale. Ou alors, c'était sa fierté qui souffrait tellement qu'elle n'avait pu s'empêcher de s'exclamer.

Elle se retourna vers moi. Cette fois-ci, elle me maîtrisa.

— Dès que tu deviens trop confiante, tu perds, me prévint-elle avec un air de satisfaction hautain.

Elle me lâcha, puis recommença à s'en prendre à nous tous un par un.

Sans relâche.

Et encore un peu.

Je n'avais jamais été très sportive, mais cette session d'entraînement était facile, maintenant que je savais quoi faire. La magie vampirique s'accompagnait d'une forme physique parfaite. Je ne fatiguais pas, ne me blessais pas, ne ralentissais pas.

Mais Connie non plus.

Ni nos ennemis.

Même si cet après-midi d'entraînement était utile, je n'étais pas certaine qu'il nous prépare suffisamment pour que nous gagnions.

Qu'est-ce que j'espérais me tromper !

14

L'entraînement de Connie dura si longtemps que les non-vampires de la bande montrèrent des signes de fatigue. Leur taux de succès de maîtrise de Connie avait déjà atteint son point culminant et était à présent en rapide déclin. J'en venais à me demander si, à ce stade, l'entraînement était toujours utile.

— Euh... On devrait peut-être faire une pause pour recharger nos batteries avant l'opération de ce soir, suggérai-je alors que Connie serrait Melony contre sa poitrine.

— Les vampires n'ont pas besoin de repos ! rétorqua-t-elle sèchement.

— Mais les humains et les sorcières, si, intervint Parker.

Je jetai un regard brûlant de curiosité à F, qui sourit et haussa les épaules.

— Les faucheurs ne sont pas comme les vampires ou les

humains, ou n'importe qui et n'importe quoi d'autre. Ne vous en faites pas pour moi. Je vais m'en sortir.

— Je m'inquiète pour vous tous, grommela Connie. Nos chances ne sont pas bonnes, surtout si nous affrontons tout un clan.

Un bruissement de feuilles résonna au fond de la forêt. Nous tournâmes la tête dans cette direction, Connie et moi. Les autres n'entendirent rien avant que le bruit se rapproche.

Un grand chevreuil brun, doté de bois gigantesques, courut dans notre direction. Ses sabots frappaient violemment le sol à son approche.

— Buckley, au rapport, lança Grosmatou depuis l'arbre où il avait dormi une bonne partie de la journée.

Je ne savais même pas qu'il était réveillé.

Le temps de quitter le chat des yeux pour reporter mon attention sur le chevreuil, celui-ci avait disparu et Buckley se tenait à sa place.

Par chance, sa magie de métamorphe lui permettait de revenir totalement habillé. Je ne crois pas que j'aurais pu supporter une connaissance aussi intime de sa personne – ou de n'importe qui d'autre d'ailleurs – en plus du reste.

Buckley n'arborait cependant pas qu'une chemise en flanelle et un jean, mais un froncement de sourcils aussi. Cela m'inquiéta.

— Parle, insista Connie en le voyant hésiter trop longtemps.

— Ce n'est p-pas bon, balbutia-t-il enfin. J'ai compté au moins quatre vampires en plus de la première.

— Il y en aura d'autres? voulut-elle savoir. Tu as entendu leurs projets?

— C'est flou. Dans tous les cas, nous devrions agir vite pour minimiser le risque.

Grosmatou sauta de sa branche et avança dans notre direction.

— Je suis d'accord, approuva-t-il en se dirigeant vers l'orée de la forêt.

— À quelle heure commence l'inauguration? demanda Connie.

— Sept heures, répondit Buckley, impatient de prouver qu'il était revenu avec des réponses.

— Nous nous y rendrons donc à sept heures et demie. Nos quatre hommes de l'intérieur peuvent partir. F, viens avec Grosmatou et moi au quartier général, nous devons planifier nos actions à l'extérieur.

Melony croisa les bras et donna un coup de pied dans la terre.

— Euh... hommes? On est aux vingt et unième siècle, madame la vampire. Vous pourriez être plus inclusive?

— Oh, j'ai blessé tes petits sentiments de mortelle? se moqua Connie en haussant les sourcils. Essaie de vivre plusieurs siècles, et ensuite reviens me dire en quoi les petites subtilités sociales actuelles te semblent importantes. Maintenant, comme je le disais, vous pouvez partir. Ne m'oblige pas à le répéter.

— Ou sinon? la défia l'adolescente, une main sur la hanche.

— C'est bon, ça suffit. Viens, Melony, intervins-je.

Je passai le bras autour de ses épaules et l'obligeai à sortir de la forêt avec moi.

— Lâche-moi ! protesta-t-elle, mais elle était incapable de se libérer de ma poigne puissante, grâce à mes pouvoirs vampiriques.

J'étais aussi forte et rapide que Connie, bien que moins entraînée.

Tout irait bien pour moi ce soir, mais qu'en serait-il de Melony ? De Parker ? Des autres ?

Les sorciers semblaient tellement vulnérables. Même Buckley serait dans une position désavantageuse en tant que métamorphe. Jusqu'à présent, je l'avais seulement vu se transformer en moineau et en chevreuil. Parker avait dit qu'il ne pouvait prendre que la forme d'animaux du coin, et je l'imaginais mal se transformer en loup ou en crocodile au milieu d'un restaurant ou d'une rue bondée.

J'ignorais toujours l'étendue des pouvoirs de Grosmatou, je savais juste qu'il était un puissant magicien. Être bon attaquant ne signifiait cependant pas être doué pour se défendre. Si ça se trouvait, il était peut-être le plus en danger de nous tous.

Il était donc d'autant plus important que Connie et moi dirigions les opérations.

Nous deux contre au moins cinq vampires œuvrant sans doute en cohésion et ayant eu bien plus de temps pour se préparer. Les chances n'étaient pas de notre côté.

Mais si l'agence d'intérim paranormale échouait, toute la ville était en danger. J'ignorais à quelle fréquence les vampires avaient besoin de se nourrir, mais j'étais à peu près sûre que personne, à Beech Grove, ne voulait perdre la vie aux mains d'un prédateur nocturne.

Même s'ils éliminaient une seule personne, ce serait trop.

Nous devions gagner.

Ou mourir en essayant.

J'avais l'impression qu'une éternité s'était écoulée depuis mon arrivée au quartier général avec mon sac rempli de steaks dans l'espoir d'obtenir des réponses. Maintenant, j'avais plus de questions que jamais, et je ne vivrais sans doute pas assez longtemps pour en poser une seule.

15

Parker se présenta à ma porte à sept heures pile.

— Prête pour notre grand rencard ? demanda-t-il, plein d'espoir.

Il était splendide avec son costume bleu marine et ses mocassins, mais j'aurais préféré qu'il reste chez lui et qu'il laisse Connie et moi gérer ce conflit.

Melony, lui et les autres allaient nous gêner dans cette bataille. Ma malédiction de vampire m'empêchait de vouloir le protéger par tendresse malavisée, mais je ne voulais quand même pas d'obstacles. S'il se mettait en travers de notre chemin ou commettait une erreur, il y avait plus de risques que je meure à mon tour.

Et comme Connie s'était empressée de le souligner, j'étais une jeune vampire inexpérimentée, et pas vraiment une vampire non plus. Les chances étaient déjà contre nous.

— Eh bien, je suis prêt pour nous deux, commenta Parker en poussant un soupir rêveur, puisque je n'avais pas répondu. Tu es magnifique, Tawny.

Je levai les yeux au ciel.

— Ce n'est pas un rencard, c'est une mission. Importante, en plus.

— Et pourquoi ça ne peut pas être un rencard aussi ? répliqua-t-il avec un sourire timide.

Il me coupa alors que je m'apprêtais à lui répondre.

— Je sais, tu es une grande et méchante vampire à présent. Mais ça ne durera pas éternellement, Tawny. Avec un peu de chance, on en aura fini ce soir et tu retrouveras ton état normal. À ce moment-là, nous aurons un vrai rencard. Un rencard auquel tu auras envie d'aller.

— Nous devons nous concentrer sur notre tâche, lui rappelai-je en m'asseyant pour enfiler des escarpins rouges.

C'était ma seule paire de jolies chaussures à talons. Elle était assortie à une longue robe à col montant qui dissimulait mon plastron. Grosmatou m'avait dit que cet accessoire me protégerait. Connie prétendait que le chat inventait des choses. Au final, ça ne me coûtait rien de porter ce truc, puisque grâce à l'influence de la magie vampirique, je n'éprouvais aucune douleur ou inconfort. Voilà pourquoi j'avais décidé d'augmenter mes chances et de le garder jusqu'à ce que Grosmatou me demande de le lui rendre.

J'espérais que Vanessa ne me reconnaîtrait pas, dans un autre contexte, mais mes cheveux rose chewing-gum se démarquaient dans la foule. Ce ne serait pas si mal que ça qu'elle me repère. À vrai dire, si Vanessa se focalisait sur moi, ça permettrait à Connie de se glisser discrètement pour la prendre par surprise.

Dans un cas comme dans l'autre, j'étais prête.

— Ça te va si je conduis ? demanda Parker.

J'attrapai mon sac à main, sortis sous le porche et balayai sa remarque d'un geste.

— Fais-toi plaisir.

Le voyant se diriger vers le côté passager, j'usai de ma vitesse accrue pour le coiffer au poteau.

— Je m'occupe de ma propre portière, merci.

Il s'esclaffa.

— Qu'est-ce qu'il y a de si drôle ? demandai-je dès qu'il s'installa sur son siège et ferma sa portière.

Il me dévisagea un moment, puis secoua la tête.

— Rien, oublie.

Je saisis son poignet avant qu'il puisse mettre la clé dans le contact et le forçai à me regarder.

— Dis-moi.

Il soupira et se passa une main dans les cheveux, gâchant tout le gel soigneusement mis avant de venir me chercher.

— Rien, c'est juste que… tu es toi, et en même temps non. C'est à la fois comme si j'étais avec Tawny et comme si je ne l'étais pas.

Je haussai un sourcil et me retins de sourire.

— Tu veux dire que je suis le vampire de Schrödinger ?

Il éclata d'un rire sonore.

— Un truc du genre.

— Ce n'était pas une blague, répliquai-je en le lâchant pour croiser les bras.

— Je sais.

Il mit le contact.

— C'est bien fait pour moi, j'imagine, hein ? Je t'ai évitée pendant des jours en pensant bien agir. Je voulais seulement te protéger, mais maintenant, tu es la vampire de Schrödinger qui s'apprête à entrer en guerre en talons hauts.

— Je suis capable de prendre mes propres décisions, grommelai-je.

— Maintenant que c'est établi, je vais te donner beaucoup d'occasions de le faire, me promit-il. En d'autres termes, tu me verras plus souvent.

Je me tournai vers la fenêtre.

— Non, merci.

— C'est juste la vampire qui parle. La vraie Tawny a envie de ce rencard que je te propose. Il y a quelque chose de spécial entre nous. C'est là depuis le début. Et elle le sait.

— Peut-être, mais j'imagine que ce truc spécial est mort en même temps que moi, ronchonnai-je.

Je me posais la question depuis que Grosmatou m'avait donné cette magie. Étais-je morte ? Mort-vivante ? Quelque chose de totalement différent ?

Parker y répondit pour moi.

— Tu n'es pas morte, Tawny. Tu n'es même pas une mort-vivante.

Je me retournai vers lui, mais il avait les yeux concentrés sur la conduite.

— Ce n’est pas le cas des vampires, alors ?

— Tu n’en es pas totalement une, affirma-t-il.

Peut-être pour moi, peut-être pour se le rappeler à lui-même aussi.

— Tu t’es juste déguisée en vampire quelque temps.

— Seulement si on gagne, soulignai-je. Les chances sont contre nous, tu sais.

— C’est sans doute vrai, mais on n’a pas le droit à l’erreur. On va gagner.

Je penchai la tête sur le côté, pensive.

— Qu’est-ce qui te rend si sûr de toi ?

Il me lança un bref coup d’œil, un grand sourire et un clin d’œil.

— Parce que c’est la seule façon pour que tu acceptes un rencard avec moi. Je dois donc m’assurer qu’on l’emporte. Tu peux compter sur moi, Tawny. Compte sur ce lien qui nous unit.

Eh bien, nous verrons…

16

Le trajet ne nous prit même pas trois minutes. C'était justement pour sa proximité avec le centre-ville que j'avais entre autres décidé de louer ce cottage. C'était sans doute pour pouvoir fuir plus vite que Parker avait voulu s'y rendre en voiture. Il la gara à deux pâtés de maisons du restaurant et nous attendîmes que Grosmatou arrive et nous fasse signe de passer à l'action. J'ignorais pour ma part que nous attendions son signal, mais Parker, non, visiblement.

— Tu as eu droit à un topo plus détaillé que moi sur la mission ? demandai-je, frustrée, tandis que nous traversions le parking en gravier.

Parker avançait d'un pas tranquille, et j'avais beaucoup de peine à me forcer à suivre son rythme.

— Oui. Grosmatou est venu me voir cet après-midi pour me parler du plan que Connie, F et lui ont concocté au quartier général. D'après ce que j'ai compris, il a aussi rendu visite à Buckley.

— Mais pas à Melony et moi ?

J'ignorais pourquoi je m'inquiétais que cette dernière soit mise à l'écart. Je la détestais bien avant cette malédiction vampirique. Malgré tout, la justice était la justice, et notre situation actuelle n'était pas juste.

Parker fronça les sourcils.

— Vous êtes encore toutes nouvelles, elle et toi. Ce ne serait pas juste de vous imposer trop de choses.

— Mais c'est juste de nous laisser en dehors de vos projets ? rétorquai-je.

— L'important n'est pas ce qui est juste, murmura-t-il parce que nous nous rapprochions du restaurant en nous mêlant à d'autres passants. C'est la réussite de la mission. Maintenant, prends-moi la main et essaie de paraître heureuse d'être avec moi.

J'entrelaçai mes doigts avec les siens, même si je n'appréciais pas qu'il me dise quoi faire. Puis il ouvrit la porte et me la tint tandis que j'entrais dans le restaurant.

Une hôtesse souriante vint nous accueillir. Elle n'avait pas de canines pointues, donc soit elle n'était pas une vampire, soit elle était trop jeune pour avoir acquis tous ses pouvoirs.

— Bienvenue à l'inauguration de *Bollyzarre.* Nous proposons une nouvelle approche audacieuse des plats indiens traditionnels. Une table pour deux ?

— Oui, s'il vous plaît, répondit Parker avec un sourire assorti au sien.

Elle attrapa deux menus et nous conduisit à une table près du comptoir de service argenté que j'avais repéré lors de ma précédente visite avec Connie.

— Ça a l'air bondé, commenta Parker, qui me tenait ma chaise.

Je m'assis, dépliai ma serviette et la posai sur les genoux.

— Ce restaurant est apparu quasi du jour au lendemain. Je me demande comment ils ont réussi à faire passer le mot si vite, répondis-je en observant la salle effectivement bondée.

— Eh bien, les va... enfin, les végétariens, disons, se reprit-il avec un sourire en coin. Les végétariens savent être charmants quand ils le veulent. Il leur est facile d'attirer les autres.

Un frisson me parcourut de la tête aux pieds. En étais-je capable aussi ? Et sinon, le serais-je bientôt ? Allais-je me perdre devant la perspective de ces nouveaux pouvoirs ? Je secouai la tête.

— Je commence à penser que les végétariens sont capables de presque tout, chuchotai-je.

— Oui, c'est bien ça le problème.

— Pour être honnête avec toi, je ne vois pas comment quiconque, en dehors de Connie et moi, peut avoir une chance contre eux.

— Pfff, se moqua Parker. Tu es une vam... végétarienne depuis dix heures et tu te crois déjà meilleure que moi ?

J'attrapai le menu plastifié et l'ouvris.

— C'est une constatation rationnelle. J'énonce un fait, voilà tout.

— Peut-être, mais tu ne disposes pas d'assez d'informations pour parvenir à une conclusion pertinente.

Une serveuse apparut avec un carnet à la main. Pas une vampire non plus. Elle semblait avoir quelques difficultés à serpenter entre les tables dans son sari violet foncé aux fils dorés.

— La dame et moi allons choisir le buffet, annonça Parker alors que je n'avais même pas fini de lire les entrées. Si vous avez des plats végétariens, bien sûr.

Je lui donnai un coup de pied sous la table tout en souriant à la serveuse. Nous devions maintenir notre couverture, il le savait, voilà pourquoi il me taquinait. *Argh.*

— Oh, oui. Nous sommes des spécialistes de la cuisine végétarienne, répondit-elle d'une voix guillerette. Je vais vous apporter de l'eau. Je vous laisse vous servir en attendant. Bon appétit !

— Après toi, me proposa-t-il avec un air arrogant et content de lui.

Je me levai en faisant très attention à ne pas trahir mon agacement envers mon « rencard ». Il me suivit, et il essaya même de me prendre la main, mais je l'en empêchai.

Nous attrapâmes une assiette sur le chauffe-plats et nous dirigeâmes vers la file au buffet. J'aimais manger indien quand je me rendais à New York ou dans une autre grande ville pour rencontrer mon éditeur ou participer à une séance de dédicaces. La campagne géorgienne me paraissait un endroit étrange pour un restaurant de ce genre, mais de quel droit je jugeais ? Je n'y connaissais rien dans le domaine de la restauration.

J'ignorai le poulet au beurre avec un soupir déçu. En temps

normal, c'était mon plat préféré, mais Parker avait dit à la serveuse que j'étais végétarienne, et je ne voulais pas attirer les soupçons sur nous à cause d'un petit détail sans importance. J'optai donc à la place pour des pois chiches au curry, divers plats de panir, et une énorme portion de naan.

Est-ce que j'avais faim ? Non.

Allais-je manquer l'occasion de m'empiffrer de plats qui semblaient si délicieux ? Même pas en rêve.

Dès que nous fûmes assis, j'arrachai un morceau de naan, le badigeonnai d'une cuillère de curry et en fourrai un gros bout dans ma bouche.

Mais dès l'instant où la nourriture toucha ma langue, je saisis ma serviette et recrachai tout dedans.

— Ne mange rien, murmurai-je à Parker. Quelque chose cloche avec la nourriture.

17

— Qu'est-ce qui ne va pas ? demanda-t-il, en posant heureusement sa cuillère avant de mettre la nourriture compromise.

— Surveille ta réaction, chuchotai-je en me penchant vers lui, mais je suis presque sûre que la nourriture est empoisonnée.

— Qu'est-ce qui te fait dire ça ? demanda-t-il à voix haute.

— Ça a un goût…

J'agitai le poignet, parce que je ne trouvais pas le bon mot.

— Bizarre ? proposa-t-il en haussant un sourcil. Ça fait partie du nom, non ? Bolly*zarre*.

Je secouai la tête et m'adossai à ma chaise.

— Non, quelque chose ne va pas. Je ne sais pas quoi exactement, mais je le sens.

— Tu n'as pas mangé depuis que tu es devenue une… euh…

végétarienne, non? Tes sens renforcés sont peut-être juste submergés par toutes ces saveurs, suggéra-t-il.

Même si je comprenais son raisonnement, cela me hérissait qu'il ne me croie pas sur parole. Nous perdions un temps précieux.

Je me remémorai son discours sur la capacité des vampires à attirer les autres. Pouvais-je me servir de ma magie pour mettre un terme à ce débat?

— Il y a quelque chose dedans qui ne devrait pas s'y trouver. *Crois-moi*, ajoutai-je en insistant sur chaque syllabe de la dernière phrase avec emphase.

Parker posa sa main sur la mienne.

— Je te crois, déclara-t-il enfin.

Avait-il changé d'avis grâce à ma magie? Je n'étais pas certaine de vouloir le savoir. Être capable de contraindre quelqu'un à suivre ma volonté était un pouvoir trop grand, à mes yeux. C'était peut-être pour ça que ni Connie ni Grosmatou ne l'avaient mentionné.

Je reculai ma chaise et me levai.

— Je vais aux toilettes, annonçai-je, avec un sourire agréable pour le cas où quelqu'un nous observerait.

Plus bas, j'ajoutai :

— Essaie de contacter les autres.

Il sortit immédiatement son portable et envoya un texto. En me rendant aux toilettes, je repérai Buckley et Melony assis de l'autre côté du restaurant. Il avait attrapé son téléphone et observait déjà l'écran, les sourcils froncés.

Je m'assurai d'un coup d'œil que l'attention de Parker était occupée ailleurs et dépassai les toilettes pour me rendre à la cuisine.

Les portes battantes annoncèrent mon arrivée avec une soudaine succession de mouvements qui attira l'attention de tout le personnel de cuisine.

Eh bien, je savais maintenant où Vanessa cachait tous les végétariens. Euh, les vampires. Les quatre autres repérés par Buckley étaient à différents postes en cuisine, les sauces, les grillades, les desserts et le dressage des assiettes. Vanessa se tenait devant un comptoir en inox et coupait un oignon à la vitesse de l'éclair.

— J'aurais dû te refouler dès la porte, marmonna-t-elle.

Brusquement, elle cessa ce qu'elle faisait et me lança le couteau de cuisine. Il s'enfonça dans la porte jusqu'au manche, à deux centimètres de mon oreille.

Waouh, je ne m'attendais pas du tout à ça. J'avais beau être rapide à présent, Vanessa l'était encore plus, et n'avait visiblement aucun complexe à se montrer violente.

— C'était ton avertissement, ragea-t-elle. La prochaine fois, je ne te manquerai pas.

Je reculai, mais cognai la porte. D'accord, maintenant, j'avais peur. J'ignorais encore tant de choses concernant les vampires. Est-ce qu'un couteau me tuerait ? Ou fallait-il que ce soit un pieu en bois ? Et étais-je capable de couper la tête de quelqu'un, vampire ou non ? Je présumais que le coup de l'ail ne marchait pas, étant donné la quantité qu'il y en avait dans les plats et dans la cuisine. Alors, que me restait-il pour me battre ?

Maintenant que j'avais révélé ma présence, je ne pouvais pas reculer.

Mais étais-je en mesure de gagner ?

Je baissai un peu la tête et plissai les yeux, espérant paraître plus menaçante que terrifiée.

— Qu'est-ce que vous mettez dans la nourriture ? Pourquoi empoisonnez-vous les normaux ? demandai-je d'une voix puissante qui ne trembla pas.

— Qu'est-ce qui te fait croire que nous faisons quelque chose d'étrange ici ? répondit-elle en haussant les sourcils.

Elle s'avança vers moi avec un léger balancement des hanches. Elle ne s'arrêta qu'à quelques centimètres pour saisir le couteau à côté de ma tête. Elle ne le retira pas, cependant. À la place, elle s'approcha davantage. Je percevais son haleine fétide par-dessus les odeurs plus âcres de la cuisine.

— Ce que nous faisons aux normaux, ce sont nos affaires. Tout comme ce restaurant. Ce sont *nos* affaires et tu n'es pas la bienvenue. Sors. Maintenant.

Elle prononça les derniers mots en dévoilant ses dents pointues.

J'aurais pu pousser la porte et m'éloigner de cette confrontation. Même si Vanessa cherchait à accomplir quelque chose avec sa nourriture empoisonnée, elle ne voulait sans doute pas causer une scène au beau milieu du restaurant, à la vue de tous les clients. J'aurais pu me précipiter vers Parker, ou bien Melony et

Buckley, mais j'avais déjà décrété qu'ils me ralentiraient, n'est-ce pas ?

— Connie vous l'a demandé gentiment, grognai-je en me penchant vers elle à mon tour. Vous savez que vous ne pouvez pas rester à Beech Grove. Cette zone appartient déjà à quelqu'un.

— Et je te l'ai déjà demandé gentiment aussi. On dirait que nous avons du mal à écouter, toutes les deux. Hum. J'imagine donc que parler ne nous mènera nulle part.

Sur ces mots, elle récupéra le couteau de cuisine dans la porte. Je la suivis des yeux, prête à parer son coup, mais j'étais tellement concentrée sur cette menace que je ne vis pas mon attaquante sortir un pieu en bois de son tablier et l'enfoncer dans ma poitrine.

18

J'en eus le souffle coupé, mais je ne ressentis aucune douleur. Un pieu en plein cœur, ça aurait dû me tuer, non ?

Vanessa et moi baissâmes toutes les deux la tête pour regarder ce qu'il se passait. Le bois avait éclaté jusqu'à la main de Vanessa.

Il n'avait pas pénétré mon cœur.

Le plastron !

Ce stupide accessoire avait tenu bon et m'avait très certainement sauvé la vie.

Nous nous dévisageâmes, puis Vanessa leva l'autre bras, celui tenant le couteau. J'esquivai, parce que je n'avais pas envie de perdre ma tête ou tout autre membre. J'en aurais besoin en redevenant humaine.

J'oubliai cependant de m'ajuster à ma nouvelle puissance et je me poussai avec bien trop de force, si bien que je tombai contre un lave-vaisselle industriel fumant.

Non, non, non, non !

Je devais reprendre l'équilibre avant que Vanessa ne se jette de nouveau sur moi. Je n'étais clairement pas dans une position avantageuse. Ces vampires de *Bollyzarre* avaient pour eux l'expérience, le nombre et le fait d'être sur leur terrain.

J'étais cuite.

Du moins, je l'aurais été si la porte ne s'était pas ouverte brusquement et qu'un puissant brouillard magique n'avait pas envahi la cuisine. Un homme de grande taille en costume bleu marine et mocassins entra ensuite.

Parker !

Je voulus courir vers lui, lui prendre la main et m'excuser de l'avoir considéré comme un handicap. Puis le remercier de m'avoir sauvé la vie. Non, je n'étais toujours pas amoureuse de lui et j'en étais encore loin. J'étais toutefois incroyablement reconnaissante de son intervention qui m'avait permis de garder ma tête accrochée à mon corps et de vivre une journée de plus dans ce monde de dingues.

Il n'y avait qu'un seul problème : je ne pouvais pas bouger. Je me débattis intérieurement, tirai sur tous mes membres, mais je ne pus même pas remuer un sourcil.

— Tawny ! Tawny ! m'appela Parker en contournant les chefs vampires, tous figés sur place.

J'avais beau avoir envie de lui répondre, j'en étais incapable.

Heureusement, il me repéra très vite sur le sol collant près du lave-vaisselle.

— Tawny ! s'exclama-t-il.

Il plaça la main sur ma poitrine, me libérant du sort qu'il avait lancé.

Je le laissai m'aider à m'asseoir, même si je n'avais plus besoin d'assistance, maintenant que le brouillard magique ne m'affectait plus.

Il vérifia que je n'étais pas blessée ; il haletait et son cœur battait la chamade.

— Comme tu ne revenais pas, je me suis dit que tu avais dû tenter d'affronter le clan toute seule. Et tu vois, j'avais raison.

Il me sourit gentiment, même s'il continuait à froncer les sourcils, inquiet.

— Comment tu as su ?

Moi qui croyais l'avoir berné et avoir trouvé le plan parfait pour donner une chance à notre équipe de gagner.

— Parce que je te connais. La vraie toi.

Il me prit la main et l'embrassa.

— Ça veut dire que je ne suis plus la vampire de Schrödinger ? demandai-je, un lent sourire aux lèvres.

— Je ne sais pas ce que tu es exactement. Mis à part plutôt extraordinaire, je veux dire.

— Et courageuse ? suggérai-je.

— Je pense qu'idiote conviendrait mieux, répliqua-t-il. Plus sérieusement, tu vas bien ?

— Oui, confirmai-je avant de taper sur mon plastron. Comme neuve, grâce à ce petit chéri.

Il fronça les sourcils et posa de nouveau la main sur ma poitrine.

— C'est le truc que tu portais tout à l'heure ? Cette espèce de collier ? À quoi il sert ?

— À m'empêcher de me faire poignarder en plein cœur, et apparemment, ça marche. Connie devrait porter le sien plus souvent.

J'avais eu tort à propos d'une chose importante, mais Connie aussi. Même si les vampires étaient forts et intelligents, ils n'avaient pas toujours raison et n'étaient pas les seuls à posséder des compétences appréciables.

Parker semblait perplexe.

— Je peux le voir ? demanda-t-il en s'asseyant sur ses talons pour me laisser un peu de place.

— À vrai dire, c'est sous ma robe, donc…

Il me décocha un sourire coquin, puis utilisa sa magie pour détacher le plastron derrière mon cou et défaire les attaches autour de ma taille. L'instant d'après, le bouclier glissait sous ma robe et volait jusqu'à Parker.

— Tu sembles être un expert dans ce domaine, commentai-je avec un ricanement malvenu.

Parker ne répondit rien, pas même une blague.

— C'est Grosmatou qui te l'a donné ? demanda-t-il en passant la main sur le métal.

J'acquiesçai et je l'observai pendant qu'il examinait l'armure.

— Pour me protéger.

— Non, ce n'est pas pour ça, répondit-il en secouant la tête. Je ne m'en suis pas rendu compte tout à l'heure dans mon bureau. J'étais trop emporté par mes émotions pour penser calmement.

Je ne tins pas compte de la partie concernant les émotions, préférant me concentrer sur les faits. Ou du moins, les faits tels que Parker les voyait à présent.

— Rendu compte de quoi ? Qu'est-ce qui ne va pas ?

— Cette armure ne sert pas à te protéger, murmura-t-il, mais à étouffer ta magie.

Je ricanai de nouveau.

— C'est ridicule. Je peux très bien me servir de ma magie, merci bien.

— De ta magie de vampire, oui. L'alliage du plastron n'est pas fait pour atténuer celle-ci. C'est pour ta magie de sorcière.

J'étais vraiment perdue.

— Non, je n'en ai plus. Tu te souviens ? Grosmatou me l'a reprise.

Parker m'aida à me relever et posa le plastron sur un plan de travail.

— Tu en es sûre ? Quand as-tu essayé de t'en servir la dernière fois ?

— Je n'ai pas essayé, puisque je savais que je n'en avais plus.

Je jetai un coup d'œil à la cuisine, observai Vanessa et les quatre membres de son clan avec précaution. Même s'ils étaient figés sur place, ils étaient toujours très en vie et plus en colère que jamais.

— Essaie de t'en servir maintenant, m'encouragea Parker, qui n'était concentré que sur moi.

Je contemplai mes mains. Étaient-elles capables d'user de magie ? De lancer des sorts ?

Il traversa la cuisine à toute vitesse sans me quitter des yeux.

— Tiens, on peut coincer les chefs dans cette chambre froide et la sceller par la magie, jusqu'à ce que nous soyons en mesure de les ramener au quartier général.

— Tu veux que je fasse tout ça ? m'exclamai-je, rétive.

— Non, ouvre juste la porte. Une petite chose. Maintenant que tu ne portes plus le plastron, tu peux y arriver. Tawny, regarde-moi.

Il attendit que je m'exécute.

— Je crois en toi, dit-il.

C'était tout ce que j'avais besoin d'entendre pour croire à cette affirmation ridicule. Comme si j'étais une sorcière, une vampire et moi en même temps. Mais bien sûr.

Je pris une grande inspiration, levai les bras et…

19

La porte s'ouvrit avec une force inattendue et claqua contre le mur. Je fixai la chambre froide avec un regard incrédule. *C'est moi qui ai fait ça ?*

— Je te l'avais dit, lança Parker qui se précipita pour me prendre dans ses bras. Tu n'es pas une normale, Tawny.

— Dans ce cas, je suis quoi ? demandai-je d'une voix étranglée.

Je n'en revenais pas d'avoir conservé ma magie de sorcière tout ce temps sans l'avoir remarqué.

— Je ne sais pas, murmura-t-il contre mes cheveux.

— Mais Grosmatou, si.

Je me crispai. Il savait ce que j'étais et avait choisi de me le cacher. Même si l'ignorance pouvait me tuer. Il ne s'en tirerait pas comme ça, j'allais m'en assurer.

— S'il ne t'a rien dit, c'est qu'il avait ses raisons, commenta

Parker qui me frotta les bras. En tout cas, tu n'es pas une vampire à part entière, donc la malédiction ne t'affecte pas de la même manière qu'eux.

— Ça veut dire que je peux toujours aimer ?

Je ne savais plus ce que j'éprouvais à ce sujet. J'avais envie d'aimer les gens, mais j'étais si focalisée sur ma maîtrise de mes pouvoirs de vampire afin de stopper le nouveau clan que je n'avais pas beaucoup réfléchi à ce qu'il adviendrait de Parker et moi ensuite.

— Peut-être pas aimer.

Il me serra la main et inspira lentement avant de poursuivre.

— Si tu as gardé la magie de sorcière, tu garderas peut-être celle de vampire aussi. Je ne sais pas ce que ça signifie, ni comment les deux vont interagir à long terme. Tout ce que je sais, c'est que les règles habituelles ne s'appliquent pas à toi. Tu es différente.

— Oui, tu n'arrêtes pas de me le dire.

Je me mordis la lèvre et regrettai de ne pas sentir la douleur sous cette forme. Pas encore, en tout cas.

— On fait quoi, maintenant ?

J'avais peur de toutes les réponses qu'il pouvait me donner.

— On emprisonne les vampires de *Bollyzarre*. On découvre pourquoi ils nous ont pris pour cible. On termine la mission. On oblige Grosmatou à te dire la vérité…

— Et ensuite ?

— Je ne sais pas, dit-il en secouant la tête.

Nous restâmes enlacés un peu plus longtemps. Cela n'alluma

pas une étincelle en moi comme autrefois, mais cela me réconforta tandis que je me préparais à la suite des événements.

Que nous tuions tous les membres du clan étranger, que nous les emprisonnions pour toujours ou leur effacions la mémoire, l'heure du jugement avait sonné. Je le savais au plus profond de moi.

D'abord, il y avait eu la bataille mortelle pour la sorcière communale. Ensuite, le kidnapping des agents de terrain, de Grosmatou et de Melony par une mafia magique dans le Maine. Et maintenant ça ? Il se passait trop vite trop de choses dans cette trop petite ville de la campagne géorgienne pour que tous les événements soient des cas isolés.

Grosmatou savait que j'étais différente. D'autres pouvaient-ils être au courant aussi ?

Ou bien ces gens-là cherchaient-ils autre chose et j'avais la malchance de me trouver en plein milieu ?

Si je le savais...

— Aide-moi à rassembler tout ce petit monde et à l'enfermer là-dedans, me demanda Parker avant de me lâcher en soupirant de dépit.

Il enroula une liane magique autour du premier vampire et le souleva jusqu'à la chambre froide. Puis il attrapa le suivant, s'occupant de tous les membres de l'équipe un à un.

Je me dirigeai vers Vanessa, qui n'avait pas bougé, son couteau de cuisine toujours à la main et la tête penchée sur le côté. Si Parker était arrivé quelques secondes plus tard à peine, ce couteau aurait atteint sa cible. *Moi.*

— Qu'est-ce que vous faites ici? demandai-je à la silhouette immobile. Vous êtes venus pour moi?

Je cherchai dans ses yeux un signe de conscience, mais elle n'était qu'une statue créée par la magie de Parker. Tandis qu'il s'occupait des autres, je portai le bout de mes doigts à la bouche de Vanessa et laissai la magie s'en déverser.

— Qu'êtes-vous venus faire ici? la questionnai-je de nouveau.

Les lèvres de ma proie remuèrent, mais sa bouche resta fermée.

Je dessinai un cercle devant son visage et son cou. Pouvais-je utiliser ma magie de vampire et celle de sorcière en même temps? Il n'y avait qu'une seule façon de le savoir.

— Réponds-moi, ordonnai-je, en tentant de nouveau le sort de compulsion.

— Pourquoi je te dirais quoi que ce soit? aboya-t-elle avant de me cracher dessus.

— Je peux t'ôter la vie ou te la sauver. Le choix t'appartient.

— Nous sommes plus nombreux que tu l'imagines. Me tuer ne changera rien.

— Ta cause est donc plus importante que ta propre vie?

— Quelle vie? Tu crois qu'on apprécie cette piètre existence, coincés entre la vie et la mort? Il n'y a rien, pour nous. Pas d'amour. Pas de but. Rien d'autre que la cause. Elle nous donne un but. Une raison de continuer à exister. Tout ce que je te dirais causerait sa destruction. Alors, ma vie est un faible prix à payer pour protéger ce pour quoi nous œuvrons si nombreux depuis si longtemps.

— Je ne comprends pas, commentai-je, les sourcils froncés. Ce que tu dis n'a aucun sens.

— Je ne te dois rien.

Elle rit méchamment.

— Espèce d'imbécile. Tu ne sais même pas qui tu es, n'est-ce pas ?

— Dis-moi, j'ai besoin de le savoir, la suppliai-je.

Je me fichai de paraître faible. En cet instant, je l'étais. Je ne connaissais même pas la vérité sur mon identité.

Vanessa ouvrit la bouche pour dire quelque chose, mais à la place, elle laissa échapper un grognement guttural. Horrifiée, je vis un pieu en bois dépasser de sa poitrine.

— Voilà, ça fera ça de moins à s'inquiéter, constata Connie, avant de récupérer le pieu, qu'elle fit tourner dans sa main. Ramenons les autres au quartier général, on pourra les interroger.

20

— Connie ! rugis-je, frustrée. J'allais obtenir ce que je voulais !

— Et moi, j'ai obtenu ce que je voulais, à savoir son cadavre à mes pieds.

— Qu'est-ce qu'elle allait me dire ? m'exclamai-je, rageant contre le mauvais timing.

— Aucune idée et je m'en fiche, répliqua la vampire.

Elle rangea le pieu dans un étui à sa cheville, puis se redressa de toute sa taille.

— Comment as-tu réussi à tous les immobiliser ? me questionna-t-elle.

— P-Parker, balbutiai-je en le cherchant autour de moi.

Il sortit de la chambre froide et scella la porte d'un trait de magie scintillante. Quand il eut terminé, il souffla sur ses doigts et fit semblant de coincer la clé dans sa ceinture.

— Bon travail, sorcier, le félicita Connie en souriant presque.

— Merci, vampire, rétorqua-t-il.

Il vint se placer à côté de moi.

— Où sont les autres ? demandai-je à Connie, inquiète.

Quelque chose clochait, et pas seulement son arrivée inopinée.

— Comment tu as su que tu devais venir ?

— Vous faisiez un sacré boucan, là-dedans. Nous avons tous dû nous mobiliser pour empêcher les normaux de s'en rendre compte. La prochaine fois, soyez un peu plus discrets, d'accord ?

— La nourriture ! m'écriai-je, puisque je m'en souvenais à présent. Ils l'ont trafiquée.

— Oui, Buckley m'a transmis cette petite info aussi. La prochaine fois, tu devras faire un rapport direct à ta supérieure.

— Tu n'es pas ma supérieure, rétorquai-je, tout aussi surprise qu'elle de ma rebuffade.

Elle écarquilla si grand les yeux qu'ils allaient lui sortir des orbites, si elle continuait.

— Qu'est-ce que tu viens de dire ?

J'agitai le poignet et, à l'aide de ma magie de sorcière, mis en lévitation l'armure qui étouffait mes pouvoirs, offerte par Grosmatou. Quand elle arriva près de moi, je la pris dans les airs et la tendis à Connie.

La vampire eut encore plus les yeux ronds comme des soucoupes. Et elle s'en décrocha la mâchoire, aussi.

— Comment ? Tu étais censée être douée de magie de vampire.

Je lui tournai autour à toute allure, créant du vent qui lui ébouriffa les cheveux.

— Je l'ai toujours.

— Mais tu ne peux pas avoir les deux en même temps. C'est impossible, à moins d'être…

Elle pinça les lèvres, refusant d'en dire davantage.

— À moins d'être quoi ? Dis-moi ! criai-je.

— Ce n'est pas à moi de le faire, répliqua-t-elle en se détournant.

Je lançai un regard suppliant à Parker.

— Je ne sais pas, marmonna-t-il. Je suis mortel, tout comme toi. Je n'ai pas vécu assez longtemps pour amasser autant de connaissances qu'elle.

— Et Grosmatou ?

J'éprouvais le soudain besoin de savoir. Qui étais-je réellement ? Comment avait-il deviné ma véritable nature avant tout le monde, et pourquoi s'arrogeait-il le droit de me la cacher ?

— Il est au courant, ça ne fait aucun doute, répondit Parker.

— Mais il n'est pas immortel, lui non plus. Quoique ?

— Il en est à sa septième vie, donc il a largement dépassé le centenaire. En plus, il connaît plus de choses que moi, en tant que diplomate.

J'y réfléchis quelques instants.

— Il va me le dire, tu crois ?

— Nous avons vaincu le clan des envahisseurs, intervint Connie. D'après moi, ça veut dire qu'il est temps qu'il remplisse sa part du contrat.

J'avais besoin de savoir, et en même temps, j'avais peur.

— Et si apprendre ce grand secret changeait tout ?

— Tout a déjà changé, souligna Parker en passant son bras autour de ma taille.

Je m'appuyai contre lui, désireuse d'accepter le réconfort qu'il m'offrait. Maintenant que ma magie de sorcière n'était plus étouffée, j'appréciais de nouveau son contact.

— Et les gens qui ont mangé la nourriture empoisonnée ? m'inquiétai-je.

Je venais de me rendre compte que presque rien n'était résolu, même si nous avions réussi à gagner.

Quelque chose me retenait ici. Je n'avais pas envie de partir, même si je n'avais aucune raison de rester.

D'un air imperturbable, Connie s'approcha de la chambre froide et fusilla du regard les prisonniers.

— Nous avons noté les identités de tous les clients de ce soir. En tant que responsable de l'Agriculture, Buckley pourra, j'en suis sûr, déterminer quel était le poison et trouver un remède.

— Je vais convoquer les autres ici, annonça Parker, qui sortit son portable de sa poche et commença à taper tandis qu'il parlait. Ils peuvent nous aider à escorter les types de la chambre froide jusqu'au quartier général.

— Et vis-à-vis des clients qui sont toujours là, on fait comment ?

Non, nous ne pouvions pas encore partir, même si je ne savais pas pourquoi. Juste que c'était important.

— Du calme, lança Melony en franchissant les portes battantes.

On aurait dit qu'elle se tenait juste derrière et attendait simplement qu'on l'appelle.

Plutôt que d'expliquer quoi que ce soit, elle envoya un panache de fumée vers le plafond. Nous le suivîmes tous des yeux.

Les gicleurs se déclenchèrent et des cris stupéfaits montèrent de la salle du restaurant.

— Ça devrait tous les faire sortir, commenta l'adolescente, un grand sourire aux lèvres.

Elle adorait semer la zizanie.

— Dépêchons-nous, nous pressa Connie, avant que les serveurs viennent chercher la propriétaire en cuisine.

— Melony, aide-moi à sortir les otages, lança Parker à la seule personne ayant moins d'ancienneté que moi dans la boîte. Ils sont déjà attachés grâce à des liens magiques. On doit juste s'assurer qu'aucun normal ne les voie le temps de les installer en voiture.

Melony acquiesça et le rejoignit dans la chambre froide.

Tous deux se mirent au travail et Connie souleva le corps de Vanessa.

— Je m'occupe d'elle.

— Je vais emballer quelques plats pour inverser les effets du poison et créer l'antidote, indiqua Buckley.

Je ne l'avais même pas vu arriver.

J'étais la seule à n'avoir rien à faire. Je restai immobile et regardai les autres se mettre au travail.

Je n'avais pas envie de partir, même si je n'avais aucune raison de rester.

21

Je fis les cent pas dans la cuisine vide en me demandant pourquoi je n'arrivais pas à m'en aller. J'avais fouillé scrupuleusement chaque meuble, placard et tiroir, et j'étais ressortie bredouille. Rien ne sortait de l'ordinaire. Et pourtant, c'était le sentiment que j'avais.

Avant que Connie ne la tue, Vanessa avait annoncé que nos ennemis étaient nombreux, ces fameuses personnes qui adhéraient à une cause inconnue.

Je la croyais.

J'aurais juste aimé en savoir plus. Je regrettais de n'avoir pas réussi à la convaincre de m'en dire plus lors de ses derniers instants.

Un éclat noir attira mon attention. Grosmatou entrait dans la cuisine.

— Venez, Tawny, me dit-il sur un ton pressant. Il n'y a plus rien à faire ici.

— Il va se passer quelque chose, affirmai-je, sans hésiter.

J'étais certaine que nous n'en avions pas terminé ici, même si je n'avais aucune raison évidente d'en être sûre. Malgré tout, mon intuition me le soufflait.

Grosmatou se tourna vers les portes battantes et me fit signe de le suivre.

— Barnes vient de les déposer au QG pour les interroger. Ils sont enfermés soigneusement. C'est terminé.

Je secouai la tête et refusai de bouger.

— Je ne crois pas.

— S'il doit y avoir un deuxième round, nous serons prêts, me promit-il, toujours près de la porte. Mais pour le moment, nous devons nous reposer.

Je secouai la tête et reculai d'un pas. Pourquoi étais-je si réticente ?

Le chat noir soupira.

— Vous ne voulez pas savoir en quoi vous êtes différente ? Vous avez rempli votre part du contrat. Il est temps pour moi que je remplisse la mienne. Venez. Nous devons discuter d'autre chose, aussi.

Je regardai la chambre froide où Parker avait temporairement détenu les membres du clan. Je savais déjà qu'ils ne parleraient pas, quelles que soient les tactiques employées par l'agence. À l'instar de Vanessa, ils étaient prêts à mourir pour leur cause sans dévoiler son but.

— Ce boulot est terminé, mais vous êtes toujours mon intérimaire.

La patience du patron avait atteint ses limites ; il parlait avec rudesse, à présent.

— Venez avec moi. C'est un ordre direct, ajouta-t-il en agitant la queue.

Je cédai enfin à ses désirs. Ce qui m'attendait ici ne s'était pas encore montré. Ou alors, je me trompais.

— Portez-moi, ordonna le chat autoritaire quand je le rejoignis près de la porte.

Je m'exécutai et, l'instant d'après, un brouillard rose scintillant nous enveloppa et nous téléporta jusqu'à la salle de réunion de l'agence. Après nous avoir déposés sur un siège, le tourbillon de magie retourna vers le plafond.

— Reste, lui dit Grosmatou, et la magie permuta pour se transformer en petite sphère flottant au-dessus de la table, comme si elle participait elle aussi à cette réunion.

J'en savais très peu sur la magie spéciale qui liait notre région aux autres de par le monde, mis à part que toutes la puisaient de la même source et aidaient à maintenir l'équilibre afin d'empêcher une région ou une personne de devenir trop puissante.

— Les autres vont venir ? demandai-je.

J'aurais aimé que Parker soit avec moi pour la suite. S'il avait mes intérêts à cœur, j'ignorais s'il en allait de même du chat noir ou des autres.

— C'est une affaire privée. Moins il y a de personnes au

courant de ce que je m'apprête à vous dire, plus nous serons en sécurité.

Les yeux de Grosmatou, normalement lumineux et inquisiteurs, étaient ternes et mornes. Quoi qu'il ait à me dire, il ne lui tardait pas.

— Qu'est-ce qui cloche ? demandai-je.

Nerveuse, je retins mon souffle.

— Vous, Tawny. C'est vous qui clochez.

Je me renfrognai. N'étions-nous pas d'accord pour aller droit au but, maintenant que ma mission était terminée ? Lui qui semblait impatient de me faire venir ici, voilà qu'il me répondait ça.

— C'est pas gentil de dire ça, grommelai-je, alors que la fatigue réclamait enfin son dû. J'ai fait tout ce que vous m'avez demandé.

Allait-il seulement s'exprimer en devinettes et semi-vérités au lieu de révéler directement ce que je voulais savoir ?

— Vous m'avez mal comprise. Ce que je veux dire, c'est que vous ne devriez pas exister.

Je déglutis avec peine et mon cœur s'emballa. Quand s'était-il remis à battre, d'ailleurs ? Il s'était passé tant de choses depuis que Parker m'avait retiré l'armure étouffant mes pouvoirs. Je n'avais pas prêté attention à mes sensations physiques et simplement présumé qu'elles étaient toujours absentes. Mais à présent, je sentais mon cœur battre la chamade, l'oxygène gonfler mes poumons, et la douleur que provoqua la déclaration de Grosmatou.

— Vous allez me tuer ? lui demandai-je de but en blanc.

Plutôt que de faire les cent pas comme d'ordinaire, il s'allongea et cala ses pattes sous son corps.

— Non, Tawny, je ne vais pas vous tuer. Mais d'autres pourraient essayer s'ils découvraient ce que vous êtes. Ils ne doivent pas le savoir, vous comprenez ?

Je repensai à ma confrontation avec Vanessa.

— Ils savent déjà, avouai-je d'une voix tremblante. C'est ce que m'a dit la vampire restauratrice. Elle a aussi affirmé que je ne savais même pas ce que j'étais. Que d'autres allaient venir.

Grosmatou gémit longuement et bruyamment.

— C'est bien ce que je craignais.

— Je ne comprends pas. Jusqu'à il y a une dizaine de jours, j'ignorais que la magie existait. Pourquoi tout le monde s'intéresse à moi maintenant ?

— Vous n'êtes pas une normale, déclara le chat, en rivant sur moi ses grands yeux qui ne clignaient pas.

— Oui, j'avais saisi que je suis une magick, maintenant.

Je gloussai pour apaiser la tension qui régnait dans la pièce. Ma tentative de légèreté eut cependant pour seul effet d'accroître les angoisses du chat.

Il se lécha la patte plusieurs fois, c'était un tic nerveux, avant de reprendre la parole.

— Non, Tawny. Vous n'êtes pas une magick non plus. Vous êtes quelque chose de complètement différent.

22

— Ça suffit avec les grandes déclarations radicales. Dites-moi maintenant ce que je suis et pourquoi c'est si sérieux, exigeai-je, lasse des circonlocutions du chat.

— Vous êtes une Terran, répondit-il sur un ton lugubre.

— Une Terran ?

Je ris sèchement et frappai la table.

— Ce n'est pas comme ça que les humains sont appelés dans les livres de science-fiction ? Allez, soyez honnête avec moi. J'ai suffisamment attendu...

— Je suis honnête avec vous ! grogna-t-il. Les Terrans sont une espèce éteinte, ou c'est en tout cas ce que tout le monde croyait, jusqu'à...

Il leva le menton et écarquilla les yeux.

Je posai la main sur ma poitrine.

— Jusqu'à moi ?

— Oui. Ils sont souvent mentionnés dans les vieilles histoires. Quand ils se sont éteints il y a plusieurs siècles, les normaux n'avaient plus aucun cadre de référence pour comprendre l'espèce des Terrans. Ils les ont vus fréquemment mentionnés en lien avec ce monde et ont supposé qu'ils ne pourraient pas trouver de Terrans, parce que tous les habitants de la Terre étaient de cette espèce. Mais ils se sont trompés.

— Qu'est-ce que je suis ? demandai-je dans un souffle.

— Vous êtes votre propre catégorie. Plus vous continuerez à fréquenter le monde magique, plus vos pouvoirs vont s'accroître.

— Mais à Caraway Island, si j'ai pu vous sauver, Melony et vous, c'est parce que j'étais une normale. Les magicks ne pouvaient pas briser les barrières, mais moi oui, lui rappelai-je en me remémorant notre étrange aventure.

En définitive, j'avais été la seule en mesure de leur porter secours.

— Vous n'êtes pas une magick, ni une normale. Puisqu'ils pensaient que les Terrans n'existaient plus, ils ne les ont pas inclus dans leurs défenses.

— Donc, j'ai de la magie, mais je ne suis pas une magick ?

La vache, j'étais donc vraiment le quelque chose de Schrödinger.

Il acquiesça et se lécha la patte.

— Voyez ça comme ça. Chez la plupart des utilisateurs de magie, les pouvoirs passent par le cœur. C'est pour ça que les vampires ne peuvent être tués qu'en détruisant la source de leur magie, et donc leur cœur.

— Vous m'avez donné le plastron pour couvrir mon cœur et bloquer ma magie de sorcière.

Plus les révélations se succédaient, mieux je comprenais sa ruse. Il opina de nouveau.

— J'avais quelques soupçons quant à votre nature, mais je savais aussi que vous étiez trop inexpérimentée pour maîtriser tous vos pouvoirs. Comme vous ne vouliez pas rester à l'écart de l'agence, je me suis dit, autant vous cacher à la vue de tous. Tawny, un Terran n'emmagasine pas sa magie que dans son cœur. Tout son corps est un réceptacle. Vous pouvez abriter tant de pouvoir en vous. Des centaines de fois plus que les magick. Mais votre véritable force réside dans votre capacité à manier la magie du monde.

Je tournai d'un coup la tête vers la boule de magie rose scintillante à côté de nous.

— Oui, confirma le chat avec déférence. Quand le dernier Terran est mort, nous avons monté ces comités régionaux pour superviser la magie du monde. Nous nous disions qu'en l'absence de ses véritables gardiens, le meilleur moyen de l'utiliser était de réunir une assemblée de surnaturels de plusieurs espèces. Nous espérions, ensemble, nous rapprocher le plus possible des aptitudes d'un seul Terran. Mais c'était une solution imparfaite, et les normaux comme les magicks se disputent bien plus qu'ils ne le devraient. Le monde n'est pas équilibré, mais peut-être le sera-t-il à nouveau, maintenant que nous vous avons trouvée.

Il s'interrompit pour me laisser prendre la mesure de ses paroles.

Non seulement j'étais douée de magie, mais en plus, j'étais l'être le plus puissant ayant existé depuis des siècles. Je pouvais gérer le fait d'être juste un peu spéciale, mais être au-dessus de tout et de tout le monde ? Cela me terrifiait.

— Tout le monde ne souhaite pas la paix, marmonnai-je en pensant aux hommes et femmes politiques majoritaires et aux factions terroristes qui se servaient de la guerre, de la violence et de l'insatisfaction dans tous leurs actes.

— Pas ceux qui cherchent le pouvoir, non.

La queue de Grosmatou frappait la table à un rythme régulier, comme pour marquer le temps. Cette conversation avait beau être compliquée pour moi, elle le perturbait tout autant. Il savait mieux que moi ce que mon existence et la découverte de mon statut signifiaient pour le monde dans son ensemble.

— Ça veut dire qu'ils vont tenter de me tuer ? m'inquiétai-je.

Il acquiesça d'un air sombre.

— Oui, ou vous capturer pour se servir de vous comme d'une arme.

Non, je refusais d'être changée, transformée en quelque chose que je n'étais pas destinée à devenir.

— Qu'est-ce que je peux faire pour empêcher ça ?

— Je ne sais pas. Nous avançons en territoire inconnu. Personne ne pensait ça possible, mais si vous existez, il y en a peut-être d'autres comme vous.

— Doit-on aller les trouver, alors ? Les mettre de notre côté ?

Nous devions faire quelque chose, non? Mais quoi? Si Grosmatou n'en avait pas la moindre idée, ce n'était pas moi qui allais trouver quoi que ce soit.

Le chat prit une grande inspiration avant de poursuivre.

— Je compte vous former dans toutes les branches de la magie et espérer qu'il existe un moyen pour que vous trouviez d'autres Terrans, oui. Mais ce ne sera pas facile. Nous avons eu de la chance de vous repérer avant quelqu'un doté de mauvaises intentions. C'est une coïncidence des plus improbables, à moins qu'il n'y en ait d'autres comme vous, n'attendant que d'être découverts.

— Je veux vous aider à les trouver, déclarai-je avec un soudain regain d'enthousiasme.

Cela représentait trop de pression d'être la seule de mon espèce. Surtout en sachant que, d'après les explications de monsieur Grosmatou, les Terrans disposaient d'une grande quantité de pouvoir et d'influence. Je n'avais toujours été responsable que de moi-même. Je n'avais même jamais eu d'animal de compagnie, bon sang.

Grosmatou perçut la peur sous-jacente à ma détermination.

— Les autres membres du conseil et moi vous enseignerons tout ce que nous savons, mais votre entraînement restera imparfait. Nous ne pouvons vous apprendre que ce que nous savons, ce qui est très peu en comparaison des connaissances que vous devriez engranger.

J'éprouvais une certaine envie de remonter le temps, de

choisir une autre ville que Beech Grove. Mais je supposai que si le monde avait besoin d'une héroïne, c'était à moi de m'en charger.

23

— Ça fait beaucoup à digérer, commentai-je enfin, quand monsieur Grosmatou sembla à court d'avertissements à proférer.

Il se leva et s'étira.

— Je sais. Je ne souhaiterais ça à personne. À cause de ce que vous êtes, le moindre de vos choix peut changer le cours de l'Histoire.

— Vous ne me facilitez pas la vie, lui dis-je avec un sourire las.

Ce n'était pas pour m'énerver qu'il avait gardé le secret. Il espérait vraiment me protéger. Maintenant que je le comprenais, je lui étais reconnaissante d'avoir essayé.

— J'espérais que vous échoueriez et soyez forcée de rester une vampire, avoua-t-il.

— J'en resterai bien une. Enfin, en partie, ajoutai-je, pensive.

Je ne savais toujours pas comment tout ceci fonctionnait, même si je commençais à voir se dessiner un schéma.

— La magie de sorcière que vous m'avez donnée n'a pas disparu, donc la magie de vampire ne disparaîtra pas non plus. Je l'absorbe et la garde au fond de moi.

— Comme une éponge, se réjouit le chat noir.

— Oui, et je ne sais pas comment m'en débarrasser.

— Je pense avoir une idée, m'apprit-il en se levant lentement. La malédiction des vampires était mon ultime tentative pour vous sauver de votre nature. J'ignorais si ça fonctionnerait, si la malédiction pouvait effacer votre héritage terran, mais je devais essayer.

— Je le comprends à présent. Merci.

Je n'appréciais pas toujours ses méthodes et son attitude, mais au moins, maintenant, je les comprenais. Au bout du compte, monsieur Grosmatou n'était qu'un simple chat qui s'était tout à coup retrouvé doté de bien plus de pouvoir qu'il ne s'attendait à en avoir un jour. Nous nous ressemblions sur ce point.

Il marcha jusqu'à l'autre bout de la table, puis revint vers moi.

— Il est temps de cesser de nier votre véritable nature. Nous devons vous unir à votre destinée.

L'orbe de magie du monde rose scintillant flotta au-dessus de la table, dans ma direction.

— Tendez la main et prenez-la, m'ordonna le chat à quelques mètres.

Je levai la main et tendis l'index, sans prendre le temps de réfléchir ou d'envisager toutes les conséquences si j'acceptais une telle responsabilité. Au fond de moi, je savais que c'était la chose à faire. Que c'était nécessaire.

L'orbe palpita quand il s'approcha et effleura ma peau en douceur. Ébahie, je vis sa lueur rosée m'envelopper, et pas seulement le cœur comme les autres magies, mais tout mon corps.

Grosmatou retint bruyamment son souffle.

— Dans toutes les vies que j'ai vécues, je n'aurais jamais imaginé voir une telle chose un jour. Vous êtes… incandescente.

Lorsque la magie de vampire avait dominé mes sens, j'avais ressenti une absence constante, un vide. Maintenant que j'avais recueilli la magie du monde en moi, c'était tout le contraire : j'étais complète, entière et capable d'éprouver la moindre sensation qui cherchait mon attention.

C'était merveilleux.

— Comment vous sentez-vous ? demanda monsieur Grosmatou, qui m'observait avec émerveillement.

— Très bien, murmurai-je, dans le même état. Comme si j'avais trouvé ma place.

Un immense sourire s'étira entre ses moustaches. C'était la première fois que j'en voyais un aussi large chez lui.

— Vous vous souvenez comment nous avons testé la malédiction, tout à l'heure ?

— Parker, répondis-je avec un sourire mélancolique.

Maintenant que je me remémorais les sentiments que je nourrissais pour lui depuis deux semaines, j'éprouvais un désir encore plus accru de le voir. Une manière de rattraper le temps perdu ? Ou bien était-ce parce que je m'éloignais de la malédiction vampirique et retrouvais la lumière que tout me paraissait plus lumineux?

— Je peux aller vous le chercher pour voir si la malédiction a bel et bien disparu. Pour votre plaisir. Cependant, vous ne devez pas lui dire ce que vous êtes. Vous ne devez en parler à personne.

Il posa le derrière sur la table en me défiant de contester son ordre.

Il me demandait un énorme sacrifice. Comment pouvais-je bâtir une relation avec Parker si cette grande partie de moi demeurait un secret?

— Ne va-t-il pas être en danger en me protégeant? Comme vous tous?

— Malheureusement, oui, mais ils seront bien plus en sécurité s'ils ignorent votre nature exacte.

Grosmatou pencha la tête et miaula. Il n'avait jamais autant ressemblé à un véritable chat. Était-ce sa façon de communiquer son regret ou sa pitié? Ou alors, en avait-il assez de moi, de cette conversation, de ce qui nous attendait?

— Connie est au courant, dis-je, pour mettre fin à cet étrange moment. Elle l'a compris au restaurant.

Il soupira et baissa la tête.

— Vous êtes la plus puissante d'entre nous. Vous pouvez effacer ses souvenirs, si vous le voulez. Vous pouvez même effacer les miens.

— Non, répondis-je, en comprenant quelque chose d'étonnant. J'ai confiance en elle. Mais je suis d'accord pour ne rien dire aux autres.

— Très bien. Mais si vous changez d'avis, vous savez quoi faire.

J'acquiesçai et sentis le poids de cette nouvelle responsabilité me peser sur les épaules. Je n'avais jamais été quelqu'un de spécial. J'avais juste fait ce qu'il fallait pour m'en sortir. Mais maintenant ?

Maintenant, j'étais la personne la plus importante de toute cette planète.

Je regrettai un peu de ne pas pouvoir le dire à mon ex-mari et sa nouvelle femme, de ne pas le leur balancer au visage, cependant j'avais des soucis plus importants à l'heure actuelle.

— Je vais vous envoyer Barnes, dit Grosmatou. Mais d'abord, vous devez maîtriser votre aura, elle scintille trop. Ça doit rester un secret, vous vous en souvenez ?

Un secret. Oui.

Le garder ne serait pas facile.

Cependant, ce serait vital.

24

Parker arriva quelques minutes après le départ de monsieur Grosmatou. Heureusement, j'avais assez vite réussi à dompter mes puissants nouveaux pouvoirs. L'impératif horaire pour y parvenir sembla m'aider. Je me demandais si ce serait une information importante pour la suite. J'aurais le temps de le découvrir en temps voulu. Pas beaucoup de temps, mais il faudrait faire avec.

— Tout va bien ? me demanda Parker en s'asseyant à côté de moi. Le patron m'a demandé de venir te voir. Il t'a expliqué ce qu'il se passait ?

J'acquiesçai. J'avais très peur de le regarder dans les yeux, étant donné que je m'apprêtais à mentir. Grosmatou m'avait aussi laissée me débrouiller avec l'explication que je fournirais afin de limiter les questions.

— Ma magie de sorcière n'a pas disparu, parce que c'est ma magie naturelle, expliquai-je.

Mieux valait que je ne dissimule pas entièrement mes dons de magie.

— Rejoindre la PTA a réveillé ce que je possédais déjà.

Des vagues de joie ondoyèrent de sa poitrine et s'écrasèrent sur moi. Je ne sentais pas seulement mes émotions, désormais, mais les siennes aussi. Je n'avais même pas besoin de le regarder pour savoir qu'il arborait un immense sourire. Combien de nouvelles aptitudes allais-je me découvrir ? Y avait-il la moindre limite à mes dons ?

— Tawny, c'est fantastique ! Tu es comme moi. Nos magies se correspondent.

Je ris tout bas.

— Oui.

— Grosmatou t'a déjà enlevé ta magie de vampire, alors ?

— Oui. Il veut aussi que je reste un peu dans le coin, afin de m'apprendre à maîtriser mes nouveaux pouvoirs.

Ça, au moins, ce n'était pas un mensonge.

Les doux yeux gris de Parker, qui m'avaient d'abord attiré chez lui, brillaient de bonheur.

— C'est parfait, poursuivit-il, sans se rendre compte que mon humeur ne s'accordait pas à la sienne. Je n'ai plus besoin d'essayer de te protéger ou de m'inquiéter pour ta sécurité. Tu n'es pas une normale sans défense coincée dans un monde de magie. Maintenant, tu peux te débrouiller toute seule.

Cette déclaration ne me plut pas du tout.

— Je me suis toujours débrouillée toute seule. Et je n'ai jamais été une femme sans défense.

— Pardon, pardon, tu as raison. Toutes mes excuses pour cette galanterie malavisée, je te promets que c'est la dernière fois. Oh, Tawny. Je suis tellement content. J'avais envie de sortir avec toi quand même, mais maintenant que nos magies s'accordent, tant de choses seront bien plus faciles.

Il me leva pour m'enlacer.

— C'est une super nouvelle, dis-je en me forçant à sourire.

S'il savait que notre situation venait en réalité d'empirer… Mais si je le lui disais, je le mettais droit dans la ligne de mire.

Il me caressa la joue et je m'appuyai contre sa main.

— Je peux essayer de t'embrasser de nouveau ? Vu que la dernière fois tu n'as… tu vois.

Oui, j'en avais envie. J'avais envie de lui. Même si maintenant, ce serait moi qui garderais mes distances pour protéger l'autre.

Je penchai la tête et fermai les yeux. Quelques secondes plus tard, ses lèvres trouvèrent les miennes, douces, gentilles, inquisitrices.

Oui, j'avais envie de lui, je le voulais. Même dans ce nouveau monde de dingue qui me paraissait si compliqué, je savais que Parker était le bon pour moi. Notre histoire venait juste de commencer, et pourtant, il éveillait en moi des sentiments que je n'avais jamais éprouvés pour mon ex-mari.

La joie. La confiance… L'espoir.

L'espoir que les sombres prédictions de Grosmatou ne se

réalisent pas et que nous pourrons connaître un jour un avenir radieux.

Mais notre histoire venait tout juste de commencer, et il nous restait beaucoup de monstres à vaincre.

Je reculai et posai la main sur la poitrine de Parker.

— Tu as senti quelque chose ? demanda-t-il en scrutant mon visage.

— J'ai senti beaucoup de choses, le taquinai-je. Et elles étaient toutes agréables.

Il poussa un petit soupir de soulagement et m'embrassa de nouveau.

— Ta malédiction ! Elle a disparu ! Je ne sais pas ce que j'aurais fait si tu étais restée une vampire, Tawny.

— Au moins, on n'a plus à s'en inquiéter, répliquai-je en taisant le fait que j'étais bien plus que ça à présent.

On venait à peine de me confier ce secret que déjà je voulais le partager avec lui. J'en avais envie, mais je ne le pouvais pas.

Argh. Je devais changer de sujet.

— Tu as fini d'interroger les vampires cuisiniers ? demandai-je le plus naturellement du monde.

C'était, en plus, une très bonne question à poser. Avec la magie du monde qui tourbillonnait en moi, je serais peut-être capable de les faire parler, de les pousser à me confier ce qu'ils avaient refusé de dire aux autres.

Parker pinça les lèvres et prit une grande inspiration désolée.

— Pas un mot. Je ne sais pas quoi faire. Connie veut tous les empaler, mais peut-être qu'ils ne savaient pas ce que Vanessa prévoyait et qu'ils sont innocents ?

— Je peux leur parler ?

Il secoua la tête.

— Ce serait inutile. Ils semblaient assez déterminés à ne rien nous dire.

Je posai la main sur son bras.

— Ça me serait utile à moi. Même s'ils ne disent rien, ça me ferait du bien de savoir qu'au moins j'ai essayé.

Il m'embrassa sur la joue.

— J'adore ta détermination. Tu prends vraiment toute cette magie au sérieux.

J'éclatai de rire. S'il savait…

25

Parker me tint la main en me conduisant vers la pièce qui ressemblait à un entrepôt dans le plafond de laquelle Grosmatou cachait ses artefacts magiques spéciaux.

Nous nous plaçâmes sous l'ouverture du plafond, mais au lieu de regarder vers le haut, Parker baissa la tête. Il tapa quatre fois du pied, puis se décala sur le côté et tapa deux fois de plus. Il se déplaça et recommença, puis une dernière fois, un seul coup de pied cette fois-ci.

À ce moment-là, une partie du sol en béton disparut, dévoilant un long escalier sombre.

— C'était là tout ce temps ? m'exclamai-je, incrédule.

Il me décocha un grand sourire et me fit signe de passer devant. Les marches s'allumèrent sous mes pieds pour guider notre descente d'une lueur magique.

Nous descendîmes au moins une quarantaine de marches avant d'atteindre une pièce cachée qui semblait avoir été creusée dans un énorme bloc de pierre. Une ligne de pouvoir partait en diagonale pour créer au fond de la pièce une petite cellule triangulaire dans laquelle étaient assis nos quatre prisonniers.

— Tu es sûre de toi ? me demanda une nouvelle fois Parker. Tu seras plus en sécurité si j'entre là-dedans avec toi.

— Hé, répliquai-je en lui donnant une tape joueuse. Tu as dit que tu arrêtais la galanterie malvenue.

Au moins, il eut l'air penaud.

— Désolé. Les vieilles habitudes ont la vie dure. Je te laisse gérer.

Il me serra la main, puis remonta l'escalier et verrouilla la trappe après lui. J'attendis d'entendre le sol se remettre en place au-dessus pour franchir la barrière scintillante de la cellule de prison.

Les quatre vampires cuisiniers étaient assis côte à côte sur un long banc, les mains croisées sur les genoux, les poignets retenus par des menottes magiques fluo.

— Comme on l'a déjà dit à vos collègues, on ne sait rien, marmonna le vampire le plus au fond en braquant ses yeux froids sur moi.

Je n'avais jamais interrogé personne, mais maintenant que j'étais l'être le plus puissant de la Terre, je n'allais pas renoncer à l'occasion de glaner des informations auprès du quatuor.

— D'où venez-vous ? Avant votre arrivée à Beech Grove ?

— Pourquoi on vous le dirait ?

Il semblerait que ce vampire ait été élu porte-parole du groupe.

Je m'avançai dans la cellule afin de me placer devant lui, puis je fermai les yeux et visualisai ce que je voulais voir se produire. J'imaginai le vampire répondant avec empressement et honnêteté à mes questions et, en gardant cette vision à l'esprit, je redemandai :

— D'où venez-vous ?

— De Blueberry Bay, dans le Maine, répondit-il.

Waouh, c'était presque trop facile.

— J'y suis déjà allée, déclarai-je.

Cette fois-ci, je me concentrai sur la magie qui ondulait en moi, sur le calme et le réconfort qu'elle m'apportait, et transmis ces sensations au vampire assis devant moi.

Il se détendit de manière visible, perdit sa posture crispée, et sa respiration ralentit.

— On sait. C'est comme ça qu'on a entendu parler de vous. C'est pour ça que nous sommes venus.

— Vous quatre et Vanessa ?

— Non, notre patron.

— Qui est votre patron ?

— Nous ne le savons pas.

— Vanessa savait ?

— Non. Nous ne connaissons que les gens à notre niveau et directement au-dessus. Le nom du patron est un secret pour protéger la cause.

— Et quelle est cette cause ?

Il hésita et se détourna de moi.

— Quelle est cette cause ? répétai-je, en l'imaginant me donner la réponse, puis je lui envoyai une vague de calme magique.

Le visage du vampire prisonnier se contorsionna en une rapide succession d'émotions : rage, tentation, chagrin, remords. Malgré cela, il ne parla pas.

Mais le vampire à ses côtés, si.

— Unifier le monde sous une seule magie. Un pouvoir unique.

— Une dictature mondiale ?

— Sous *son* pouvoir, répondirent les quatre vampires en chœur.

— Le pouvoir de qui ?

— Nous ne le savons pas, dit le premier.

Je soupirai.

— Ah, oui, les strates de pouvoir.

La personne qui dirigeait les opérations avait manifestement anticipé ce scénario. Nos prisonniers ne pouvaient pas parler, s'ils ne savaient rien.

— Pourquoi voulez-vous unifier le monde ? Qu'est-ce qui vous attend si vous ne connaissez même pas votre chef ?

— On va… commença le deuxième.

— Silence ! le coupa le premier en grognant un avertissement. Nous en avons déjà trop dit.

— Je ne peux pas résister, gémit l'autre.

Il se mit à trembler violemment, comme s'il faisait une crise d'épilepsie.

— Dans ce cas, tu sais ce que tu dois faire. Ce que nous devons tous faire.

Horrifiée, je les vis tous se mettre à crier et trembler, puis s'affaler un par un.

— Qu'est-ce qui se passe ici ? s'écria Connie alors que Parker, Grosmatou et elle ouvraient la trappe pour descendre l'escalier en vitesse.

— Je… Je ne sais pas.

Grosmatou sauta sur les genoux du premier vampire et posa la patte sur sa poitrine.

— Mes aïeux. J'en avais entendu parler, mais c'est la première fois que je vois ça.

— Que s'est-il passé ? demanda Parker en me rejoignant.

— Je leur posais des questions, et tout à coup, ils ont crié et tremblé et ils se sont évanouis.

— Ils sont morts, rectifia Grosmatou, confirmant ce que je soupçonnais déjà.

— Mais comment ? Je croyais qu'un pieu était la seule façon de…

— Le cœur, marmonna le chat. Détruire le cœur détruit la magie.

— Ils se sont servis de leur force supérieure pour s'écraser le cœur. Tu devais être à deux doigts d'obtenir des réponses, commenta Connie en me regardant avec méfiance.

— Barnes, viens avec moi, s'écria Grosmatou qui descendit des genoux du vampire mort pour se précipiter dans l'escalier.

Je le remerciai en silence. Si Parker m'avait posé trop de questions sur les événements récents, j'aurais été incapable d'y répondre tout en gardant mon secret de Terran.

Obéissant, il suivit le patron chat, me laissant seule avec Connie au sous-sol.

— Est-ce que le chat t'a dit ce que tu es? demanda-t-elle en m'observant de la tête aux pieds.

J'invoquai la magie scintillante rose, et elle se déploya au bout de mes doigts sous la forme d'une boule.

— Ah, je vois, commenta-t-elle sèchement. Tu as pu découvrir quelque chose avant qu'ils se suicident?

— Ils sont venus pour moi, murmurai-je.

J'aurais préféré que la réponse soit différente. Connie fronça les sourcils.

— Oui, ça me paraît évident.

— Vous avez tous été en danger à cause de moi. Je ne peux pas...

Ma voix se brisa et je secouai la tête. Étais-je donc quelque chose de si horrible que ces sbires vampires préféraient mourir plutôt que me parler?

Connie m'attrapa par les épaules et me secoua. Violemment.

— Peu importe les pensées stupides qui te passent par la tête en ce moment, retiens une chose. Nous serons en plus grand danger encore si les méchants t'attrapent. Pour le moment, la meilleure chose à faire, c'est te protéger et t'éloigner d'eux. Enfin, j'ai suggéré qu'on te tue pour nous économiser quantité de problèmes, mais Grosmatou ne m'y a pas autorisée.

Je devais donc la vie au petit chat noir, semblait-il. Enfin, si tant est que je puisse mourir. Ce serait une bonne question à poser la prochaine fois que j'aurai une conversation à cœur ouvert avec lui.

26

— Tu voulais vraiment me tuer ? demandai-je, pas sûre d'être surprise par la nouvelle.

Connie m'adressa un sourire cruel.

— Oui, et je m'en serais chargée toute seule. Je n'écarte pas cette idée, si tu es trop pénible.

Je l'avais vue poignarder Vanessa sans hésitation ni regret. Malgré tout, j'aimais à croire qu'elle aurait plus de scrupules à régler son compte à quelqu'un qu'elle connaissait et côtoyait.

— Tu me détestes tant que ça ? insistai-je.

— Combien de fois vais-je devoir te le rappeler ? grogna-t-elle en s'indiquant du doigt avec emphase. Je suis maudite, tu te souviens ?

Je m'appuyai contre le mur et soupirai.

— Tu es la seule personne avec laquelle je peux être moi-même. Ce serait sympa d'apprendre à te connaître.

— Grosmatou…

— Est un chat, la coupai-je en me renfrognant. Et notre patron.

— Si tu crois que ce secret partagé va tout à coup nous transformer en meilleures amies du monde, tu te trompes.

— Je suis au courant pour la malédiction vampirique, mais je sais aussi comment la vaincre.

Connie tourna vivement la tête vers moi et ouvrit la bouche sans parler, puis elle secoua la tête et rit.

— Non. Je le croirai quand je le verrai.

— Alors, viens, je vais te montrer.

Elle sortit de l'ombre pour rejoindre la partie éclairée par l'escalier. Je la suivis.

— Tu es sûre de ça? lui demandai-je, en fléchissant les doigts pour me préparer.

Elle y réfléchit si longuement que je me demandai si elle avait changé d'avis. Enfin, elle pencha la tête, pensive, et me regarda de ses yeux noirs et froids.

— Je ne veux pas être de nouveau une normale, mais ce serait agréable de ressentir, d'aimer.

— Tu te souviens à quoi ça ressemble ?

J'avais déjà commencé à oublier, et ma malédiction n'avait pas duré longtemps. Je n'osais imaginer ce que Connie avait dû éprouver à endosser ce fardeau tant d'années sans espoir de répit.

— Ça fait trop longtemps…

Elle ferma les yeux et inspira profondément par le nez, alors que nous savions toutes les deux qu'elle n'en avait pas besoin.

Je haussai les épaules.

— Tu n'es pas obligée de me le dire si tu n'en as pas envie.

— Oui, mais tu ne vas pas arrêter de m'interroger, alors autant m'épargner de l'agacement.

J'attendis en silence. Quand elle reprit la parole, sa voix avait une étrange cadence.

— Quand j'étais mortelle, je suis tombée amoureuse d'un ange qui s'appelait Symont. À cette époque-là, les surnaturels n'avaient pas à se cacher. Les Terrans régnaient et maintenaient l'harmonie entre les espèces. J'ai connu de nombreuses années de bonheur avec Symont. Malheureusement, je vieillissais normalement, à l'inverse de lui. J'ai eu des pattes d'oie et des rides, tandis qu'il gardait la perfection de sa jeunesse. Quarante ans, ça n'a peut-être pas l'air vieux aujourd'hui, mais il y a plusieurs siècles, c'était un âge plutôt avancé. Mon amour ne supportait pas de me perdre, donc il a cherché un moyen de m'offrir l'immortalité, afin que nous puissions être ensemble.

— Alors, il t'a transformée en vampire, murmurai-je.

Elle se redressa de toute sa hauteur ; elle mesurait quelques centimètres de plus que moi.

— J'ai choisi de devenir vampire. Il n'existe aucun moyen de transformer un mortel en ange, donc j'ai accepté la seule solution possible. Mais après ma transformation, Symont a détesté le monstre que je suis devenue. Les vampires et les anges sont des ennemis naturels, et notre nature s'est avérée plus forte que ce qu'il y avait dans nos cœurs.

— Il t'a quittée.

Même si elle, elle ne pouvait pas sentir la pointe de douleur après tant d'années, mon cœur se serrait pour elle.

Elle fixa des yeux un point sur le mur.

— Oui. Il n'avait pas le choix. Nous pensions que notre amour pouvait dépasser la malédiction, mais nous nous trompions.

— Il te manque ? Tu espères pouvoir le retrouver ?

Elle haussa les épaules et secoua la tête.

— Je ne m'en souviens pas. Je me souviens de ce qu'il s'est passé, mais de façon détachée, comme si c'était arrivé à quelqu'un d'autre. Quant à l'espoir de le retrouver…

Elle soupira.

— Comment aurais-je pu croire que quelqu'un serait en mesure de lever la malédiction alors que nous en avons été incapables ?

— Grosmatou m'a dit que j'étais la personne la plus puissante sur cette planète. Et quand la magie du monde est entrée en moi, tout m'est revenu. Je peux sans doute t'aider à retrouver ça, toi aussi. Tu veux bien me laisser essayer ?

Je levai les mains pour lui montrer la magie rose qui les parcourait. Connie acquiesça lentement.

— Je ne me souviens pas ce que c'est que d'aimer, mais sur un plan rationnel, je sais que ça doit être formidable, pour que j'aie volontairement accepté de me transformer en cette… cette chose, juste dans l'espoir de préserver mon amour.

Elle posa ses mains dans les miennes.

J'ignorais toujours comment fonctionnait ma magie, mais je devais l'apprendre moi-même. Personne d'autre ne pouvait me l'enseigner. Le seul moyen de découvrir si je pouvais lever la malédiction de Connie était de tenter l'expérience.

Je pris de grandes inspirations et fermai les yeux, puis je poussai sur ma magie pour la faire entrer en elle.

La vampire me serra les doigts avec force, mais ne s'écarta pas.

Je continuai, infusant ma magie d'amour, de compassion, d'humanité… même si nous n'étions pas véritablement humaines, ni l'une ni l'autre. Et que je ne l'avais apparemment jamais été.

Connie retint son souffle.

— Je me sens…

Ses mots moururent sur ses lèvres quand elle prit une inspiration profonde et tremblante.

Je restai en position et gardai la connexion entre nous, sans lui insuffler quoi que ce soit.

Comme Connie ne parlait plus, j'ouvris les yeux, juste à temps pour la voir s'affaler au sol.

27

Je me mis à genoux et plaçai sa tête contre ma poitrine. Je ne sentais pas battre son cœur, mais bon, il ne battait pas avant non plus.

— Connie ! m'écriai-je en la secouant.

Mieux valait que je n'utilise pas ma magie tant que je n'aurais pas appris ce que j'avais mal fait.

Comme elle ne se réveillait toujours pas, j'invoquai la magie du monde sur le bout de mes doigts sous forme d'éclairs.

— Trouvez Grosmatou, les suppliai-je, et ramenez-le ici.

Les tourbillons de magie rose scintillante s'unifièrent pour former un fil et se glissèrent à travers le plafond.

Je repris mes tentatives pour réveiller Connie, en vain. *Non, non, non !*

Je n'étais pas une meurtrière, et pourtant, cinq vampires étaient morts à mes pieds en moins de quinze minutes.

— Qu'est-ce que vous avez fait ? s'énerva Grosmatou en descendant l'escalier en vitesse, sans prendre la peine de refermer la trappe.

Ma magie revint et me percuta par-derrière. Le choc me coupa le souffle. Le retour avait été si soudain qu'il en était douloureux. Mon corps n'avait pas eu le temps de s'adapter au changement intense et il était clair que je n'étais pas douée pour contrôler ma magie terran. Il n'y avait qu'à regarder ce que j'avais fait à Connie !

Dans le même temps, j'avais le sentiment que la magie m'attendait depuis longtemps. Des siècles, peut-être. Grosmatou m'avait expliqué que la magie du monde était aussi vieille que la Terre. Elle ne m'appartenait pas et je ne lui appartenais pas, nous étions interconnectées.

En symbiose.

La douleur momentanée que j'avais connue n'était rien comparée aux longues années de souffrance qu'*elle* avait dû endurer sans mes semblables ou moi. Nous devions nous adapter.

Mais tout d'abord, il fallait sauver Connie.

— J'ai tenté de lui ôter sa malédiction. Comme je l'ai fait pour moi, expliquai-je au chat affolé.

— Vous l'avez inondée de la magie du monde ? s'exclama-t-il, atterré.

— Non, je la lui ai insufflée très lentement ! J'ai été prudente. Je…

— Vous n'écoutez pas ! Vous n'écoutez pas ! me cria-t-il. C'est trop. Son cœur ne peut pas le supporter. Vous l'avez tuée.

— Non ! hurlai-je. Ce n'est pas possible ! C'est une vampire. Elle n'aurait pas dû…

Grosmatou se détourna et gratta le sol, envoyant une succession de vagues de magie en direction de Connie. Rien ne se produisit.

— Ce… Ce n'était pas mon intention, balbutiai-je, alors que les larmes coulaient sur mes joues.

— Vous devez apprendre à contrôler votre magie avant de vous en servir à nouveau, feula le chat. Ça suffit pour aujourd'hui. Reviens à moi.

Cet ordre était destiné à la magie à l'intérieur de moi.

Une nouvelle fois, rien ne se produisit.

— Reviens ! cria-t-il en postillonnant.

Ma peau prit un éclat rose, puis retrouva son teint pêche normal.

— Tu refuses ? s'énerva-t-il.

— Pas moi, dis-je en tentant d'invoquer la magie pour l'expulser.

Je brillai de nouveau en rose, mais elle resta où elle était.

La magie au fond de moi était donc douée de conscience. Elle possédait son propre esprit et partageait à présent mon corps avec moi.

Après cette révélation, ma main se posa de sa propre volonté sur la poitrine de Connie. Mes doigts s'illuminèrent quand ils s'enfoncèrent dans la poitrine de la vampire décédée. Je sentis dans ma main, froid et spongieux, le cœur de Connie.

Mon poing se referma autour de l'organe sans vie et je poussai un cri.

— Qu'est-ce que vous faites ? s'exclama Grosmatou, horrifié.

— Moi, rien.

J'avais si peur que ma respiration devint sifflante.

— Alors, arrêtez.

— Je ne peux pas ! m'exclamai-je.

J'essayai, pourtant, de retirer ma main de la poitrine de Connie. En vain.

Mais ensuite, son cœur se mit à battre contre ma paume. Lentement, faiblement, d'abord, puis plus fort et plus vite.

La magie recula, je libérai ma main et je lâchai un sanglot en voyant Connie ouvrir les yeux et s'asseoir.

— Que s'est-il passé ? demanda-t-elle d'une voix rauque en se frottant la poitrine. Où suis-je ?

— Non, c'est impossible.

Grosmatou recula de stupéfaction jusqu'à se cogner au mur. Ses yeux écarquillés exprimaient un mélange d'effroi et de respect. Je percevais maintenant les sentiments des autres. Du moins, par moment.

— Tu vas bien ? questionnai-je Connie, le souffle court.

Mes pauvres nerfs exténués se détendirent de nouveau.

— Je me sens…

Elle avait dit la même chose avant de s'écrouler tout à l'heure.

— En vie, termina-t-elle enfin.

Elle cligna des paupières à toute vitesse et observa ses bras et sa poitrine.

— Comment ?

Je voulais lui répondre, mais il n'y avait aucune explication.

Connie se tourna en grognant, attrapa le pieu en bois dans l'étui à sa cheville et l'appuya contre la peau tendre de son avant-bras.

— Aïe ! s'écria-t-elle quand du sang écarlate se déversa de la blessure.

— En vie ! gémit Grosmatou. En vie ! Mais personne ne peut ressusciter les morts !

— Tawny, si, rétorqua la vampire avec son sourire narquois familier.

Puis elle se jeta dans mes bras et sanglota.

— Tu es… ?

J'hésitai à poursuivre.

— Redevenue humaine, oui !

Elle m'embrassa sur les deux joues avec un tel ravissement que je la reconnaissais à peine.

— Ce n'est pas possible, ronchonna de nouveau le patron chat.

— La malédiction a disparu ? demandai-je, pleine d'espoir et hésitante aussi.

Connie se leva et éclata de rire quand elle trébucha.

— Je suis maladroite. Et je peux ressentir. Et souffrir. Et… et… Merci, Tawny. Merci de m'avoir libérée de cette vie !

— Ce n'est pas bien, feula Grosmatou qui remonta l'escalier en courant.

Avais-je fait quelque chose de mal ? Le patron semblait le

penser, en tout cas, mais comment sauver une vie pouvait-il être mal ?

Je laissai Connie m'enlacer et sangloter sous l'effet des vagues de joie qui la submergeaient et que je percevais, et me répétai que j'avais bien agi. Même si ce n'était pas tout à fait moi qui avais fait ça.

28

— Connie ! m'exclamai-je, saisie d'une soudaine révélation. Si je t'ai ressuscitée, je peux…

Je me tournai vers les quatre vampires prisonniers vautrés sur le banc de la cellule et Connie suivit mon regard.

— Ressusciter les autres, oui ! s'écria-t-elle avec excitation.

— Ils m'ont dit certaines choses avant…

Je m'interrompis. Je n'avais pas envie de décrire la scène horrible dont j'avais été témoin.

— Lui, dis-je en m'arrêtant devant le deuxième prisonnier. Il s'apprêtait à me répondre avant que l'autre lui dise de se taire, et ensuite ils… tu sais.

— Tu peux les empêcher de recommencer ça ?

— Aucune idée. Peut-être, mais Grosmatou a dit…

— On se fiche de ce qu'il a dit. On a une super occasion. Tu dois la saisir.

— Il ne veut pas que je me serve de ma magie tant que je ne la contrôle pas mieux.

— Qu'est-ce qui pourrait arriver de pire, pour le coup ?

— Euh, je t'ai tuée.

Elle me décocha un immense sourire dépourvu de canines pointues.

— Juste un peu. Je suis de retour, et bien mieux que jamais.

— Oui, c'est vrai, répondis-je avec un rire reconnaissant.

Nous allions devenir amies, et j'en avais grand besoin.

— Ils sont déjà morts. Ressuscites-en un, pose-lui tes questions. Ils sont tous attachés et emprisonnés. Il ne peut rien se passer de mal. Tu dois le faire.

J'opinai et fléchis les doigts pour invoquer la magie.

— C'est dégoûtant, la prévins-je.

Elle leva les yeux au ciel et tira la langue. Waouh, il allait me falloir un peu de temps pour m'habituer à cette nouvelle version d'elle.

— Euh, j'ai bu du sang humain pendant plus d'un siècle avant l'âge de raison qui a changé nos méthodes.

— Tu n'es plus une vampire, lui rappelai-je en souriant.

— Oh, c'est vrai !

Elle se frappa le front, puis lâcha un gémissement de douleur.

— Waouh, il va me falloir un peu de temps pour m'y habituer.

Je venais de penser la même chose. Au moins, nous étions sur la même longueur d'onde, à présent. J'en aurais sans doute ri si je n'avais pas craint ce qui m'attendait.

Je me mis à genoux devant mon sujet d'étude, fermai les yeux, pris trois lentes inspirations, relâchai mon souffle, et plongeai les doigts dans sa poitrine pour attraper son cœur.

Quand celui-ci recommença à battre, je continuai à le tenir pour empêcher le vampire d'écraser de nouveau son propre cœur. J'étais relativement sûre qu'il était redevenu humain comme Connie, mais autant ne pas prendre de risque.

— Qu'est-ce qui se passe ? demanda le prisonnier, qui cligna lentement des yeux. Qu'est-ce que vous me faites ? Je ne me sens pas bien.

— N'y pensez pas. On avait une charmante petite conversation tout à l'heure et tu t'apprêtais à me raconter vos projets pour unifier le monde sous un seul pouvoir.

— Pas mes projets, mais les siens.

— Qui est ce monsieur avec des projets ?

— Je ne sais pas.

— Alors pourquoi tu l'aides ?

— Nous ne voulons plus vivre cachés. Les magicks doivent régner ouvertement.

— Et les humains, dans tout ça ?

— Ils peuvent se soumettre de leur propre volonté ou être contraints de le faire. Il sera gentil avec ceux qui acceptent sa domination.

— Et ceux qui la refuseront ?

— Ils seront détruits, naturellement.

— C'est ce que tu veux ?

— Ce que je veux ne compte pas. C'est pour le bien de tous.

— Ça compte pour moi. Qu'est-ce que tu penses de tout ça ?

— J'en ai marre d'avoir le sentiment que je ne devrais pas exister. Que ma seule survie est un crime.

— Mais n'est-ce pas justement ce que tu veux faire aux gens dépourvus de magie ?

— Non, on les délivrera de leur malheur. Alors que moi, je suis coincé dans le mien.

Je le lâchai et sortis la main de sa poitrine.

— Merci.

— Que va-t-il m'arriver maintenant ?

Connie posa la main sur mon épaule.

— Pars, Tawny. Laisse-moi régler ça.

— Mais… protestai-je.

J'étais prête à défendre la vie de ce vampire, surtout maintenant qu'il était peut-être redevenu mortel.

— Il a déjà fait son choix, me rappela-t-elle. Je le renvoie juste d'où il vient. Promis, je serai douce.

Je secouai la tête, je ne voulais rien répondre.

La magie décida pour moi et me fit monter l'escalier.

29

Melony m'attendait dans l'entrepôt.

— Viens, dit-elle dès que je sortis du donjon caché. Tout le monde est attendu en salle de réunion. Le patron chat m'a dit de venir te récupérer, donc considère-toi comme récupérée.

J'acquiesçai et la suivis à travers le bâtiment pour rejoindre la salle de réunion vitrée où le comité se rassemblait pour discuter de choses importantes. Dès que je pénétrai dans la pièce, la magie du monde se détacha de moi et monta vers le plafond en un brouillard épais.

— Oh, maintenant, tu te comportes bien, hein, grogna Grosmatou.

— Je suis désolée, murmurai-je en prenant une chaise.

— Ce n'est pas à vous que je parlais, aboya-t-il.

Je décidai de m'asseoir en silence et d'attendre sagement les nouvelles que le conseil avait à communiquer.

Connie fut la dernière à nous rejoindre, moins de cinq minutes plus tard. Quand elle prit la chaise à côté de moi, Grosmatou se lança dans sa démarche de général sur la table.

— Le clan rival a été anéanti, révéla-t-il, même si tout le monde devait déjà être au courant. Buckley a réussi à identifier le poison qui se trouvait dans la nourriture du *Bollyzarre.*

— Qu'est-ce que c'était ? demanda Melony, s'attirant un regard furieux du chat.

— Du *Verstärker*, répondit Buckley qui s'était levé pour se placer devant nous d'un air gêné. C'est un amplificateur de magie.

— Pourquoi donner ça à des normaux ? s'étonna Parker tout haut.

Je m'étais posé la même question en silence, et j'avais très vite trouvé la réponse.

Connie me serra la main sous la table. Elle savait aussi bien que moi ce que l'autre clan avait en tête. Ils voulaient révéler d'autres Terrans.

— Nous n'avons aucun moyen de le savoir, mentit Grosmatou sans me jeter le moindre coup d'œil. La bonne nouvelle, c'est que ça ne leur fera pas de mal et qu'il n'y a pas besoin d'antidote.

— Nous devrions malgré tout les suivre de près, commenta Greta l'ange en m'adressant un sourire maternel.

— Je suis d'accord, acquiesça monsieur Grosmatou. C'est

pourquoi j'enverrai Tawny frapper aux portes de tous ceux qui ont mangé à *Bollyzarre* avant que nous ne le fermions.

— Vous êtes sûr que la normale est la mieux placée pour cette mission ? Je serais plus rapide et plus douée, protesta Melony en s'affalant sur sa chaise, les bras croisés.

— Oui, affirma le chat. Tawny est la mieux placée, surtout au regard de ma prochaine annonce.

Tous les yeux se tournèrent vers moi.

Connie garda ma main dans la sienne et se pencha vers mon oreille.

— Ils ne doivent pas savoir que j'ai changé. Tu dois garder mon secret si tu veux conserver les tiens.

Grosmatou s'avança sur la table et s'arrêta juste devant moi.

— Au cours de cette mission, nous avons fait une découverte magnifique.

— Oh ?

Greta m'adressa un grand sourire encourageant. J'avais l'impression que le jour où elle m'avait offert son armure d'ange, me sauvant ainsi la vie, remontait à longtemps. J'espérais qu'elle serait fière de ce que je devenais, même si j'avais pour consigne stricte de ne rien dire à personne.

— Vas-y, Tawny, m'encouragea Parker, avec un sourire tout aussi grand. Dis-leur ce que tu m'as dit.

Oh, c'est vrai.

— Je ne suis pas une normale, je suis une sorcière. Surprise !

Ceux qui ignoraient la nouvelle – la vraie et la fausse – jusque-là poussèrent des exclamations de surprise.

— Mais vous m'avez promis la gestion des forces de l'ordre en premier ! protesta Melony.

— Du calme, Haberdash, grogna le chat en se hérissant. Ton boulot est sauf, même si Tawny ne sera plus intérimaire.

— Son travail avec l'agence est terminé ? demanda Greta, qui fronçait les sourcils.

Elle s'était attachée à moi depuis le début et, contrairement à Parker, elle n'avait jamais douté de ma capacité à m'en sortir dans cet étrange monde magique.

— Non, mais le mien, oui, annonça solennellement le chat.

Nouvelles exclamations de surprise.

— Comme vous le savez tous, j'en suis à ma septième vie. J'aimerais prendre ma retraite pendant la huitième afin de profiter, pendant la neuvième, de tous les plaisirs qui s'offrent à un chat de mon calibre. Je formerai Tawny à ce poste.

— Une diplomate ! s'exclama F en se caressant pensivement la barbe. C'est une sacrée promotion.

— Oui, confirma Grosmatou sans me quitter des yeux. Mais j'ai toute confiance en Tawny pour gérer.

30

Voilà donc où nous en sommes.

En l'espace de vingt-quatre heures, j'ai appris que j'étais la dernière représentante connue de l'espèce la plus puissante ayant jamais existé.

J'ai absorbé un courant de magie considérable et découvert qu'il me contrôle tout autant que je le contrôle.

J'ai ressuscité quelqu'un, non pas une, mais deux fois.

Le chat autoritaire s'est avéré être mon plus grand soutien depuis le début.

Une vampire grincheuse est devenue ma meilleure amie.

J'ai obtenu une fausse promotion.

J'ai reçu pour consigne de taire ma véritable nature à tout le monde, y compris Parker.

Nous sommes officiellement devenus un couple, bien sûr.

N'oublions pas l'aspirant dictateur magique qui prévoit de réduire l'humanité en esclavage, de la détruire ou bien les deux.

Et, oh, oui. Je suis la seule à avoir la moindre chance d'empêcher ça…

Quand tout ceci a commencé, je n'étais qu'une écrivaine à mi-temps devenue intérimaire pour une agence de surnaturels.

Et maintenant, je suis la seule personne capable soit de sauver le monde, soit de le détruire.

Aucune pression, n'est-ce pas ?

ET ENSUITE ?

Je m'appelle Gracie Springs et je n'ai pas de pouvoirs magiques… mais je crois que mon chat en a. J'ai commencé à avoir des soupçons quand il a sauté un petit peu trop haut en poursuivant un rouge-gorge dans le jardin. Et j'en ai été sûre quand il a ouvert la bouche et qu'il s'est adressé à moi par mon nom !

Et qu'a-t-il dit en premier ? Qu'il n'aime pas le nom que je lui ai donné — même si Bouboule lui va comme un pull chaud à Noël. Nous avons trouvé un compromis avec « Merlin le Matou Magique », qui selon lui évoque très bien sa longue et noble lignée.

Après avoir réglé ce détail, il m'a informé que je dois garder son secret ou risquer de passer le reste de ma vie dans une espèce de prison magique. J'ai accepté, ne sachant pas que ça allait se transformer en travail à plein temps : je dois sans cesse le couvrir et mentir afin de nous sortir de quelques situations délicates.

Quand mon patron du café local est tombé raide mort, les circonstances déjà difficiles deviennent presque impossibles… d'autant plus que tous mes collègues semblent penser que je suis responsable.

J'espère vraiment que mon chat sorcier saura me sortir de là, parce que pour l'instant, j'ai le choix entre une malédiction d'un côté et une inculpation pour meurtre de l'autre. Au secours !

***Merlin Affronte un Familier* est maintenant disponible.**

Commandez votre exemplaire dès aujourd'hui !

APERÇU

MERLIN AFFRONTE UN FAMILIER

Je m'appelle Gracie Springs et j'ai toujours été une fille assez normale. Je travaille en tant que barista tout en préparant mon Master de sociologie. J'ai fini tous mes cours, mais je n'ai toujours pas trouvé le sujet parfait pour mon mémoire. Et sans lui, je ne peux pas obtenir mon diplôme.

Oups.

En attendant, je vis dans une petite ville ordinaire de Géorgie du Sud nommée Elderberry Heights. La plupart de mes voisins ont plus de soixante-dix ans. Je vis dans la maison de ma grand-mère Grace. Elle a choisi d'abandonner sa demeure en déménageant vers le sud dans un village pour retraités branchés situé sur l'archipel des Keys, en Floride.

Elle m'a donné la maison où elle a élevé mon père et mes oncles, en disant que c'était mon héritage anticipé et que j'avais toujours été sa préférée, de toute façon... et pas seulement parce que nous avions le même prénom.

Elle a laissé tous ses meubles et sa décoration, ce qui signifie que ma maison contient au moins trois dizaines de napperons en crochet faits main et que le salon est constitué de canapés fleuris marrons et de petites tables en chêne clair. Je n'ai pas le cœur — ni l'argent — de changer quoi que ce soit.

Grand-mère Grace m'a aussi laissé ce chat en piteux état qui est apparu sur le seuil de la porte quelques jours seulement avant qu'elle déménage et que j'emménage. Le vétérinaire dit qu'il s'agit d'un Maine coon. Moi je dis qu'il est bien plus grand que ne devrait l'être un chat, surtout si l'on tient compte de ses longs poils ébouriffés qui lui donnent littéralement un air de boule de poils.

Je suppose que c'est pour cette raison que je l'ai appelé Bouboule.

Garder un chat que je n'avais pas voulu était un petit prix à payer pour une maison gratuite et avec le temps, Bouboule a commencé à me plaire. Il n'est pas exactement du genre à faire des câlins. En fait, chaque fois que j'ai essayé de le soulever, il m'a attaqué. Il a réussi à me faire saigner deux fois.

Je n'essaie plus de le soulever, mais si je reste assise sans bouger et que je fais semblant de ne pas m'intéresser à lui, il vient parfois s'installer sur mes genoux. Un jour, il a même ronronné.

Bouboule aime la nourriture et il prend souvent une bouchée de ce que je mange pour le dîner. Il aime aussi courir dans les couloirs au milieu de la nuit comme une créature possédée.

Je n'avais pas eu l'intention d'en faire un chat d'extérieur, mais il est si doué pour s'échapper que j'ai fini par installer une chatière afin de ne plus avoir à m'inquiéter de ses escapades.

Ce qui me ramène à ce matin…

J'étais en retard pour le travail, parce que j'avais passé un moment particulièrement difficile à essayer de suivre un nouveau tuto maquillage de ma Youtubeuse beauté préférée. À la fin, j'avais tout retiré et gardé un regard charbonneux et des lèvres couleur chair. Ça m'apprendra à essayer une nouveauté juste avant de devoir partir au travail.

D'autant plus que mon vieux patron radin utilise la moindre excuse pour faire des retenues sur mon salaire. Il est toujours très amer parce qu'une franchise populaire de cafés s'est installée à quelques rues de lui et a considérablement diminué ses profits. Mais il est aussi entêté et pas tout à fait prêt à admettre sa défaite, c'est pourquoi il a gardé tous ses employés tout en diminuant nos heures et en cherchant n'importe quelle excuse pour nous payer moins.

Un type super, mon patron…

Je n'avais pas vu Bouboule depuis le petit-déjeuner et je voulais être certaine que tout allait bien avant de partir au travail.

— Bouboule ! Bouboule ! Viens là, minou, minou ! l'appelai-je en claquant la langue, mais il ne vint pas en courant.

Il ne vient jamais en courant. C'est toujours à moi de le trouver.

Je regardai donc sous le lit, derrière le canapé et par la fenêtre.

Je finis par l'apercevoir, le derrière en l'air et la tête au ras du sol : la posture classique précédent un bond. De l'autre côté, un rouge-gorge qui n'avait rien remarqué prenait son bain dans le bassin pour oiseaux en pierre laissé par grand-mère. Il profitait des quelques gouttes qui ne s'étaient pas encore évaporées à cause du soleil brûlant de l'été.

Le derrière de Bouboule s'agita une fois, deux fois.

Il bondit, mais le rouge-gorge le vit arriver et s'envola.

Bouboule s'envola à sa suite.

Et ce ne fut pas un bond de chat normal. Il ressemblait à un petit athlète félin sur le point de faire un smash au basket. Il monta et monta à la suite de sa cible effrayée. Il devait être monté d'au moins deux mètres et il continuait.

C'est alors qu'il a tourné la tête vers moi et qu'il m'a vue en train de l'observer. Ses yeux émeraude transpercèrent les miens et pendant un instant, il resta coincé en l'air.

Puis il se retourna et le mouvement soudain rompit le sortilège. Bouboule retomba parterre, puis détala hors de ma vue en me laissant perplexe. *Que venait-il de se passer ?*

J'attribuai tout l'épisode du chat défiant la gravité à mon manque de sommeil et à une imagination trop active, puis je me dépêchai vers la Maison du Café de Harold.

Même si j'ignorai à la fois les limitations de vitesse et les panneaux stop, j'arrivai avec trois minutes de retard à mon travail. Mon patron, Harold lui-même, m'attendait juste à côté de la porte.

Il tapota son poignet alors qu'il ne portait jamais de montre et cria :

— Quand finiras-tu par apprendre la leçon ? Trois minutes, c'est trois dollars, et puisque c'est ton deuxième retard cette semaine, je double ta peine.

Je poussai un petit grognement de mépris et je le contournai vite pour pointer.

— Gracie ! Tu m'écoutes ? demanda-t-il en me suivant comme un caneton cinglé.

— Oui, tu retiens six dollars sur ma paie parce que j'ai trois minutes de retard, alors qu'il n'y a pas de clients et que tu ne nous paies que le salaire minimum. Et même ça, c'est parce que tu y es légalement obligé. Bientôt, c'est moi qui te paierai pour avoir le plaisir de n'avoir rien à faire pendant que nos clients traînent au Mermaid's Brew au bout de la rue. C'est à peu près ça ?

Le visage de Harold devint écarlate.

— Quelle insolence ! hurla-t-il. Si ça ne coûtait pas si cher de former un nouveau, tu n'aurais plus de travail. En fait, tu as de la chance que je…

Il fit un pas en arrière, secoua la tête et réessaya.

— Écoute-moi, Gracie. Tu as de la chance que…

Il arrêta de parler, le souffle coupé, et s'effondra sur le sol. Il était passé de furax à immobile en quelques secondes.

— Harold, Harold ! criai-je en m'agenouillant pour vérifier s'il respirait encore.

Ce n'était pas le cas.

Je pris son poignet pour trouver un pouls.

Je ne le trouvai pas.

Oh-*oh*.

Merlin Affronte un Familier **est maintenant disponible.**

Commandez votre exemplaire dès aujourd'hui !

À PROPOS DE MOLLY FITZ

Même si Molly Fitz, l'autrice de bestsellers sur la liste de *USA Today*, ne sait techniquement pas communiquer avec les animaux, ses trois assistants d'écriture félins et elle ont des conversations très animées en vaquant à leurs occupations.

Elle vit avec son enfant et leur propre zoo quelque part dans la nature sauvage de l'Alaska. Molly s'aventure parfois hors de chez elle pour de bons repas, du café délicieux, ou pour rencontrer de nouveaux animaux.

Apprenez-en plus sur Molly et ses livres en français, et n'oubliez pas de vous inscrire à sa newsletter sur **minoumystérieux.com.**

LES ENQUÊTES DE LA CHUCHOTEUSE

Angie Russo vient de s'associer avec le tout premier chat détective parlant de Blueberry Bay. Avec sa bande hétéroclite d'humains et d'animaux, Octo-Chat est bien décidé à sauver la situation... tant que ça n'interfère pas avec son planning. Commencez par le tome 1, ***Minou Mystérieux***.

MYSTÈRES MAGIQUES DE MERLIN

Gracie Springs n'est pas une sorcière... mais son chat est un sorcier. Elle doit maintenant aider à garder son secret ou risquer de passer le reste de sa vie dans une prison magique. Dommage que les problèmes semblent les suivre partout où ils vont ! Commencez par le tome 1, ***Merlin affronte un familier***.

L'AGENCE D'INTÉRIM PARANORMALE

La vie simple de Tawny Bigford prend un tour magique quand elle tombe sur le meurtre de sa propriétaire et qu'elle est recrutée par un chat noir parlant nommé Fluffikins pour prendre le rôle de la défunte en tant que Sorcière Officielle de la ville de Beech Grove, Géorgie. Commencez par le tome 1, ***Sorcière à louer***.

COMMUNIQUEZ AVEC MOLLY

Si vous cherchez à rejoindre une communauté de doux dingues qui aiment les animaux autant qu'ils aiment les livres, alors nous allons vraiment nous entendre !

Suivez **ma page Facebook** exclusivement réservée à mon lectorat français : Facebook.com/lapilealire

Abonnez-vous à **ma newsletter** pour recevoir des cadeaux numériques, les dernières nouvelles et même des cadeaux occasionnels réservés uniquement à mes fans français : minoumystérieux.com/abonnez

NOTES

www.ingramcontent.com/pod-product-compliance
Lightning Source LLC
Chambersburg PA
CBHW020717310726
48979CB00004B/956

* 9 7 8 1 6 4 4 5 1 6 1 2 6 *